QUADERNO
PROIBITO

秘密笔记

ALBA DE CÉSPEDES

〔意〕阿尔芭·德·塞斯佩德斯 著

陈 英 黄语瞳 王彦丁 译

人民文学出版社

著作权合同登记号　图字 01-2023-1828

Quaderno proibito

by Alba de Céspedes
© Mondadori Libri S. p. A.，Milano

图书在版编目(CIP)数据

秘密笔记 /（意）阿尔芭·德·塞斯佩德斯著；陈英，黄语瞳，王彦丁译. —北京：人民文学出版社，2023
（阿尔芭·德·塞斯佩德斯作品系列）
ISBN 978-7-02-018025-7

Ⅰ.①秘… Ⅱ.①阿…②陈…③黄…④王… Ⅲ.①长篇小说-意大利-现代 Ⅳ.①I546.45

中国国家版本馆 CIP 数据核字（2023）第 097277 号

| 责任编辑 | 胡司棋　潘爱娟　邰莉莉 |
| 封面设计 | 钱　珺 |

出版发行	人民文学出版社
社　　址	北京市朝内大街 166 号
邮　　编	100705

| 印　　刷 | 凸版艺彩(东莞)印刷有限公司 |
| 经　　销 | 全国新华书店等 |

字　　数	155 千字
开　　本	889 毫米×1194 毫米　1/32
印　　张	10.5
版　　次	2023 年 7 月北京第 1 版
印　　次	2023 年 7 月第 1 次印刷

| 书　　号 | 978-7-02-018025-7 |
| 定　　价 | 79.00 元 |

如有印装质量问题，请与本社图书销售中心调换。电话：010－65233595

一九五〇年十一月二十六日

我错了，我不该买这个笔记本，但现在事已至此，后悔也来不及了。我也不知道是什么促使我买了这个笔记本，事情纯属偶然。我从来没想过要写日记，这是因为写日记要保密，要瞒着米凯莱和两个孩子，不让他们知道。我不喜欢隐瞒任何事，另外我们家地方太小了，没法隐藏一本日记。事情是这样的：十五天前，那是个星期天，我一大早就出门了，去给米凯莱买烟，我想让他醒来就能看到床头柜上的烟，星期天他总是睡到很晚。那天阳光明媚，虽然已经是深秋，但天气很温暖。我走在街上，太阳底下，树木依然绿油油的，人们像过节一样快乐，我也感到孩子般的开心。我决定散会儿步，一直走到广场上的烟草店。路上，我看到很多人都停在卖花女人的小摊前，我也停下来买了一束金盏花。"星期天，桌上是得有些鲜花来点缀。"我微笑着点了点头。事实上我买那些花，并没有想到米凯莱或里卡多，虽然他们很喜欢花，也懂得欣赏，但这些花是我买给自己的，想散步时捧在手里。烟草店里有特别多人，在排队等候时，我已经把钱准备好了。这时，我在橱窗里看到一叠厚厚的笔记本，油亮的黑色封面，是我之前在学校里用的那种——拿到本子，我会满怀激情首先在第一页写上我的名字：瓦莱里娅。"您再给我一个笔记本吧。"我说着，在包里找钱。当我再次抬起头时，看到烟草店老板一副严厉的表情，他对我说："不能卖给您，这是禁止的。"他向我解释说，警察每个星期天都会在门口守着，星期天只能卖烟草，其他什么都不能卖。我当时一个人在店里。"我需要这个本子，"我对他说，"特别需要。"我声音很小，但很激动，我已经打算恳求他，让他卖给我。这时他看了看四周，迅速拿起一个笔记本，从柜台那边递给我说："放在外套下面。"

　　回家的路上，我一直把笔记本放在大衣下，怕它滑落，怕在门房跟我讲煤气表度数时掉在地上。我拿钥匙开门时，感觉自己满脸通红：我打算直接回房间，可又想起米凯莱还在床上。这时米雷拉在叫我："妈妈……"里卡多也在问："妈妈，你买报纸了吗？"我很激动，脑子很乱，在脱大衣时，很担心自己没有一个人待的机会。"我可以把它放在衣柜里。"我想，"不行，米雷拉经常打开衣柜拿我的衣服穿，找手套或者衬衣。抽屉柜也不行，米凯莱经常打开抽屉，书桌也被里卡多占了。"

我想，整个家里都没有一个属于我的抽屉，没有任何只属于我的角落，我打算从那天起维护自己的权利。我决定把它藏在放床单桌布的柜子里。我忽然想起，每个星期天，米雷拉都会拿一块干净的桌布来铺桌子。最后，我把它放在了厨房的抹布袋子里，我刚合上袋子，米雷拉就进来了。她问："妈妈，你怎么了？脸都红了。""可能是穿太厚了。"我一边说，一边把外套脱下来。"今天外面很热。"我想，她可能会对我说："别说谎了，你脸红是因为你把什么东西藏在那个袋子里了。"我试图说服自己，我没做错什么，但很枉然，我又听到烟草店老板的训诫："这是禁止的。"

十二月十日

我把笔记本藏了起来，在两个多星期里，一直没机会在上面写东西。从第一天起，我就很难找到个地方把它藏起来，不被家里人马上发现。如果他们发现了，里卡多肯定会把它据为己有，在上面记大学课程的笔记，或者被米雷拉拿去记日记，会把它锁在抽屉里。我可以为自己辩护，说它是我的，但我必须说出它的用途。我的购物账单，总是记在每年年初米凯莱从银行带回来的记事本上，那是银行做广告用的。米凯莱也会很温和地建议我把笔记本给里卡多用。如果出现这样的情景，我一定会马上放弃这个本子，也不会想到要再买一个。但我会激烈捍卫自己，说我很需要它，虽然——我必须承认——自从我拥有了这个本子，我就一刻也无法安宁。以前，我总是不放心两个孩子出去玩儿，现在我满心希望他们能出去，这样我就可以一个人在家里写日记。在此之前，我一直没有意识到我们家面积小，加上我上班，很少有机会一个人待在家里。为了一个人在家里写这篇日记，我不得不使出浑身解数。我买了三张足球票，说是办公室的女同事送的。我不得不用另一个谎言来掩盖，为了买这些票，我在日常开销的账目上做了手脚。吃完早饭后，我帮助米凯莱和两个孩子穿好衣服，我把我的厚外套借给了米雷拉，亲切地和他们告别，心满意足地关上了门。但我马上就后悔了，我跑到窗前，好像要把他们叫回来，但他们已经走远了。我觉得，他们好像在奔向我给他们设置的陷阱，而不是去看一场平常的球赛。他们边走边开玩笑，他们的笑声刺痛着我，让我感到一阵阵懊悔。我回到家里，想马上开始写日记，但厨房还没有收拾：星期天，总是米雷拉在帮我收拾，但今天她没能帮我。就连平时很爱整洁的米凯莱，也没把衣柜关上，几条领带散落在各处，他也没时间收拾。今天，我又买了足球比赛的票，这样我就可以享受一点安宁。最怪异的是，当我终于可以把笔记本从藏的地方拿出来，坐下来开始写的时候，我发现：除了每天忧虑如何把它藏好之外，我没有别的可以说的。现在，我把它藏在我们夏天存放冬装的旧箱子里。但两天前，米雷拉想打开那个箱子，我不得不劝阻她。她想拿出箱子里一条厚重的滑雪裤，因为家里放弃了集中供暖，屋里很冷。笔记本就在那里，只要她掀开箱盖，就会看到。我对她说："还早啊，过几天再穿吧。"她说："我冷啊。"我坚持不让她去取，态度很坚决，就连米凯莱都注意到了。我们单独在一起时，他对我说，他不明白我为什么会反对米雷拉。我有些生硬地回答："我知道自己在做什么。"他看着我，我异常的情绪让他很惊讶。"我在和两个孩子说话时，不喜欢你插嘴，"我继续说，"你会让我在孩子面前没有威信。"他却反驳说，我平时责怪他对两个孩子不够关心。他用开玩笑的语气靠近我说："妈咪，你今天怎么了？"我想，也许我开始变得紧张、烦躁。就像他们说的，女人过了四十岁都会这样，而且我怀疑，米凯莱也是这么想的，我感到很屈辱。

十二月十一日

我重读昨天写的东西,我在想,我的性格是不是从丈夫开玩笑叫我"妈咪"的那天起,就开始发生了变化。一开始我很喜欢他这样叫我,因为这让我觉得自己是家里唯一的大人,唯一懂得生活的人。这也会加强我的责任心,我从小就很懂事成熟。我喜欢这个称呼,因为这也能说明:为什么米凯莱的行为总能引起我的柔情蜜意,即使现在他快五十岁了,仍然那么天真幼稚。他叫我"妈咪"时,我会用一种严厉而温柔的态度回答他,这也是在里卡多小时候我对他的态度。但是我现在觉得,那是一场错误:米凯莱是唯一一个,在他面前我是瓦莱里娅的人。我小时候,父母叫我"贝贝",在他们面前我永远都是"贝贝",我很难变得和他们给我起这个小名时有所不同。实际上,虽然父母对我的要求和大家对成年人的要求一样,但他们似乎并不承认我真的是个成年人。是的,米凯莱是唯一一个,在他面前我是瓦莱里娅的人。对我的朋友、同学来说,我仍然是"皮萨尼",对其他人来说,我是米凯莱的妻子,里卡多和米雷拉的母亲。但对于米凯莱,自从我们相识以来,我一直只是瓦莱里娅。

十二月十五日

每次打开这个笔记本，我都会看着自己的名字，它写在第一页。我对自己稳重的字体很满意，字迹不是很长，向一边倾斜，很容易让人看出我的年龄。我今年已经四十三岁了，想到这一点，我自己都难以置信。其他人看到我和两个孩子站在一起，也会觉得惊奇，他们会恭维我几句，让里卡多和米雷拉尴尬地微笑起来。无论如何，我已经四十三岁了，我觉得有些羞耻，我还要像青少年那样，用尽心思在这本子上写东西。因此，我绝对有必要向米凯莱和两个孩子坦白这本日记的存在，并告诉他们，我有权把自己锁在房间里，想写日记时就可以写。我从一开始就表现得很愚蠢，让事情进一步恶化，就好像我写这些平常的文字是在犯罪。这很荒唐，现在即使是在办公室，我也心神不宁。如果经理在下班后留我做事，我害怕米凯莱会比我先回家，因为某些不可预见的原因，去翻家里的旧文件——我把笔记本藏在了那些旧文件中间——所以我经常找借口不加班，因而放弃了加班费。我很焦虑地回到家，如果看到米凯莱的大衣挂在客厅里，会感到一阵心悸：我走进餐厅，害怕看到米凯莱手里拿着那本亮黑封面的笔记本。如果我回家发现他和两个孩子在说话，我也觉得，他可能已经发现了笔记本，正等机会和我单独谈谈。我总是觉得，到了晚上他小心翼翼关上我们的房门，特别仔细地检查把手。我想，现在，他一定会和我说。但他什么也没说，我注意到他总是这样关门，那是出于习惯，因为他一丝不苟的性格。

两天前，米凯莱打电话到我办公室，我马上想到他可能是回到家里，不知道什么原因发现了笔记本。在接电话的那一刻，我浑身冰冷。"我想跟你说件事……"他是这样开头的。有那么几秒钟，我呼吸急促，心想我是应该维护自己的权利，说我想怎么写就怎么写，只要我愿意，有多少笔记本都是我的权利，还是应该恳求他：米凯莱，希望你理解我，我知道我做错了……但他只想知道，里卡多是否已经交了大学的学费，因为截止日期就是那天。

十二月二十一日

昨天晚上，刚吃完晚饭，我就告诉米雷拉，我不喜欢她经常把书桌抽屉锁起来。她惊讶地回答说，她这个习惯好多年了。我回答说，多年来我一直不赞成她这么做。米雷拉马上较起劲来，她说，她那么用功学习，那是因为她想开始工作，想变得独立，一成年就离开家，这样她就可以不看任何人脸色，把所有抽屉都锁起来。她还说，抽屉里放着她的日记，所以她要锁上；里卡多也是这样做的，他收到的女孩子的信，都放在抽屉里面。我回答说，那么我和米凯莱也有权拥有一个上锁的抽屉。"我们的确有一个，"米凯莱说，"就是我们放钱的抽屉。"我坚持说，我想有个自己的抽屉。他笑着问我："你要抽屉干什么？""唉，我也不知道，可能会把我的私人文件放在里面，"我回答说，"放一些纪念品，或者像米雷拉一样，把日记本放在里面。"这时大家都笑了起来,包括米凯莱在内,都觉得我写日记这个事儿很好笑。"那你想在日记里写什么呢,妈咪?"米凯莱说。米雷拉忘记了刚才的不悦,也笑了起来。我继续为自己争辩,没有理会他们的笑声。里卡多这时站起来,很严肃地走向我。"妈妈说得对,"他一本正经地说,"她有权像米雷拉一样写日记,写一本秘密日记,也许是爱情日记。我告诉你们,一段时间以来,我开始怀疑她有秘密的追求者。"他努力装出很严肃的样子,皱着眉头。米凯莱也在配合他的表演,显得很担心,他说,是的,是真的,妈咪最近好像不一样了,我们一定要盯紧她。最后他们又笑了,笑得很大声,围着我,拥抱了我,米雷拉也来抱了抱我。里卡多用手指托着我的下巴,温柔地问我:"告诉我,你想在日记里写些什么?"我突然哭了起来,我不明白自己是怎么了,只知道我很累。里卡多见我哭了,他脸色苍白,把我抱在怀里说:"亲爱的妈妈,我是开玩笑的,你不明白我是在开玩笑吗?原谅我……"他转身对妹妹说,发生这些事情,总是因为她。米雷拉出了餐厅,砰地把门关上了。

过了一会儿,里卡多也去睡觉了,只剩下我和米凯莱两个人。米凯莱开始劝解我,语气很亲切。他说,他很理解我出于母性的忌妒,但现在,我必须习惯于把米雷拉当成个大姑娘,一个女人。我尽量解释说,事情根本不是这样。他继续说:"她已经十九岁了,已经有了自己的想法,一些感觉和情感,不想让家里的人知道,总之她有了自己的秘密,这很正常。""那我们呢?"我回答说,"难道我们无权拥有一些自己的秘密吗?"米凯莱握住我的手,轻轻抚摸着。"哦,亲爱的。"他说,"你觉得我们这个年纪,还能有什么秘密呢?"如果他是用一种肆无忌惮、开玩笑的语气说这些话,我一定会反驳,但他那发自内心、流露着隐痛的语气让我脸色一变。我看了看四周,确信两个孩子都上床睡觉了,我希望他们也觉得,我那一刻的脆弱,是出于母性的忌妒。"妈咪,你脸色不好,"米凯莱说,"你太累了,工作太辛苦了,我给你倒杯干邑。"我很坚决地回绝了。他还在坚持。"谢谢,"我说,"我什么也不想喝,已经过去了,我已经好了。你说得对,也许我是有点累了,但现在没事了。"我微笑着抱住他,让他放心。"你还是老样子,一下子就好了。"米凯莱温柔地总结说:"那就不喝了。"我很不好意思地躲开了他的目光。要知道,在食品柜里,干邑瓶子旁有个旧饼干罐,罐子里藏着我的笔记本。

十二月二十七日

两天前是圣诞节。圣诞前夜,里卡多和米雷拉受我们的老朋友——卡普雷利家的邀请,去他们家参加舞会,因为他们打算借此机会,给女儿办一个成人礼。两个孩子高兴地接受了邀请,因为卡普雷利家很富有,他们会受到慷慨体面的接待。我也很高兴,因为这样我就有机会跟米凯莱单独吃饭,就像我们刚结婚那阵子。米雷拉很高兴,因为她想到可以再次穿上她的晚礼服,那件礼服在今年狂欢节第一次亮相。米凯莱也会像去年一样,把燕尾服借给里卡多。舞会快到了,我给米雷拉买了一条纱巾,上面有金色的装点,也给里卡多买了件时髦的软领衬衫。那天下午,大家都非常愉快,因为一家四口都期盼着能度过一个美好的夜晚。米雷拉穿戴整齐,看起来很漂亮:她期待度过一个愉快的夜晚,这让她脸上常有的愠怒消失了,微皱着的眉头也平展开来了。她走进客厅,让我们欣赏长长的晚礼服,她轻轻转动一下身子,把脸藏在纱巾后面,表现出不常有的羞涩。她父亲和哥哥都欢呼起来,两人都惊讶地发现,米雷拉已经出落成一个迷人的姑娘。我也在微笑,甚至感到一阵骄傲。我想要告诉她,我就希望看到她这样:快乐、漂亮,这就是二十岁女孩该有的样子。但我又想,也许她在别人面前总是这个样子,与我们认识的她完全不同。我有些不安地想到:她的这些样子,有些会不会是她假装出来的,带有欺骗性。我意识到,其实她并没什么不同,不同的是她不得不在家里和外面扮演的角色,她将最让人不舒服的一面留给了我们。

看到妹妹打扮好了,里卡多也很激动,马上跑去换衣服。几分钟后,我听到他在房间里叫我,从他的语气中,我立刻猜到发生了什么事。我承认,好几天以来我都在担心这件事,但当他呼喊"妈妈"的那一刻,才使我不得不承认,我担心的事情发生了。米凯莱的燕尾服对里卡多来说太紧了,袖子也太短了。他站在屋子中间,我一下看到了他的惊异和沮丧。他去年穿这件燕尾服时,就已经有些紧了。我们都笑了起来,说他应该克制自己,不要去拥抱遇到的女孩,不然会听见衣服后背和袖子裂开的声音。跟去年相比,里卡多强壮多了,或许还长了些个儿。他看着我,希望我的出现能奇迹般地解决这个问题,就像他小时候那样。我也希望如此。其实刚开始我打算告诉他:"这件衣服很合身。"他也许会相信我。我却对他说:"这件衣服你穿不了了。"说完我走近他,摸摸袖子、胸脯,想象着能否快速改一下这件衣服,然而这无法实现。他的目光焦急地跟随着我的手移动,期盼着能等来一个让人满意的解决方案。但我气馁地重复了一遍:"没办法了。"

我们一起回到饭厅,里卡多耳朵发红,脸色苍白。"我不去舞会了。"他没好气地说。他看着妹妹,目光像在撕咬,好像恨不得把她的衣服撕下来。米雷拉担心反抗也无济于事,只是有些疑惑地问:"为什么?"里卡多展示了一下他的处境,他扣不上外套的扣子,外套袖子太短,衬衣袖口可笑地暴露在外面。"爸爸的肩膀很窄。"他很没礼貌地说。

大家马上想到:可以问亲戚朋友借件燕尾服。但我意识到,两天前我已经想过了,但最后得出了结论:几乎所有我们认识的人,都没有燕尾服可以借给我们。怀着一线希望,我们给一位表弟打了电话,但那天晚上,他自己也需要穿。我们在脑子里把能想到的朋友都过了一遍,掂量了一下,最后大家还是摇摇头,一筹莫展。还有一位亲戚,我们打电话问他有没有燕尾服时,他几乎惊讶地回答说:"燕尾服?没有,我要燕尾服做什么?"里卡多再次挂了电话,苦笑着说:"我们认识的都是穷人。"米凯莱反驳说:"都是和我们一样的人。"然后,里卡多假装开玩笑地提议:"或许可以租一件?你们看好不好?就像临时演员那样。"但米凯莱说:"我们还没到那一步。"我觉得,他想起了自己的礼服,还有我们结婚那天他穿的那套燕尾服:这两件衣服都挂在衣柜里,用白床单罩着。当然,他肯定想起了他父亲黑色和天蓝色的制服。"我们还没到那一步。"他很严肃地重申了一遍。我明白米凯莱为什么要这样说。我还想起了很多过往,都是些很难忘的经历。我想,我本应该说:里卡多的主意很好,可以租一件燕尾服。我也明白,儿子在等我说出这句话。我也想帮助他,但我有些迟疑,那是一种难以描述的感觉,最后我什么也没说。与此同时,米雷拉眼巴巴地看着我,最后我坚定地说:"米雷拉一个人去。"米凯莱想回应我,但我没有看任何人脸色,继续说:"我们必须接受新情况:一是我们没有燕尾服,二是让一个女孩独自去舞会,这是我那个年代不允许的事。不过凡事都有好的一面。米凯莱,你陪她去舞会,然后回家,我们三个人一起过节也很好。里卡多,这次算了吧。"

里卡多什么也没说。米雷拉轻轻拥抱了我,不确定要不要也拥抱一下哥哥,她本想迈着谨慎的步子出门,却因为裙子的沙沙声显得有些傲慢。我多么希望在关上房门之前,有奇迹发生:我可以笑着跑向里卡多,就好像在那之前,我一直在演戏,我看到自己从衣柜里拿出一件新的燕尾服,看到翻领的红色缎面。门关上后,里卡多微微皱眉,我又重复了一遍:"这次算了吧。"

我用谦卑的语气说这句话,好像我做错了什么。虽然如此,但在我的内心深处,感到这句话很违心。我本来想答应里卡多给他买件燕尾服,分期付款,就像我们买米雷拉的晚礼服

Quaderno Proibito 017

一样，但男人的礼服越来越贵，而且男人不用嫁人。我也必须承认，我不能用这些不必要的开支来增加我们的经济负担。我记得，米雷拉和里卡多小时候，他们要的玩具太贵，我就告诉他们说，银行里没有钱了，他们也相信了，觉得那是不可逾越的困难。但现在，我不能再对他们采用这种说辞了。

米凯莱回来后，我们坐下来吃晚饭。我觉得里卡多看他父亲的眼神和平时不太一样，几乎是在审视他。这是一顿很美味的晚餐，但我们吃得毫无兴致。我买了米凯莱最喜欢的干杏仁，当我端上饭桌时，他甚至看都没有看一眼。那些杏仁黯淡干瘪，散发着一种悲伤、贫苦的感觉。

晚饭后，我们坐在收音机旁，我不敢告诉他们，我要在午夜开瓶起泡酒，里卡多冰冷的沉默和倔强的眼神让我畏缩。一段时间以来，我经常在他眼中看到那种敌意，他其实一直都很温和礼貌，这种表情令我很不适。这种情况经常出现在星期六，当他用完了米凯莱给他的零花钱，被迫待在家里，坐在收音机旁，拉着脸听着舞曲，或者翻一翻杂志。圣诞节前夜那晚，我才第一次意识到，他的愠怒原来是针对他父亲和我的。事实上，他觉得米凯莱虽然在银行工作了多年，但他不是个商人，很不会经营，也就是说他始终没能挣到钱。他微笑着说这句话，仿佛这种缺憾只不过是一种个人性情，或是世家子弟的习气。他的语气表面上是在捍卫自己的父亲，但我听出了一种听天由命的感觉，仿佛他心甘情愿原谅父亲，虽然他是父亲无能的受害者。毕竟对里卡多来说,这个玩笑话是他自怨自艾的方式,而不是替父亲开脱。

我走近米凯莱,坐在他旁边,紧紧握住他的手,我希望我们合为一体。里卡多听着收音机,头靠在沙发靠背上,眼睛没看我们。我想着他说"爸爸的肩膀很窄"时的样子,再次重温这句话(天呐!我几乎不敢承认,我在愤怒中写下了这些话,或许我会把它删掉),我必须承认,我感觉自己变得恶毒。我很想站起来,站在里卡多的面前,带着讽刺笑着对他说:"好吧,我们看看二十年后你会有什么成果。"和他在电话里轻声交谈的女孩,我不怎么认识,他们一聊就是好几个小时,那是个金发女孩,很瘦弱,叫玛丽娜。但我觉得他在想那个姑娘,仿佛在那一刻他们挽着胳膊,一起走着,我站在玛丽娜面前,笑着对她说:"等着瞧,等着瞧吧。"我记得很久之前的那天,我告诉米凯莱,我们可以不用保姆了,他没有看我一眼就答应了。他说,两个孩子都长大了,一个五岁,一个三岁了。我还记得,后来我告诉他,最好把打扫卫生的女人也解雇了,这时他有些迟疑,我说她可能会告诉别人,我们在黑市上买东西的事。最后还有那天我回家之后,高兴地拥抱了米凯莱,告诉他,我找到了一份工作:"现在,我有很多空闲时间,两个孩子已经上了中学,家里也没有太多的事情需要打理。""等着瞧,"我会笑着对玛丽娜说,"等着瞧吧。"同时,我紧紧握住我亲爱的米凯莱的手。

晚些时候

现在是凌晨两点，我起床写日记，因为我睡不着，问题再次出在这笔记本上。以前，我会很快忘记家里发生了什么，自从我开始记录每天发生的事，这些事会留在我的脑子里，我会试图明白它们为什么会发生。如果说，这本秘密的笔记本给我的生活带来了新滋味，那么我必须承认的是：它并没有让我变得更幸福。在家庭里，应该一直假装不知道发生了什么，或者至少不去追究它的意义。如果没有这个笔记本，我就不会记得里卡多的态度，还有平安夜发生的事情，但这样一来，我也不会注意到，他们父子关系发生了一些变化，尽管那天晚上表面上一切照旧，第二天他们仍像往常一样互相关爱。米凯莱再也没提到过这件事，虽然我明白，他理解儿子的态度，但也一定会觉得他没良心。一开始我也是这样觉得的,后来我不得不承认,事情并不是这样。

事实上,我们的孩子不再像我们之前那样信任自己的父母了。在平安夜那晚,我本想劝劝米凯莱,但我的思绪很混乱,无法用言语来表达。里卡多已经上床睡了,我们在等米雷拉跳舞回来。"米凯莱,"我对他说,"你还记得吗?在战争期间,我们曾叮嘱两个孩子,不要告诉学校我们买了黑市的鞋子。"他心不在焉地回答,问我为什么又提起这些事。我也不知道具体原因,但我还是继续说:"我们叮嘱他们,不要在外面说我们在听外国广播。你还记得吗?"我想向他解释,我曾经不知道怎么惩罚米雷拉。因为她当时说了一个谎,我已经不记得是什么谎了,那时她已经快和我一样高了,我说话时,她盯着我的眼睛。我觉得,我从来没发现我母亲说谎,这让她显得很没有人情味,我不能说,我曾经是她的同谋。我父亲从律师事务所回家,我看到他摘下圆顶礼帽,放下公文包时,我从未想过,我们家不富有是因为他不会赚钱。在我看来,他拥有比财富更珍贵的东西,我也从来没有用金钱衡量那些东西。而现在,有时我发现,我在自己身上已经看不到那种清晰、稳固、明确的生活典范了,我的父母以身作则指引我们,潜移默化影响着我们。总之,我们秉承的一切,我们的父母之前坚持的——传统、家族、道德规范——我怀疑在很多情况下,尤其是在金钱面前,都已经没有价值。尽管我很怀疑,但在内心深处，我还是忍不住坚守之前的信念。我想让米凯莱明白，由于我们态度不坚决，里卡多和米雷拉可能不再相信我们。

一九五一年一月一日

米凯莱在睡觉，家里仿佛就只有我一个人。从我开始写日记以来，我总担心他是在装睡，会突然出现当场逮住我。我在厨房的桌子上写日记，旁边有一本家里的记账簿，我把它盖在日记本上，以防米凯莱突然闯进来。尽管如此，假如我的行为暴露，事情会变得很糟糕：在二十二年的婚姻生活中，我俩关系和谐的信任将戛然而止。其实，我应该向米凯莱坦白，我拥有这本日记，并恳请他永远不要要求看我写了些什么。然而，如果我被他发现，他就会怀疑我过去和现在有很多秘密，我对他隐瞒了很多事情。让我觉得荒谬的是，如果米凯莱瞒着我写日记，坦白说，我也会很生气。

我无法坦诚说出我在写日记，还有另一个原因：我为在写日记上浪费太多时间感到内疚。我经常抱怨，家里有太多事要做，我是家庭的奴隶，全家人的仆人。比如说，我都没时间去读一本书。我说的都是真的，但从某种意义上来说，做奴隶的处境，带给了我力量，给我的牺牲带上了光环。因此我从不会承认：在米凯莱和两个孩子回家吃晚饭前，尽管只是极少数时候，我会小憩半个小时，或者我从办公室回家的路上，会看一看商店的橱窗。我担心，一旦我承认自己享受了短暂的休息，哪怕是片刻闲暇，我就会失去把每分每秒都奉献给家庭的名号。实际上，如果我承认，自己也会休息、闲逛的话，家里人都会忘记我在办公室、厨房花费的时间，或者我在买东西、缝缝补补上花费的无数小时，只会记得我读书和散步的短暂时光。事实上，米凯莱经常劝我休息一下；里卡多说，他一开始赚钱，就会让我去卡普里岛或者利古里亚海滨度假。肯定我的操劳，这会减轻他们的愧疚感，因此他们经常严肃地对我说："你应该休息一下。"就好像不休息，是因为我太任性。实际上，他们一看见我坐下，和他们一起看报纸，就会马上对我说："妈妈，既然你现在没事可做，能不能帮我缝一下外套衬里？可不可以帮我熨一下裤子？"诸如此类。

如此一来，渐渐地，就连我自己也深信不疑，我不需要休息。假若办公室要放一天假，我便马上宣布，我要利用放假时间，干完之前落下的很多活儿，并且在很早前就计划好了。总之，我保证不会休息。因为如果我休息了短短一天，我身边的人会觉得，我休息了整整一个月。几年前，一位朋友邀请我去她在托斯卡纳的乡间别墅待一个星期。出发时,我非常疲惫,因为我提前安排好了一切,想着我不在家时,米凯莱和两个孩子什么都不会缺。当我回家时,我发现,在我度假的那几天里,数不清的家务堆了起来。度假是夏天的事儿了,进入深冬后,要是我提到我很累,所有人都会提醒我,那年我去度了假,应该已经得到了充分休息。似乎没人愿意明白,在八月份休息一个星期,并不能阻止我十月份感到劳累。如果有时我说:"我不太舒服。"米凯莱和两个孩子会恭恭敬敬、很不自在地沉默一会儿,然后我起身,继续做我该做的事,没人来帮我。但米凯莱会嚷道:"看看,你说你不舒服,却又不肯歇一会儿。"不一会儿,他们又开始有一句没一句地闲聊起来,两个孩子出门时会叮嘱我:"休息一会儿,听到了吗?"里卡多会温柔地对我做个威胁的手势,好像在警告我不要出去玩儿。在我们家,只有发烧,特别是发高烧,大家才会觉得是真的病了。我发烧时,米凯莱很担心,两个孩子会给我端来鲜榨橙汁。但可以说,我极少发烧,几乎从不发烧。我总觉得很累,却没人相信。然而,我的心平气和正是源于晚上我躺在床上感到的疲惫,在疲惫中,我会感到一种幸福,让我平静下来,进入睡眠。我必须承认,或许我拒绝一切休息,只是因为我害怕失去让我幸福的唯一源泉——疲惫。

一月三日

　　昨天，我去了朱莉安娜家。每年我都声称，我不想参加在她家举行的茶会。这是个惯例，在她生日这天，她会邀请一些和她关系要好的老同学去她家聚聚。我说，为了向办公室请假，我要事先完成很多工作。我还说如果真能请到假，我愿意把时间用在更重要的事上。每年米凯莱和两个孩子都会坚持说服我去，说我不应该错过和老朋友重逢的喜悦，尤其是现在大家都过着不同的生活，这样的机会已经很少了。我会摇着头表示反对，可是每年我最终都会去。

　　昨天吃早餐时，我比往年更强烈地表示我不愿意去。米雷拉说："得了吧，你知道你会去，你已经把那顶黑色帽子改成了新款。"我们带着敌意看着对方，我却不敢反驳她。或许她说得对，事实上，虽然我不承认，但每年十二月初，我都会从旧帽子中翻出一顶来试戴。我已经很少戴这些帽子了，我确信要进行翻新才能戴。后来我惊讶地发现自己站在报刊亭前，那儿摆放着一些时尚杂志，我想象自己戴着杂志封面上出现的那顶独特而又新潮的帽子。如果有人靠近我，我会把视线转移到最新的日报上，假装在读一些政治文章的标题。只剩我一人时，我会深情地望向那本时尚杂志。我想象自己戴着新帽子回到家里，帽子上的羽毛从脖子一侧垂下来，会让人有一种神秘和恍惚感。令我惊讶的是，家里没人察觉到我的新帽子，连米凯莱也没有。他像往常一样和我打招呼："晚上好啊，妈咪。"接下来的几天里，我一直戴着那顶帽子上街，想象自己戴着这顶帽子，坐在朱莉安娜家的客厅里。最终，我决定打电话给我认识的女帽商，她很擅长改帽子的款式。我有些神秘地低声对她说，我第二天会去找她。总之，当这顶帽子出现在衣橱里时，它像是在说，我会去参加朱莉安娜举行的茶会。但我仍然坚持说："我不去，我不会去的。"我几乎害怕戴上这顶帽子，就像很难通过一场考验。

或许，是米雷拉的目光在考验我。米凯莱总是说，我戴着帽子看起来很棒。之后他又开始惋惜，说他现在的收入，不允许我去威尼托大街那家女帽店买帽子了，我结婚时的帽子就是在那里买的。"为什么这么说？"我问他，"你的意思是，我戴这顶帽子不好看吗？"他马上回答说不是这样，又赞美了我一番，说我无论戴什么帽子都很优雅。

我兴高采烈地从家里走出来。坐在朱莉安娜家的客厅里时，我才明白米凯莱的意思，在朋友戴的那些色彩艳丽的缎面帽子前，我那顶漂亮的黑色毛毡帽黯然失色。这是一场私人聚会，我们一共才六七个人，但所有人都盛装出席：几个朋友穿金戴银，都穿上了自己最好、最华丽的衣服。我意识到，那些艳丽的衣服，她们生动活泼，用悦耳的声音大声说话，是为了向大家证明她们过得多幸福、多富有，她们的生活有多幸运、多成功。但或许，她们内心并不真的这样认为，那就像在读寄宿学校时，我们展示出收到的礼物玩具，每个人都喊："我的最漂亮。"在我看来她们依然保留着那种令人痛心的幼稚。有时我们会开玩笑似的讲起法语来，就像我们在寄宿学校读书时那样。我们去苹丘山散步，穿着深蓝色的校服，排成一排走在路上，那时就很喜欢说法语。路人都以为我们是外国人，这让我们倍感自豪。事实上，在这座城市最有名的学校上学，我们倍感骄傲。这所学校的大部分女学生都是贵族家庭出身，她们会觉得自己家族的声望得到了彰显。而其他像我一样普通家庭的女生，提到这些同学时，可以很熟练地说到一些教皇和楼房的名字，虽然那些大楼已经不属于他们了。我清楚记得当我提到这些贵族同学时，我那资产阶级法学家庭出身的父亲总是心满意足。而我母亲——一位来自威尼托贵族家族的小姐，尽管已经没落，她却装作一副满不在乎的样子。然而，她对于家族的轶事却津津乐道，她能够完整说出家族的族谱，会提到有些人物的出生、婚姻与早逝。我父亲用崇拜的目光看着她，在这种情况下，母亲总是不由自主地羞辱他，还肯定地说，结婚之前，她一直与我同学所属的贵族家族保持着密切联系。为了供我在那所学校念书，家里做出了很大的牺牲，就是希望我得到良好的教育。以至于最初我以为，只要说出我母亲娘家的姓氏，那些贵族同学就会像对待亲人一样对待我，然而，她们似乎并没听说过我母亲的名字，她们的母亲也不认识我母亲，而我母亲对她们却记忆深刻。

昨天在朱莉安娜家里也一样，我觉得我们生活在不同的世界里，说着不同的语言。我饶有兴致地看着她们，就像在看一场演出。我无法清晰说出我的感受，总之我觉得，她们还停留在读书时的样子，而在我们当中，唯独我成熟了。我想模仿她们，渴望重新焕发青春。我内心反复强调：我们年龄相仿，有很多共同回忆，我们都结婚了，有了孩子，因此我们遇到的问题应该相似。此外，在我开始工作之前，我们时不时会在下午相聚，一起打牌。我和路易莎、嘉琴塔的经济状况差不多，她们丈夫挣的钱并不比我和米凯莱挣的多。总之，我们现在不一样了，我不知道原因出在哪里，每年我都觉得差别越来越明显。我承认，她们讲话时，我在努力理解她们，就像我刚入校时，想像她们一样用流畅的法语进行交谈。卡米拉兴致勃勃地说起了圣诞节时丈夫送给她的礼物，这些礼物很昂贵，都是她费尽心机通过狡猾的手段得到的。她头上那顶帽子很吸引我，上面用灰色凤鸟羽毛装饰着。朱莉安娜也讲了她如何诱使丈夫给她买珠宝。她们都很有趣，让人觉得像是在看变戏法。她和卡米拉谈论各自丈夫，就像读书时谈论教我们的修女一样，她们讲怎么通过狡猾的手段欺骗他们，尽管动机都很单纯，比如买件新衣服，或选个度假的地方。嘉琴塔自信地说，她可以让丈夫每月都支付电费，但实际上电费是两月一付。路易莎认为要抬高在孩子身上的花费，"这是唯一保险的方式。"她笑着说。她的笑声使一小束紫罗兰微微颤动，那是别在帽子白色缎带下的花。她说："每次度假，只要我输了钱，孩子就会扁桃体发炎或感冒。"嘉琴塔马上打断她说："那是因为你的孩子还小，要是我的孩子，他们会说，他们好好的，根本没生病。"我也想说点什么，来引起大家的共鸣，但我什么也没想到，我觉得很没面子。我的几个朋友看起来那么幸福愉快：朱莉安娜一边交谈，一边挽着我的胳膊，这让我很感动。大家一边吃着点心，一边从手提包里拿出带镜的脂粉盒、精巧又新潮的打火机。玛格丽特脸上的表情，跟她之前读书时在班上传修女教师的漫画一样，如果丈夫突然闯进来，她一定会满面通红，就像修女老师逮到她、把她赶出教室的那天一样。她时不时看一眼胳膊上那块昂贵的手表，很快便表现出不安的样子，她说路易斯要回家了，似乎不再像刚才那样自信了。嘉琴塔也说费德里科总是希望她能比他先回家。这是个奇怪的要求让我很好奇，便问她为什么。她轻轻耸了耸肩，叹了口气说，不为什么，男人就是这样。我反驳说,米凯莱从不在意我们俩谁先回家。她回答说:"你真有福气!"这时,玛格丽特去接了个电话,回来时说,路易斯会来楼下大门口接她。卡米拉也说,保罗已经从办公室出发来接她了。我说:"你们真像我们上学的那会儿,校车来了一样,你们还记得吗?"记起学校的时光,总让人开心,我们相互拥抱告别。卡米拉、玛格丽特和朱莉安娜约定,下星期五一起打牌。她们都小心翼翼避免在星期天聚会,因为那天她们的丈夫不去上班。星期四也不行,玛格丽特叹了口气说,因为那天保姆休假。她们热情地邀请我:"你也来吧。"我说,星期五我得工作到晚上七点,如果那天下午我想早走的话,必须请假。

我马上感到,一阵夹杂着怀疑的沉默笼罩着我,气氛有些尴尬,我发现所有人都打量着我的衣服。她们开始问我做的是什么工作,尽管她们去年就已经问过了。我再次回答说,那是一份令人愉快的工作,需要责任心,薪水相当不错,我干得很开心。但我觉得她们并不相信我。路易莎说:"真可怜。"她一边说一边把手放在我的胳膊上,好像我失去了亲人似的。卡米拉建议说:"你就不能找个借口吗?"我回答说可以,我当然可以找个借口,但一想到还没完成的要紧工作,我不会玩得开心,另外,就为玩那么一次,没什么用。玛格丽特强调说:"来吧来吧,别管工作了。"还没等我回答,她突然发觉自己迟到了。"噢,天啊,路易斯!"她惊叫了一声,亲了亲几个朋友

Quaderno Proibito 031

的面颊，匆匆离开了。

我们都来到了大门口：在刚才的两个小时里，所有人都好像在演一场喜剧，只有我一人不知道自己的角色，忘了台词。我沉默不语，慢慢明白了，这些年里我们之间产生的不可逾越的鸿沟，源自我在工作，而她们没有工作。甚至更准确地说，是因为我有能力挣钱养活自己，而她们不行。

这个发现让我很开心，也让我更自信，甚至是自豪。我愈发觉得，虽然我和她们年纪相当，但我比她们更成熟。我也发现，把我与米凯莱联系在一起的感情，同把她们与各自的丈夫联系在一起的感情性质不同。这让我很高兴，我迫不及待地想回家，把我的发现告诉米凯莱。尽管我知道，由于我天生内向，我见到他后什么都不会说。我会坐在他和两个孩子身边，有一搭没一搭地聊聊。总之我还发现，因为我很独立，我不能理解朱莉安娜和其他朋友的想法，这让我陷入了一种深深的伤感，这种感觉就像一个人即将离开自己喜爱的地方，去远行一般。

当我在想这些时，朱莉安娜正与卡米拉聊天，在称赞玛格丽特的新皮草，那是一件极其珍贵的阿斯特拉羊羔皮，价值一百万里拉以上。卡米拉说，玛格丽特的丈夫是个有名的律师，朱莉安娜表示赞同，用恭敬的语气谈论着他。我发现，她们赞美玛格丽特的皮草，就像在赞美她丈夫的能力一样：他送给玛格丽特的珠宝、昂贵的衣服，都是他男子汉气概的证明。

至于嘉琴塔的丈夫，他只买得起一件松鼠皮的皮草，她们似乎就不会太在意他。

我寻思自己是不是个好妻子，因为我用自己的收入支付裁缝店和美发店的分期付款，我不让米凯莱以任何方式承担这些费用。我回想起自己曾私扣家里的用度，买票让米凯莱和两个孩子去看球赛，这样我可以在家安心写日记。总之，我不能像路易莎那样，对自己的所作所为感到骄傲，相反，我后悔自己不仅利用了米凯莱对我的信任，而且滥用了他辛辛苦苦挣来的钱。我也知道，他在办公室里挣钱很不容易。即使是现在，想起我所做的事，我没有丝毫得意，只是感到一种强烈的羞耻。我想哭。我想，我从来不会看着表，大叫一声："噢，天啊，米凯莱！"然后慌张地离开。我母亲经常对我说："你不让丈夫承担家里的所有经济责任，还有孩子的必要开支，你这样做不对。他有义务养你们。至于你赚的钱，你应该存起来。"或许我母亲说的有道理，或许这样做，米凯莱也会开心。我母亲跟我描述她的家庭生活，描述我祖母的生活。我祖母在尤加内山上有一栋别墅，晚上她在壁炉旁织毛衣，我祖父和从附近别墅来的朋友下棋。当她讲述这些事时，我想到米凯莱的生活，想到两个孩子的生活，还有我自己的生活。我望着我母亲，就像在凝望一尊圣像、一幅旧版画。我看着这本笔记本，感到自己很孤独，我和所有人隔离开来了，甚至是和我母亲。

一月五日

明天是主显节。还好假期结束了。不知道为什么，每年我都内心怀着喜悦的心情，焦虑地等待着这些假日，但事后这些假期会让我非常忧伤。里卡多和米雷拉长大后，这种感觉更为明显，或许是从他们不再相信贝法娜老巫婆骑着扫把给他们送礼物开始。以前我喜欢在两个孩子睡觉时准备礼物，米凯莱会在旁边帮我。我甚至买了一本德语书，内容是教人如何准备有创意的礼物。每年我都会制造不同的惊喜。那几天，我逛了一家又一家商店，犹豫要买什么。尽管那时我们的经济条件比现在要好，但也没有太多钱。圣诞前夜，我总是筋疲力尽。两个孩子睡得很浅，我踮起脚尖走路，在壁炉跟前忙碌。米凯莱用温柔的目光看着我。"你为什么不歇一下？"他问我，"你觉得，两个孩子知道你准备这一切花费的心思和精力吗？"我说，当然，但对我来说，重要的是可以想象他们会多么快乐。"那不就有点儿自私吗？"他微笑着问我。"我自私吗？"我重复了一遍，感觉受到了冒犯。"是呀，我说的是，这是好胜心的表现，至少是抬高自己的方式。你想成为一个很棒的母亲，准备了完美的圣诞节礼物。"夜里，我们俩在轻声交谈着，声音很低，仿佛是在忏悔。米凯莱把我抱在怀里，我轻声说："也许，你说得对。"我把头靠在他的肩膀上，想告诉他，我这样做是想让我们的孩子还留在童年，想让他们还相信有一些特别神奇的事可以期盼。但我从来都没有表达出这一点，我说不出口；米凯莱性格比我更开朗，更善于表达自己。先是妹妹米雷拉不再相信贝法娜老巫婆。"我什么都知道。"她在平安夜对我说。她才六岁多，里卡多比她大，但还深信不疑。他也在场，目光从我身上转向妹妹，仿佛是在询问我们，让我们说明真相。米雷拉说："他真是什么也不懂。"里卡多继续不解地看着我，正像他妹妹说的，他什么也不懂，几乎快要哭出来。我的脾气很少失控，但我做了一件不应该做的事：我扇了米雷拉一巴掌。里卡多大哭起来，米凯莱也注意到了，虽然他想责备我，但他还是告诉两个孩子："妈妈是对的，有贝法娜老巫婆要好得多。"米雷拉却回答："不是这样的。"

今晚，我没去睡觉，想给两个孩子准备一些礼物。米凯莱想陪我，我对他说："不用了，谢谢，你去睡觉吧。"这是因为一会儿我打算写日记。现在我说每句话、做每件事的时候，都

Quaderno Proibito 035

会感觉这个笔记本的存在。以前我从来都不觉得每天发生的事都值得关注。我感觉我的生活毫无意义，除了婚姻和两个孩子的出生之外，没有其他值得在意的事。而现在我偶然开始写日记，我才发现原来任何一个词语、一种语气都很重要，有时候甚至比我们习以为常的东西更重要。学会理解每天生活中发生的小事，或许就能明白生活最深的意义。但我不知道，这是不是好事，我害怕事与愿违。

我准备的礼物都是些实用的东西：给米凯莱的一双手套、里卡多的袜子、米雷拉的胭脂。我心想，很快就要开始为孙子准备贝法娜的礼物了。米凯莱有一次面带微笑对我说："你不会想着也要做个完美的奶奶，连孙子的圣诞礼物都准备吧？你太跟自己较劲儿了，会累倒的。"他当着两个孩子的面对我说出这句话，他们都惊讶地看着我。我一想到我牺牲自己来完成这些任务，但他们却觉得自然而然、顺理成章，我觉得真是太可怕了。

一月七日

昨天，米凯莱送给我一本精美的电话簿，我们之前用的那个太破旧了。两个孩子有个坏习惯，就是用铅笔在上面记电话号码，横七竖八，非常潦草。下午，我们俩独自待在家，米凯莱在读报纸，我将那本旧电话簿上的内容抄写到新本子上。上次我抄写那些名字也不过是六七年前，现在我却发现这本旧电话簿上刚开始记的好多电话，已经不用再抄写了，我们匆忙用铅笔记下的其他电话号码，已经取代了那些人。我问米凯莱，我们的友谊是不是很善变，他回答说，他觉得不是这样。我给他看了那本旧电话簿说："你看看这些……"

我们又像往常一样在新的一年回顾过去的生活。这是个惬意的下午，我们已经很久没有这么美好的时光了。幸好米雷拉和她朋友乔瓦娜出去了，否则她肯定会忍不住发脾气，她觉得和我们待在家里很无聊。她总是无情地说出那些话，但她从未想过，在周末或晚上，和他们待在一起我或许也会感到无聊。但我和她不同的是：我没有权利说这些。孩子可以坦率地说出，他们对父母感到厌烦，但母亲却从不承认自己对孩子感到厌烦，不然会显得很反常。

我在抄写电话号码时，对米凯莱说了这番话。他微笑着说，我们之前对父母也是一样。我说我不这么觉得。比如说，对我来说，学习就是受罪，因为没什么天分，但我学习并不是只为了尽快离开家，像米雷拉那样。最重要的是，我从来没有觉得出去玩是理所当然、属于我的权利。对我来说，每一次出去玩都是格外幸运的事情。因此我敢肯定，我从来没有用米雷拉回敬我的方式来对付我母亲。当我让米雷拉帮我出去办什么事儿，或让她帮我做家务，她总是会说"我没有时间，不想去"。米凯莱说，这得归咎于第二次世界大战。人们害怕战争再次爆发，所有人，尤其是年轻人，害怕自己没有及时行乐，他们想好好享受当下。或许，正是因为这个原因，他们才难以获得快乐。

我仔细、慢慢地抄写着那些名字和电话号码，就像在练书法一样。从那个电话簿来看，我发现，我们来往的朋友在战后发生了变化。也许是因为从那时起经济状况整体发生了改变，像我们这样家庭收入减少，孩子越来越大，不得不适应新的社会条件。的确，仔细想想，我似乎明白了，这是因为在战争期间，有些人明白了重要的事情，而有些人没有。

或许无论如何，人都很难拥有一辈子的朋友。现实中，我们每个人都在不断发生变化，变得很不同：有的向前走，有的原地不动。总之，有人走上了相反的方向，因此我们就不再相见，最后毫无瓜葛。在抄写克拉拉·波莱蒂的名字时，我本想给她打个电话，至少为她送上圣诞祝福。但事实上，我没有时间打，我的时间越来越少。我甚至觉得，在新电话簿中抄写她的号码也毫无意义。自从她与丈夫分开后，我们几乎没见过面。在她婚姻的最后几个月里，我尽可能地陪在她身边、安慰她，但她总是说我不理解她，我的建议就像纸上谈兵。和丈夫分开后，克拉拉开始为电影撰写剧本，结交我们不认识的人。她有了一些名声，我们去电影院时，经常会在片头看到她的名字。每次我去看她，她都很忙，接着一通又一通的电话，总是跟我说她在恋爱，也常问我有没有背叛过米凯莱。如果是其他人，不太了解我的人，问我这个问题，我是无法忍受的。但我会笑着回答她："你这是什么话嘛！"不过她很可爱。如果圣诞节我给她打电话，她可能会很高兴。"你还是和米凯莱在一起？"她会这样问我。我会回她："少来，克拉拉，你看看我们都什么年纪了。你来家里玩儿吧，看看两个孩子都长成什么样了。"在电话本上抄完这些名字后，我想，幸运的是，我和米凯莱这些年来都没有变，或者我们都变了，但以同样的方式在改变。

一月九日

我心情不好，总是很忧虑。米雷拉养成了一个坏习惯：她想什么时候回家，就什么时候回家。昨晚她十点才到家。她一进家门我就告诉她，如果下次再这样，我绝不会给她留晚饭。"那就从今晚开始吧。"她带着些许傲慢说，"我可以不吃晚饭，晚安。"

我怀疑她已经在外面和某个男人吃过饭了。我本希望米凯莱责备她，但是他说我已经责备过了，这就够了。其实，他只是想安静地待在收音机旁，听听音乐会。现在，他通常会待在收音机旁听音乐，一直到睡觉。他特别喜欢瓦格纳的音乐。但我觉得那种音乐很糟糕，太激烈了，让我害怕。可我不想和他唱反调，他每天工作很长时间，这是他难得的休闲方式。我在他旁边坐下来，缝补衣物。虽然在忙碌了一天之后，音乐会让我犯困。在我看来，米凯莱喜欢瓦格纳并非偶然。昨晚，每过一会儿，我就停下手头的针线活儿，看看他，但他没有发现。当他听那些音乐时，总是心不在焉，非常恍惚。我看着他轮廓清晰的侧脸，棕色的头发，鬓角有些发白，还有漂亮的双手。我们订婚时，我母亲总是说，米凯莱的思维很敏锐，有着诗人、英雄般的头脑。也许，尽管我们的生活一直很幸福，他听那些音乐时，还会想象自己是史诗中经历各种冒险的英雄，梦想着一种与当下截然不同的生活。因此，即使我对他说，如果我们的女儿是这种态度，她可能会走上歪路，他也不愿从那个世界中出来。我有些惊讶地看着他，如果我是他，就不会对这个问题很无所谓。看着他，我才明白，他是在音乐里寻求安慰。

我深受触动，走到他身边说："我们离开这儿吧，米凯莱。"但我马上就后悔说了这句话。我害怕他转身问我："妈咪，去哪儿？"我一定打扰了他的梦。我准备用谎言来回答他，我澄清说："我是说很晚了，我们去睡觉吧。"但他没有回答我，只是握住我的手。我那时很害怕。我感觉到，如果米凯莱沉迷于这些梦想，那就意味着他已经没有希望了，他是个被现实打败的人。或许一段时间以来，我看到的都不是真的。也许是这笔记本的问题，我应该毁掉它。我下定决心，一定要毁了它。如果不是害怕有人会在垃圾桶里看到它，我会马上扔掉的。如果我烧掉它，米凯莱和两个孩子会闻到味道，他们可能还会当场抓住我，我会难以解释。但我会尽快毁掉它：就在这个星期天。

一月十日

米雷拉的行为变得让我无法忍受，为了宣泄一下情绪，我不得不再写一次日记。米凯莱和里卡多已经上床睡觉了。不论发生什么，他们总能睡着。我把自己关在卫生间里，浑身冰冷、疲惫地写着日记。今晚米雷拉要了家里的钥匙，她要和乔瓦娜，还有乔瓦娜的哥哥一起去看电影。一点了，她还没有回来，我很担心，我给乔瓦娜家里打了电话，把他们家里人都吵醒了。乔瓦娜母亲说，乔瓦娜在睡觉，她没有出去。就在这时，被电话铃声惊醒的乔瓦娜跑上前来，想从她母亲手中夺过电话。我听到，她很激动地对她母亲耳语。她母亲告诉我："乔瓦娜在这儿，她说，他们计划好一起出去，但计划有变，米雷拉和其他人一起出去了。但您别听她瞎说，太太，这应该不是真的。"我道了谢，挂断电话，感觉浑身冰凉。我跑到窗边：没有人。我叫醒了里卡多和米凯莱，我们三人都将头探出窗外，外面的风有些冷。不一会儿，一辆车停在了大门前，一辆灰色的大汽车。我看见米雷拉从车里出来，然后转过身深情地挥手告别。如果不是穿着睡衣，我会跑到门口，看看到底是谁送她回来的。我恳求里卡多："你下去看看。"但他马上回答说："那是坎托尼家的'阿尔法'。"这时，那辆车也开走了。我问里卡多车里的人是谁，他回答说："一个三十四岁的男人。"

米雷拉小心翼翼地打开家门，看见我们三个人穿着睡衣站在餐厅门口，她犹豫了片刻，像是要决定是否逃走一样。最后她脸色苍白地走上前，微笑着，想努力表现得自然些。"晚上好，"她说，"我回来晚了，你们应该去睡觉，不用等我……"她朝我们走来，像往常一样，亲吻父亲，向他问好，与此同时，她也看着我。"听着，米雷拉，"我严肃地说，强迫自己冷静下来，"我们给乔瓦娜打过电话了，因此你不要说谎。你去哪儿了？"她轻蔑地把钥匙扔到饭桌上，说："这是你们的错，你们逼我说谎。"米凯莱用讽刺的语气说："我们？啊，这个说法真新鲜。"她坚持说："没错，就是你们。我都这么大了，晚上不能独自外出，要想出去就得让哥哥陪着。这真可笑，也让我很可笑。里卡多心知肚明，其他很多女孩……"哥哥粗暴地打断了她，说他永远不允许妹妹做那些女生做的事。"你不允许？关你什么事？我顶多可以听爸爸的话，至于你……"米凯莱正要插嘴，但我了解米雷拉的性格，我担心事情会变得更糟，于是我说，让我一个人和她谈谈。

我请她坐下，仿佛她是客人，我也坐了下来。她板着脸，还是一张稚气未脱的脸。总的来说，她是个好女孩，我想，这只是她一时的态度，会过去的。她从包里拿出一盒美国香烟，这是她出门前还没有的。此前，我很少看见她抽烟，但现在我看她熟练地打开了香烟盒。对于这包烟，我什么也不想说。我温柔地问她，她去哪儿了，和谁在一起。她回答说，她去了电影院，然后和桑德罗·坎托尼跳了舞。他是个律师，他们是圣诞节那晚在卡普雷利家认识的。我亲切地问她是不是爱上那个男人了。我试着去拉她的手，但她抽了回去。她回答说："我不觉得，我不知道，我不这么想。"我看着她的眼睛，希望她是在撒谎。但在我看来，她说的是实话。我问她，为什么和他单独出去，这会毁坏她的名声。她笑了起来，说："妈妈，你还停留在十九世纪呢！"我想回答说，我并不是那个年代的人，我试着让她明白我的意思，也试着理解她。"里卡多说，那个男人比你大很多。你看，如果你和你大学同学出去玩，那就不一样了。即使你们聊到很晚，这也可以理解。但你和一位年长的男人……"我还想和她谈谈香烟的事，但我克制住了，"我不知道，"我继续说，"但我不喜欢你的这个新朋友。有两次你都回来晚了，太晚了。除此之外，我觉得你很不安，晚上也不准时回来吃饭。昨天我甚至怀疑你在外面吃过饭了。"我看着她,质问她,希望她能反驳我。但她告诉我,她确实已经在外面吃过了。然后她坐到椅子上,冷冷地对我说:"你听我说,妈妈,我们最好把话说清楚。我讨厌和里卡多的朋友出去。他们一分钱没有,只会让你一直散步,一直压马路,他们会讲一堆废话。如果他们最后邀请你去某个地方坐坐,一定是在个饮料店。在那些地方,不过一会儿,你就会感到手脚冰凉。你听我说,妈妈,我不想过你和爸爸的那种生活。爸爸是个了不起的男人,非同寻常,我知道,我也很爱他。但我宁愿自杀也不愿过他让你过的那种生活。我只有一张牌,那就是结婚。我会很快结婚的,因为我不能奢望太多,除了青春,我什么也没有。我没有显赫的家世,没有从政的父亲,没有上流社会的地位,甚至没有可打扮的衣服。所以如果有必要的话,我就会出去玩儿,你们应该习惯。再说了,我出去玩也很开心,你得跟爸爸说清楚。如果你们继续坚持你们的态度,那等到成年,我就会马上离开家。你们考虑下吧,那样情况只会更糟糕。这些话是我对你们说的,也是对我自己说的:你们应该慢慢习惯。别害怕,妈妈。"她几乎带着温情,补充道:"我不会做任何你说的那些坏事。"她微笑着说,同时冷冷地看着我。那神情,就像她在六岁时说"我什么都知道"一样,她想告诉我,她不再相信贝法娜老婆婆了。现在我在想:这真的是米雷拉在和我说话,还是另一个我完全陌生的女孩?我想起了她去参加圣诞节晚会我给她买的那条纱巾。当时我犹豫不决,因为纱巾太贵了,我都出了商店,但最后还是折回去买了它。我说:"所以,你不在乎情感吗?"她打断了我,说我不明白。我回答说,我非常明白。我又问她,是不是连爱情都不在乎。"这有什么关系?"她反驳说,"难道你认为,你们之间的感情是爱情?这种贫穷的日子,忙忙碌碌,放弃一切,奔波于办公室和市场之间,这就是爱情?难道你看不出你在这个年龄变成什么样了吗?拜托,妈妈,你不想了解生活,但我一直认为你是个有智慧的女人,非常聪明。你想想吧,你和爸爸过着怎样的生活?他是个失败者,他不是把你也拖下水了吗?如果你爱我,你怎么会希望我将来过和你一样的生活?"

我立刻起身去关门,这样米凯莱就会听不见我们的谈话。但这个举动让我羞愧,也让我想起前一天晚上,我在笔记本上写的关于米凯莱,还有瓦格纳的内容。我告诉米雷拉,我一直都很幸福,我也真心祝福她能同样幸福。我又补充说,这是每个女人都应该有的生活,我不会允许她为所欲为。只要她还住在家里,我就不会允许她那么做。"我知道,这个阶段会过去的。你会反思,我也会让你反思。当你恋爱了,你就会结婚。当你仰慕一个男人时,你就会爱你的家庭、你的孩子,就像我这样。如果他有钱当然更好,否则你就得工作,就像我一样……"

米雷拉用冷酷的目光盯着我,说:"你嫉妒了。"

一月十四日

又是一个星期天,吃完饭他们就出门了。今天米凯莱要去看望他父亲,他本来也想让我跟他一起去,但我说我还有很多事要做,做完事儿我还想休息一下。他用手托住我的下巴问:"怎么了,妈咪?你最近常说想一个人待着。里卡多说得对,这段时间你变了。"我说是的,在某种意义上,我真变了,那也是因为两个孩子,我总是为他们操心,他们好像和以前不一样了,不再满足于曾经让他们快乐的事。我借机把昨晚的事告诉了他:米雷拉想要一件新大衣。她认为只要我们愿意,还是买得起一件大衣的,因为我和米凯莱都收到了圣诞节奖金。我想让她明白,这笔钱已经规划好了,要花在其他地方,但说了也是白费口舌。或许她觉得,我们想将那笔钱锁在抽屉里留着自己用。米凯莱分析说,不管怎样,如果我们想留着那笔钱自己用，我们也有权这样做："这是我们的钱，我们辛辛苦苦挣的。你也可以考虑给自己买件大衣。不是吗，妈咪？"我说，我也这样跟米雷拉说了，但她说，对于一个四十三岁的女人来说，新大衣已经不那么重要了。米凯莱笑了，我希望他能否认这样的说法，但最后他说："好吧，或许她说得对。"他温柔地拥抱了我，就出去了。

  我不敢告诉米凯莱，米雷拉那天晚归后发生了什么。相反，早上我告诉他，米雷拉已经答应不会那样了。那晚之后我一直都很焦虑，我不想让他也那么焦虑。我也没有勇气告诉他米雷拉把自己关进房间之前对我说的那句恶毒话，"你嫉妒了"。我担心米凯莱的反应会和他评价新大衣时一样，也会笑着对我说："也许她说得对。"

晚些时候

刚才,我停下了笔,因为我听见了门外的声音,好像有人把钥匙插在了锁眼里。我当时猝不及防,不知道该把本子藏在哪里。我环顾四周,我觉得,家具都像是透明玻璃的,无论藏在哪儿都能看见。我拿着笔记本转来转去,最后我才发现噪音来自隔壁公寓。我松了口气,我像惊弓之鸟,简直可笑。我重新坐下来继续写日记之前,把锁链挂在了门上,心想我可以说这是我不小心随手挂上的。但那个下意识的动作顿时引起了我的惊异,因为在此之前,我一直觉得自己是个坦率而忠诚的女人,而这一举动却表明:我已经做好了说谎的准备,甚至还为自己找好了托辞。我想到几天前,米雷拉坦然自若地撒谎说和乔瓦娜约好了出去玩,不知道之前她撒了多少次谎?还有里卡多,为了能从米凯莱那里多要点钱,他说自己要买一本书,但实际上他并没有买。我想知道米凯莱会怎么撒谎，就像我为了写日记撒谎一样。渐渐地，我越想越多，就哭了起来。我独自一人，在空荡荡的房子里，星期天，周围很寂静，我觉得，我永远失去了所有我爱的人，他们实际上和我想象的很不同。尤其是，我是不是和别人想象中的也不同呢？

直到现在，我一直认为我们一家四口——米凯莱、米雷拉、里卡多和我——是一个关系亲密、融洽的家庭。我们仍住在我和米凯莱结婚时住的房子里。这套房子对于我们来说太小了，为了给米雷拉腾出一间房，我们不得不放弃客厅。房间很小，或许正因为如此，我觉得我们之间更亲密了，就像挤在一个壳里。我一直认为，和其他家庭相比，在很多方面，尤其是那些比较重要的方面，我们很幸运：我和米凯莱已经很多年没有真正争吵过了。他一直在工作，我想找工作时也很快找到了工作，两个孩子都很健康。也许，我本想在笔记本上记录我们家庭平静幸福的生活，可能这也是我买下这个笔记本的原因。我想等将来两个孩子都结婚了，我和米凯莱单独在一起时，一定会很高兴看到这些记录。我会自豪地向米凯莱展示这个笔记本，就像在他不知道的情况下我为我们的晚年积攒了一些财富，那会很美好。但自从我开始写日记以来，我觉得发生在我们家的所有事，都不再是美好的记忆。也许我开始得太晚了，我本想记录里卡多和米雷拉小时候的事，但现在，我不能再把他们当成小孩了，他们已经成年了，拥有成年人的喜好和罪恶。有时，我觉得我错了，我不应该把发生的一切都写下来。那些事情写在纸上，看起来似乎很糟糕，但本质上并不是这样。我不该写下我和米雷拉之间的对话，自从那天她晚归、我们长谈后，我们就不是一条心了，不像母女之间的矛盾，而像两个女人之间的敌对。如果我没记下这些事，或许我就忘了。我们总是倾向于忘记过去说过或做过的事，因为如果我们要忠实自己说过的话、做过的事，那简直太可怕了。如果把一切都记下来，我觉得，我们会发现自己犯了无数错误，尤其是前后矛盾：我们想做的和已经做的事，在我们希望成为的人和我们接受的现状之间，充满了太多不一致的地方。出于这个原因，那晚我把笔记本藏在了更隐蔽的地方：我爬到椅子上，把它放在了衣柜里放床单的地方。我觉得，把笔记本藏起来，可以让我轻松打消一直萦绕在心里的疑虑：我养育了女儿二十年，我给她做饭，教育她，用心揣摩她的心思和性格，但我不得不承认，实际上，我根本不了解她。

一月十五日

　　昨天我写完日记之后，也没做家务，我去看了我母亲。她住在附近，那是一套向阳小公寓。那些老人很喜欢晒太阳，当我还和他们住在一起的时候，我甚至都没有注意到，那套房子朝南，母亲总是用自豪的语气提到这一点。星期天我去看望母亲时，她很高兴，因为她觉得，我把陪米凯莱的时间抽出来陪她，她觉得自己很重要，这让她很满意。

　　星期天，如果天气好，我母亲的心情会很糟糕：在这种情况下，我父亲会独自出去，散很长时间的步。他们会去参加早上十点钟的弥撒，结束后，父亲陪着她缓步走回家，挽着胳膊，充满爱意。走到大门口时，他就会向她告别，马上离开。我母亲独自站在人行道上，看着他走远。他走开之后，就不再回头向母亲告别，而是快步走着，仿佛要表明：他比母亲年轻得多,尽管他们同岁,都七十二岁了。他拄着一根象牙柄手杖,每走一步,都把拐杖抬起来,就像里面装了弹簧一样,那是他们那个年代流行的方式。他一直走到博尔盖塞公园,走到湖水花园。回来后,他向母亲描述户外的空气、树木,在那里,他畅快地呼吸着新鲜空气。他这样说是为了让我母亲生气,他得逞了。母亲一整天都不说话,满脸愠怒。我小时候,星期天父亲去击剑或划船,情况也是这样。

母亲的家中一切都是老样子:那个年迈的女佣还称呼我"小姐",我母亲坚持叫我"贝贝",尽管我跟她说,我已经有很多白发了,这种称呼很可笑。我一进家门,就自然而然地走进我当姑娘时住的房间。母亲跟在我后面,我们会关上房门聊天。这间房一直没变,每次我回到这里,总是带有一丝愧疚和懊悔,就好像我去和米凯莱一起生活,是一种叛逆、疯狂的行为。我和母亲在那间房里聊着米凯莱、两个孩子。尽管母亲也很爱他们,但她在听我说到他们时,就好像在听我谈论偷偷插入到我们之间的陌生人一样。

昨天,和往常一样,我坐在房间床上,母亲在我旁边做针线。我本想和她谈谈米雷拉的事,但又觉得,我和米雷拉之间的谈话,在我自己像女儿差不多大时,可能也发生在我和我母亲身上,那是我和母亲都不愿提及的往事。在母亲家,我总是带着要干的活儿:给米凯莱或两个孩子织毛衣,我很快也会干起活儿来。但我一边做,一边抱怨说:"我很累,今天早上,我把家里都整理了一遍，还买了菜。在市场上，我找不到什么好菜，都是冻过的。有些豆角还不错，但一公斤要三百二十里拉。"我母亲没看我的脸，点头附和说："是啊，爸爸昨天回家，问我为什么从来不买洋蓟，我告诉他：一个洋蓟要七十五里拉。"我回答说："现在天气太冷了，洋蓟还不多。"她说："爸爸今早出门都没戴围巾，还走到了苹丘山。他以为自己还是个年轻人，这样会感冒的。""他不能再生病了。"我说。母亲最后说："他不能再这样了。"

我抬起头看她。我的母亲很高，是个白头发的老太太，发型还是二十世纪初流行的样子，带有一丝性感妩媚。如今，像她这样的老太太已经很少见了。我总是说，如果我到了她这个年纪，不会像她一样，我们这一代人不会耻于表现出自己的疲惫。而她看起来一刻都不闲着：一早上起来，她就穿戴整齐，脸上打了粉，光鲜亮丽，纤细的脖子上绑着一条罗纹丝带，好像准备好了要出门。昨天，我弯着腰在那里织毛衣，蜷缩在床上。我看着母亲，她笔直地坐在一张硬椅子上。她总是说，她不喜欢沙发，沙发会让人变得懒散，甚至忧郁。她正在缝补我父亲的几双旧袜子，这些袜子真应该当破烂扔了。她缝补袜子的姿势很优雅，就像她年轻时做文艺复兴风格蕾丝花边时的姿势。她感觉到了我的目光，就抬起眼睛，正好我们四目相对。她盯着我看了一会儿，捏着针，绷紧线，又低头缝补起来了。她说："我真觉得，你应该找个能帮你打理家务的人。"我小声说："是，你说得对。

如果二月份米凯莱涨了工资,我会考虑的。"

除了那些现实的问题,我和母亲从来没有谈论过我们真正想的事。她对我总是很冷淡,我小时候她也很少拥抱我,这更增加了我对她的敬畏。她很早就把我送进了寄宿学校。我一直觉得她对我这样,是因为她出身贵族家庭。他们总是习惯于这种谨慎的态度,我母亲对我外婆总是毕恭毕敬,以"您"相称。我打算以不同的方式教育我女儿,做她的朋友,最亲密的知己,但我没有做到。我在想,这是不是一件可以做到的事。昨天,我在和母亲谈论那些现实的问题、菜市场、家务时,我意识到,我们总是用一些无关痛痒的话,谈论发生在我们身上的所有事,而不是坦然说出来,但彼此都心知肚明,那种默契只存在于母女之间。比如说昨天,当我们说到洋蓟的价钱太高了,我们实在受不了时,我觉得,我们都在暗示别的东西。母亲建议我找个人帮我做家务,她意识到了我的疲惫,还有一种危险的脆弱。我觉得,我现在才恍然大悟,也许是因为我有了一个自己无法理解的女儿,我才明白了我母亲。我在这本日记里写到她,我在逐渐理解她。这时,我想把头埋在她的肩上,如果她在场,我却永远不敢这样做。我刚结婚时,很难适应米凯莱的性格,其实是难以适应已婚妇女的生活。那时我经常去看望她,就像现在我去看她一样,我们坐在我的房间里,我会对她说:"我头疼,给我一片止疼药。"她从来没问我为什么会头疼。"天气的缘故吧。"她说,然后递给我一颗阿司匹林。她建议我"回家之前，休息一会儿吧"。她从不多说什么，只是在一旁干活，我也沉默着。我躺在我以前睡的床上，看着阳光射进镶有绿色和紫色菱形玻璃的窗户，那是我小时候最喜欢的光线。"好点了吗？"母亲从活计上抬起眼睛，问我。最后我说："感觉好多了。"她陪我走到门口时，问我晚饭准备了什么。我说："烩饭和烤肉。"第二天早上，她会给我打电话，问昨天米凯莱喜不喜欢吃我做的烩饭。当我回答说他很乐意吃，一切都好，我感觉到她松了一口气。

也许，一个女人要等到老了，孩子都长大了，才能理解自己的父母，在他们身上看到自己的影子时，才能更好地理解自己。突然间，我好像明白了：如果我不能再给母亲打电话，告诉她，米凯莱和两个孩子都很好，他们晚饭都吃得很开心，我会陷入多么孤独的深渊。一直到现在，由于我们的谈话方式，我觉得我们从来没有互相理解过。我甚至不敢诚实地告诉母亲：我不再相信是贝法娜老巫婆送的礼物，但米雷拉就敢对我说这样的话。十岁十一岁时，我仍然假装相信主显节的礼物是贝法娜送的。有一天，母亲问我："你想收到什么主显节礼物？"我记得当时我并没有失措，但我脸红了。我说，我想要一双带毛的拖鞋，后来我收到了。直到那天，我才在心里承认：那不是贝法娜老巫婆送的礼物，那是我母亲送的。所以当我爱上米凯莱时，我什么也不敢跟她坦白。我总是说"我不饿"来掩饰我的心情，我的快乐和不安。

一月十七日

昨晚，米雷拉再次向我要大门钥匙，我说我不能给她。她说那样的话她会在朋友家过夜。我试图和她商量，但最后我妥协了。我告诉她，这是最后一次，如果她再这样下去，我不得不告诉她父亲，做出一些严肃的决定。我听到她半夜两点回来，我还在床上辗转反侧，想到她我就难以入睡。今天早上，我无意中打开了她的衣柜，看见一个新包，是野猪皮做的，至少值一万里拉。我不知道该怎么办，我很想和米凯莱谈谈，但他已经出去了。后来我想，米雷拉的态度可能是暂时的，但如果我和米凯莱或里卡多说了这件事，一旦他们知道后，她的态度就会变得坚不可摧。我觉得最好假装没看到那个包，再想一个万全之策。我小心翼翼地关上衣柜，我觉得，这和我藏笔记本时的动作一模一样。我很害怕，就跑去给母亲打了电话。听到她那一如既往平静的声音,我没有勇气告诉她:我女儿接受了一个男人的礼物。我告诉她,我很担心,米雷拉再次提出我要买一件大衣给她,我补充说,她还想要一个野猪皮的手提包,她任性固执,每晚都想出去玩儿。我母亲说,米雷拉的性格和我一样,我在她那个年龄也是这样。"真的吗?"我很惊讶,然后笑了起来,"我那时一直待在家,没有要过任何东西。"我母亲说我待在家里也并非心甘情愿;每次她买一顶新帽子,我都会用责备的眼神看着她。"会过去的,"她补充说,"我当时也一直为你,为你的未来感到焦虑。你结婚仿佛只是为了离开家,获得自由。我觉得,你不会成为一个合格的妻子,你似乎根本不爱米凯莱,但一切都会过去的。"她重复道。我想反驳她,想说我从来没想过离开家,丢下他们,我想说,我一直都爱着米凯莱。但最后,我只轻轻笑了,说:"会过去的,我知道。"我挂了电话,出门去了办公室。

一月十八日

今天我们得到消息,米凯莱会加薪,还不错,大概每月一万八千里拉。那时他刚从银行回来,吃饭时,他尽力用轻松自然的语气对我说:"妈咪,你过来一下。"两个孩子还在家。我当时很忐忑,一下想到他也许发现了我的笔记本。不过考虑到它藏在放床单被罩的柜子里,我才放下心来。如果他现在找到了笔记本,后果会十分严重,因为我在上面写了坎托尼送给米雷拉的野猪皮手提包,我却假装没看见。我们走进卧室,米凯莱关上门,激动地拉住我的手说:"妈咪,我们有钱了。"我得知,他亲自去找经理谈话,经理对他很友善,甚至还给了他期待多年的加薪时,我高兴得简直快哭了。米凯莱把我抱在怀里,紧紧地拥抱我,我的目光越过他的肩膀,看到衣柜镜子映出我们的样子,我觉得,我们似乎更年轻了。除此之外,他还说,从二月份开始,他不仅能获得加薪(这再好不过了),而且还能收到去年十一月到现在补发的部分。他拿起笔纸算了一下,大约有六万里拉,然后他说,这笔钱可以由我来决定怎么花。我说,我本打算雇个打扫卫生的女人,不是全职的那种,但想想还是算了,现在最紧急的应该是给米雷拉买些东西。他问买什么,我说还不确定,也许是一件她提过的她一直想要的红色大衣、一双鞋,还有这个年纪的女孩需要的其他小玩意儿。米凯莱用惊讶的目光看着我,我又补充说,米雷拉正在经历一段艰难的时期,其他有钱的家庭会送女儿去国外旅行。米凯莱皱着眉头,打算马上和米雷拉谈谈。他和我的想法不同,他觉得,在困难时刻更不应该向女儿隐瞒现实,靠着买些衣服、首饰和一些没用的东西来哄骗她,抚慰她。我求他暂时不要对米雷拉说什么,我会在适当的时候规劝她。我提到了,二月份米雷拉要参加考试,也许是学业繁重,害怕不能通过考试,她有点紧张,我们要理解她。另外,一月二十八号是她的生日,我提议邀请她的几个朋友一起吃饭,让她开心一下。尽管我意识到,除去生活的基本支出,我们剩余的钱并不是很多。不过,我还是告诉米凯莱,这说明我们的日子正在变好。之前的经理不欣赏米凯莱,他被调到了米兰之后,取代他的是个很喜欢米凯莱的人,所以以后会越来越好。米凯莱说,是这样的,女人的直觉真是灵敏。我们再次拥抱在一起。

我脸红了,我感觉拥抱我的人不是米凯莱,而是另一个男人。他的拥抱有一种新的活力,让我回想起刚结婚时他抱我的方式,他已经很久没这样抱过我了。不过,我觉得这是因为现在我们很少有独处的机会,晚上我们都很疲惫。如果米凯莱当着孩子的面赞美我,或者吻我一下,我会感到局促,会推开他,但心里还是很享受。儿子会用温柔的目光看着我们,而米雷拉会看向别处,暗示在我们这个年纪这些举动很可笑。我不得不承认,之前我和丈夫之间营造的那种兄妹般的相处方式让我很不满意,其实我心里对米凯莱有些怨恨。但我什么都没说,我就是担心他会觉得我很可笑。我说服自己,我现在已经是个老太婆了,米雷拉的态度没错。我不得不说,她无意流露出来的无情和残忍,也让我更容易接受这个不可否认的事实。我是个老太婆了,尤其在我三十五、三十八岁时,我常这样想。尽管很荒谬,但一段时间以来,我很难承认,或者说特别抗拒的事情是:我老了,应该放弃很多东西。我一直不敢承认这种感觉,因为我觉得,对于女人来说,最痛苦的事,莫过于告诉自己青春已逝,必须学会以不同的方式生活,找到新的乐趣。

然而,今天早上我想,如果我们的生活中少些艰苦,或者说我们获得了更多成功,米凯莱可能会更频繁地拥抱我,就像今天早上那样。他就像我们还没结婚时一样自信、开朗,会为未来提出很多设想。米凯莱常说,他不会一直待在银行工作,那不是他的志向,他喜欢有一份教职,可以有时教书,有时写作。他还说，如果不是为了我，如果不需要赚钱，尽早结婚，他早就离开银行去冒险了。我们婚姻的头几年，我害怕他铭记着那些想法，真的要付诸实践：那时里卡多已经出生了，没过多久，我又怀上了米雷拉。我们手足无措，那时我们从来没有想过我可以去工作，况且孩子还小，我也没法工作。米凯莱经常对朋友，也对我说，他的工作只是个权宜之计，他不喜欢这种爬升很慢的职业，工资很低但很有保障的工作。他说，他很快就会有好机会，他在等几个朋友的召唤，和他们一起开创事业。我什么也没问，这些话题总是让我很不安。渐渐地，他再也没有谈到这些事，只在有客人时，他才提起。也许，他和那些朋友断了联系，因为他不再提到他们。机会一直都没有出现，他似乎不再想那件事。然而今天，他拥抱我的方式让我意识到，他从未忘记他的梦想。我很高兴，他没有再跟我提起他想做的事，这再次证明了他的慷慨和体贴，但我并不觉得欣慰。我觉得，他的沉默中带有一丝谴责，几乎是在指责孩子和我，因为我们，他才放弃了他想要的一切。但今天，他拥抱了我，好像那种希望又复活了，就像隐藏在我心里，但我不敢对他说的希望。这一发现似乎是我们之间新的默契、新的爱情源泉。我很高兴，我觉得一切都在重新开始：我挽着米凯莱，我们一起穿过走廊，迈着年轻时的步子，好像未来有无限可能。我向两个孩子宣布了米凯莱加薪的事，特别是长期以来，他们的父亲早应该得到认可，但一直都没得到上司的公正对待。米雷拉拥抱了她父亲，然后说，当然了，一个月一万八千里拉改变不了什么。我反驳说，事情不是这样的，虽然我们的日子紧紧巴巴，如果合理利用，这些钱也会让我们的生活会更舒适。我看到他们不相信我说的话，马上补充说，很快我也会获得加薪，报纸上也写了。无论如何，我们很快可以给米雷拉买一件红色大衣，还有里卡多需要的一些东西。总之，我们可以过上更好的生活，就像战前那样。米凯莱不同意，他说，与其把钱花在没用的地方，不如找个打扫卫生的女人，来减轻我多年来做家务的负担。两个孩子什么也没说，但我立即提出反对。我说，至今为止，我们生活得很好，没有理由改变。感谢上帝，我是个强壮的女人，身体健康，还很年轻，我坚定地补充说。我看着米凯莱，温柔地走近他，仿佛又看到我们拥抱在一起的样子，就像之前在镜中看到的一样：米凯莱身姿挺拔，我身材依然纤细，脸上连一点皱纹都没有。米雷拉可能会笑话我，那就让她笑去吧，我觉得，我们还很年轻。

我想继续写下去。我很幸福，想制定一些未来的计划。我打算为米雷拉的生日做些准备，这样她就能经常回想起自己的二十岁生日，留下很美好的回忆，就像我二十岁生日一样。但我不能写下去了：里卡多正在他房间里学习，可能会突然闯进来，米雷拉和米凯莱随时会回家。我真的要停笔了，太遗憾了。

一月十九日

今天在我身上发生了一件不同寻常的事,真是太荒唐了,如果不是确定没人会读到我在这本笔记本里写的东西,我甚至羞于记下来。下午我走进办公室大门,看见一个男人,他身材高挑,举止优雅,应该是在向门卫询问什么,因为他们在翻阅通讯录。我进去的时候有点气喘,因为生怕迟到,我走得很急。门卫抬起眼睛,像往常一样,很友好地向我打了招呼。他人很好,我们也认识好多年了。我心情很好,比往常更热情地冲他微笑了一下,几乎想让他知道,我要迟到了。门卫继续翻阅电话簿,而那个男人没有将视线从我身上移开。他用惊讶的目光看着我,好像我的突然出现让他赏心悦目。他很年轻,可能三十五岁左右。当我从他身旁经过时,他嘀咕了一句什么,起初我没听清楚,但随后我一下子就明白他说了什么。我回味着他说的话，真是太傻，太荒唐了。即使现在我在笔记本中记下这句话，我也觉得很可笑，也许他没想到，我的两个孩子已经很大了。一想到他说的话，我就想笑，总之，他说的是：迷人。电梯还停在三楼，我不得不在楼梯口等着。我当时感觉很好，那个男人还在继续盯着我看。门卫已经把所有信息都告诉了他，他却迟迟没有离开。我的心狂跳不止，有一种眩晕、恐惧的感觉，我想逃开，但电梯迟迟不来。我很谨慎，没有转身，不然那个男人会以为我是故意的。然而当我走进电梯，关门时我不得不转身，我看到他还站在那儿，一动不动，入迷地看着我，嘴唇在蠕动，我听不见他在说什么，或许还是刚才那句话。我像被人追赶似的走进办公室。整个下午，我都留心着办公室门，我害怕那个男人找借口闯进来。他一定不知道我是谁，但很可能已经在门卫那儿打听过了。我甚至怀疑，他肯定之前见过我，跟踪过我，今天又找了个借口来见我。我一直担心门房会过来通知我有人找我。有人推门进来时，我会吓一跳，以至于一位女同事问我怎么了。我说，我在等一个拜访。如果那个男人有勇气上来找我，我当然无法向同事说明：他在跟踪我，他不认识我，居然直接来找我。她会误解我，她一定会想象我走在路上时一定很不正经。所以我决定，如果他来了，我就假装什么也没发生。我会在接待室见他，让他马上离开，再也不要出现，并向他解释清楚，我不是那种会让陌生人靠近的女人。幸好他没有来。从办公室出去时，我警惕地看向四周,甚至回头看了几次,确保没人跟着我。不过现在我可以承认,那段小插曲给我带来了一种很强的愉悦感,那是一种小时候才感受过的快乐。

一月二十日

我的性格里，有一些我说不清楚的东西。到现在为止，我一直认为自己是个坦率、简单的人，从不做让自己或他人觉得意外的事。但最近一段时间，我不太确信这一点了，我也无法准确说清楚，是什么原因导致了我产生这种感觉。为了找回那个我熟悉的自己，我必须避免独处。在两个孩子和米凯莱身边，我总能获得平静，这是我很擅长的一点。但走在路上，我总是有些失措，我会感觉特别不安。我不知道该怎么才能说清楚，但总之，我在外面的时候，我感觉不再是我自己。从家里出去，我似乎很自然地开始了一种和平时不一样的生活。我会踏上一些新的路线，那是日常行程中没有的。我会结识新朋友，虽然之前并不认识，但是和他们在一起，我会很快乐，会开心大笑，我太想笑了。也许这一切只是意味着我累了，我应该吃些营养品。

或者是因为这个月米凯莱得到了拖欠的工资，我不用焦急地等待着发工资的那天。这个新的情况，让本来黯淡无光、让人忧虑的日子变得诱人、自在。多年来，每个月我和米凯莱只有一天感到轻松，那就是每月二十七号。然后我们又开始等待那个日子。而现在，我的生活和那些不缺钱的人一样，我才明白，对他们来说精彩、幸福的生活似乎都是可能的。现在如果我听见门铃声，我会觉得可能有惊喜发生。今天早上，在回家路上，我在门口遇见了一个花店的送货员，他手里拿着一大束用塑料纸包裹的艳丽玫瑰。我心里一惊，想到了一件荒谬的事：这是给我的。这太荒谬了，我环顾四周，低声问那个男孩："是给瓦莱里娅·科萨蒂的吗？"他惊讶地看着我，摇了摇头：这是送给一位年轻女演员的花，她住在三楼，每天深夜时，她会让女佣给一位戴着眼镜的男子开门。门房的女人说，她总是会收到鲜花和礼物，都是城里知名店铺的东西。我遇见这位女演员时，总想象着她开心地打开那些包裹的样子，精美的羔皮纸发出沙沙声。

今天晚上，我买了一件天蓝色的内衣，很贴身、合适。我试穿时，米凯莱已经上床了。"你喜欢吗？"我突然问他。他放下报纸问："什么？""这件内衣，我新买的。"我走上前，微笑着抚摸裸露的肩膀，做出一副既欢喜又害羞的样子。"很好看，"他说，"你不是有件类似的吗？""不，这件不一样，有蕾丝。你看到了吗？"我向他弯下身子，指着领口解释说。"很好看，"他重复道，"多少钱？""我还没付钱，"我回答说，以免承认这比其他衣服都贵，"在楼下拐角处的杂货店买的，我可以之后付钱。""这样做不太好。""我需要这件内衣。"我红着脸抗议。"不是，我不是这个意思。如果你需要，完全可以买，但最好不要赊账。"

我不知道我为什么会这样说，明明我总是说，不能负债，债务会毁了我们的。我也无法解释，我为什么要那么说，可能是因为我希望一切都会改变。从现在开始，米凯莱在银行有了新职位，能赚很多钱，我们以后每天都能像二十七号一样。我脱下新内衣，将它折好。"我会还回去，我会说它不适合我。""为什么？"米凯莱很温柔地说，"如果你喜欢的话……""我是喜欢，"我严肃地回答，"但从根本上说，是心血来潮买的，我也不知道这有什么用。"我真的在想这个问题，米雷拉让我那么操心，我是怎么想到要买那件没用的衣服。也许是因为今天是星期六，我有空在街上闲逛。即使是现在，我独自一人在本子上写下这些话时，我也无法理解自己的行为。这个笔记本里的白纸吸引着我，同时又使我害怕，就像外面的街道一样。

一月二十四日

白天我没有片刻安宁，我又不得不在夜里写日记。此外我意识到，如果我说我还有家务要做，晚上要熬夜，没人会感到惊讶或提出反对。事实是，只有在深夜，我才能一个人写日记。我才明白，结婚二十三年以来，我第一次为自己留了些时间。我在洗手间的一张小桌子上写字，就像我小时候，在母亲不知道的情况下，我写了很多小纸条。我缠着那个打扫卫生的女人，让她将这些纸条交给我一个男同学。我还记得她总是用狐疑的目光看着信封，我也不情愿看到她粗糙的手拿着这些充满爱意的纸条，那种感觉就像现在我想到可能有人会触摸这个笔记本。

我正在经历沮丧和低潮的时期，也许是对过去几天的反应。星期天，我想去教堂忏悔，我很久没去了。今天，我请了假，想去市中心给米雷拉买点东西。我在橱窗前徘徊，思索着什么东西她会喜欢。橱窗里摆满了各种诱人的商品，那些我想买的东西，似乎都无法满足她的愿望：她想穿得漂亮，看起来富裕、幸福。实际上，我能支配的钱让我的选择非常有限，根本买不起一件诱人的衣物。而两天前我却以为，能用这笔意外之财来改变我们的生活，甚至改变米雷拉的想法，不仅能给她买些东西，还可以给她想要的一切。面对事实，我不得不承认，我只能给她买一件红色大衣、一条苏格兰格子裙和一瓶香水。我承认，如果我不是那么明智，给米雷拉买了她需要的东西，我会忍不住买下橱窗里展示的手提包。我感到一种冲动，就想买一款和那个野猪皮包媲美的包，那是坎托尼送她的礼物，我总是假装没看见。她现在每天和坎托尼通电话，她的回答总是很简短。他送给米雷拉那个包，和我在橱窗里看到的那些包相比，简直太寒酸了。我承认，我带着恶意想到这一点，甚至幸灾乐祸地想到：他其实并没有米雷拉想的那么有钱，甚至更糟糕的是，他很吝啬。我想送给她一个更漂亮的手提包，这样她就不会再喜欢那个野猪皮包了。我在橱窗前站了很久，猜想一个红色的鳄鱼皮包需要多少钱。我像个从乡下来的女人，对城市生活一无所知，充满惊奇。最后我决定走进商店，但不一会儿我就出来了，故作轻松地说："谢谢，我会再看看。"

我永远买不起店里的任何一款包。坎托尼买的包，比我想象的更值钱。我走了几步，沉浸在我的思绪中，有人撞到我，我却道歉："对不起。"我的钱包里有钱，也正是因为那些钱，我才如此不堪一击，那些钱迫使我直面我们的贫穷。从我的无力中，我仿佛能感受到米雷拉的无力，我能感觉到她无法抵御的诱惑。我明白，要拯救她是非常困难的，也许连她自己也做不到。此外，我带着一丝讽刺想到，我是不是真的愿意拯救她，我是不是在阻止她过上比我更好的生活。也许，我只想将我的生活强加给她，惩罚她。又或者，我不寒而栗地想：我真的很嫉妒她。我突然恢复了理智，想跑回家，让她搞清楚：这么贵的东西没人买得起，那简直太不道德、太疯狂了，不能为了一个包，花掉一个人工作一整月赚的钱，没人有勇气背这样的包。我仿佛听到了米雷拉的笑声，听到她回答说，商店里全是能买得起那些包的人，他们不像我一样只是看看，他们会挑选自己喜欢的东西，轻松买下来。我想，如果能有那样放肆的时刻，对于过去的日子说"受够了，哦，受够了"，接受所有的诱惑，做出一些疯狂的举动，那就太好了。我会走进商店买下所有的包，所有男人都会看着我，就像昨天在办公室门口遇到的那个男人一样。橱窗后面，有个售货员正在往货架上的棕色丝绒上摆放宝石。我在想这些石头值多少钱，我甚至无法想象那些数字。也许每一颗都能花掉我和米凯莱工作几年的钱。我觉得我的生命可能也就值这些石头中的一颗，有钱人可以买它，买到我，买到米雷拉。我很虚弱，担心自己晕倒。橱窗里的男人盯着我,我突然觉得,他可能就是桑德罗·坎托尼律师。他身材高挑,头发金黄,浅色的眼睛,嘴唇很薄。"至少他会娶米雷拉吧?"我喃喃道,"乖乖娶她吧。"那人惊讶地看着我,也许他觉得,我是个自言自语的疯子。我内心很混乱,其实我很少去市中心的街道,那里灯火通明,人声鼎沸,没有我们住的街区亲切。到了西班牙广场,我告诉自己:"现在,我要去买些花"。那些货摊琳琅满目,摆满了花,但在那里,我也觉得什么都带不走。来往车辆很多,里卡多说过,坎托尼开的是一辆"阿尔法罗密欧"。我做了一件很久没做过的事——叫了辆出租车回家,我留下了一笔慷慨的小费,也许有点太多了。"拿着吧,"我对司机说,"不用找了。"我真的很高兴浪费了五百里拉。

一月二十五日

几天前我告诉米雷拉，我打算庆祝一下她的二十岁生日。我让她邀请她的朋友来家里喝茶，她毫无热情地感谢了我。我又说，他们还可以跳舞，我会把饭厅的桌子都搬走，把餐厅的门也去掉，这样玄关和餐厅会连在一起，地方比较大。里卡多的一个朋友答应带来一些美国新唱片。米雷拉说，她会邀请朋友来。

而今晚她告诉我，她想取消聚会，因为那天晚上，她的大部分朋友都没空。她还尽力补充说，很早就有人邀请她那晚出去吃饭了。"很抱歉。"她说。我也说："很抱歉。"然后，我不情愿地说出了那个名字，问她是不是受到了桑德罗·坎托尼的邀请。她回答说是的，不仅是和坎托尼，还有其他人。但我知道那不是真的，即使是真的，她也不在意其他人。我问她，为什么不邀请这些朋友来家里,她说不可能,那些人都习惯了参加宴会,简而言之,他们的生活和我们不同,那是一种我不熟悉的生活。我用讽刺的语气说,我知道怎么生活,怎么接待客人。我谈到了我的家庭,我接受的教育,并指出她和她的朋友没有任何可以指教我的东西。米雷拉向我道歉了,她说她无意冒犯我,但我们的确有很多年没有宴请别人了。现在一切都变了,没人喝茶了,大家都喝鸡尾酒,她特别讨厌那种小里小气的家庭聚会。她看到我很伤心,就补充说,如果我真的很在意,那天晚上她不会外出,会和我们一起待在家,只是家人在一起,她第二天晚上再出去。也许我应该接受这个提议,至少可以向她表明,她不能为所欲为。但内心的那丝骄傲,促使我说:"谢谢,不需要你做出这样的牺牲。"我不知道该对米凯莱说些什么,我已经告诉他我们要搞一场小型聚会,找借口对我而言是件很难的事。尽管我也知道,其实任何借口都可以。米凯莱会很高兴,家里没有外人,这样他就能按照自己喜欢的方式度过周末,安静地坐在收音机旁听音乐,他会接受任何借口。这时候,我留心观察着米雷拉:她伏在桌子上,专心给指甲涂着红色指甲油。她的手纤细漂亮,搭在一本很厚的政治经济学书上。米雷拉和她哥哥一样,学的也是法律。她并不担心考试,我告诉米凯莱,她为考试的事儿忧心,是为了解释她的精神状况,还有我的忧虑。她其实并不怎么学习,但是她很有决心,目标很明确,成绩总是比里卡多好。尽管在我看来,里卡多聪明一点。昨天,她说她会在六月参加所有考试。我害怕她的这个决定背后隐藏着什么动机,我想和她谈谈,不由自主地问她:"他是认真的吗?"她问:"谁?"我很后悔谈论这个话题,但还是回答说:"坎托尼。"我看到她尽力保持冷静,但她的脸红了。她说,她不该和我谈论这些事,她说出来,只是因为她不喜欢撒谎,她认为我是个聪明、善解人意的女人。她脸红着补充说,她暂时没有结婚的打算,她想再看看,想享受一下生活,而且我也曾经建议她,鼓励她继续学习,上大学,找到工作,有一天能独立生活。"你总是这样说,这样我就可以不用为了温饱,找一个男人随便嫁了。你不是一直这样对我说吗?"我不得不承认,我是这么说的。

我继续看着她,我想知道,她是否知道男人是怎么回事儿。她很漂亮,身材高挑、苗条,充满吸引力。在写日记时,我想到了这个问题,几乎有些羞愧:对于一个母亲来说,思考她二十岁的女儿有没有和男人在一起过,这是件可怕的事情。事实上,我不能和任何人谈论这件事,里卡多和米凯莱会做出过激的反应。男人总是说:"如果有人敢碰我女儿,如果有人敢碰我妹妹……"他们会说"我不允许"。这句话说起来太容易了,但有些事情还是发生了,做这些事的人,都是某个人的女儿,当然她们的父亲同样威胁过她们。米雷拉十几岁时,我就开诚布公地和她聊起了婚姻中的事,总之就是男人和女人在一起会发生的事。我还记得,当时我在想,她是否已经知道我所说的那些事，因为我说的话并没让她惊讶，反倒使她厌烦。米凯莱很支持我，他说，只有这样，女孩才能学会保护自己。这在我们看来是显而易见、无可争辩的事，我们从来没考虑过她想不想保护自己。现在我开始怀疑，事情并不是我们想象的那样：在米雷拉这个年龄时，我已经结婚了，已经怀上了里卡多。一直到现在为止，我从来没有考虑过这个问题，我一直觉得她是个小女孩，就她而言这些问题只是理论上的，现在我们必须面对现实了。我已经和她谈过很多次道德、宗教的问题，但现在我担心，有些话说出来会伤害感情，违背人的本能。也许，我本应该严厉地对待她、威胁她，我却说："米雷拉，我给你买了件红色的大衣，想在你生日那天送给你。它在衣柜里，在一个包裹里。"她盯着我看了一眼，似乎并不高兴。我又补充说："我希望你会喜欢，很贵的。"我准备起身去拿，她以为我想结束我们的对话。她用手撑着额头，手指张开——因为指甲上涂了指甲油，她忽然哭了起来。我突然感到背脊发凉，我真希望我们从未开始这次谈话。我很胆怯，本想从房间里出去，我却走近她，将她抱在怀里。为了不弄脏我的衣服，她把涂满指甲油的手拿开了。"怎么了？"我低声问她，"很严重吗？告诉我吧，我会理解你的，米雷拉，求求你，相信我。"她看着我的眼睛，明白了我的猜测。"没有，"她说，"不是你想的那样。你们总是只想着那件事，那件你们很害怕的事情，但其实它并没有那么重要。"我不知道，我应该怎么想，我不知道，还有什么事对女人来说同样可怕。"然后呢？"我问她。她恢复过来了，说："我不知道，妈妈，我有点沮丧，一切都那么艰难。"我松了口气，回答说我很理解她，我也曾有过二十岁。但她笑着摇摇头，似乎不相信。毕竟，在跟她说这些话时，我也感觉在欺骗她：首先，我不太记得我的二十岁到底是怎样的，而且老实说，我的二十岁确实和她很不同。我不记得，在这个年纪时，我能够分清善恶，就像她现在这样。并不是因为习俗改变了，而是我自身的情况不同。在我二十岁时，已经有了米凯莱和两个孩子。在我遇到米凯莱、生下两个孩子之前，这些已经写在我的命运中，比我的志向更重要。我只能相信那一切，只能听天由命。在我看来，这就是米雷拉不安的原因：不服从的可能性。它改变了一切：父子之间、男女之间的关系。

尽管思绪杂乱，但我想和米雷拉谈谈这些，说出我的想法。但这时候她问我："妈妈，红色大衣在哪儿？"她笑着，我们一起走到我的房间。在我看来，到那时为止，我们已经说出了要说的一切。

一月二十七日

这些天我一直很累,晚上回家连饭也不想吃。我觉得,已经到了应该盘点生活的时候,那就像整理一个凌乱的抽屉,因为长时间以来,我什么东西都往里面塞。也许是两个孩子长大了,让我产生了这些想法:事实上,从二十几岁到现在,我一心只扑在他们身上,对我来说,照顾他们就像照顾自己一样。到目前为止,一切都算比较容易,只需要照顾他们的身体,操心他们的教育和学校的成绩就够了。他们的兴趣和问题,都与我这个年龄的人不一样,所以并不会太触动我。而今天,目睹他们第一次面对生活中的问题,看到他们在犹豫选择什么样的道路,我在想,我当时选择的那条道路是不是对的。我对他们说了我的生活经验,同时,我试图理解发生在我生命里的许多事,那些不经思索、全盘接受的事。

有时我想一个人待着，但我不敢跟米凯莱说，我害怕让他不高兴，但我梦想拥有一个属于自己的房间。那些打扫卫生的女人，即使整天不间断地工作，到了晚上，她们说完"晚安"之后，也有权把自己关在一个房间里，也许是个小小的储物间里。倘若我有一个储物间可以藏身，我也会很高兴。但我永远没有一个人待着的时间，我只能牺牲睡觉的时间，夜里在这本笔记本上写字。如果他们在家，我有时会中断正在做的事，想着自己的心事；或者晚上在床上，我放下手中正在读的东西，脑子开始放空。这时总会有人会关切地问我在想什么，我只能找个借口随便敷衍一下，说我在想办公室的事情，或者一些账目。总之，我不得不假装，只想着一些实际的事，这种掩饰让我筋疲力尽。如果我说我正在思索一个道德、宗教或政治问题，他们可能会大笑起来，欢快地跟我开玩笑，就像那晚我说我也有写日记的权利那样。但如果我们不去思考，怎么能根据一些规则来调整自己的行为呢？米凯莱从办公室回到家，会坐在沙发上读报纸、听音乐，只要他愿意，他也可以坐在那里思考、反思。而我呢，从办公室回到家后，要马上去厨房。有时他看到我忙忙碌碌，就问我："饭做好了吗？你要我帮你吗？"我马上谢绝了他。事实上，如果他来帮我做家务，做那些女人该做的事，比如做饭，我会感到羞愧。尽管我在帮他做那些男人该做的事情，比如赚钱养家，给家里购买食物，他从没感到羞愧。几天前的一个晚上，我们去看了电影，那是一部美国片。当大家看到丈夫帮妻子洗碗时，所有人都笑了，也包括我，我承认我确实感到好笑。后来我们看到，那个妻子在办公室工作，神情严肃，戴着眼镜，向一些员工发号施令时，没有人笑。这时我说，很显然，人们都觉得和男人相比，女人应该做更多事，米凯莱生气了。

我感到特别累时，也是这样想的，带着些怨气。或许，女人能很快适应新环境，通常她们很少思考，有些事情会不假思索地接受。米凯莱四十九岁了，他出生的那个时代跟现在完全不同，他常说，他父亲永远不会让人看到他手上拎着购物袋。但里卡多并不介意，有几次他会主动帮我拎东西，或者我在厨房做饭时，他主动过来陪我聊天。儿子与母亲能建立一种比较亲密的关系，比和女儿容易一些，虽然表面上看，好像母亲应该和女儿更亲一些。可能是因为，母亲和儿子因为属于不同性别，不能建立一种绝对亲密的关系，好像要疏淡一点，所以才可以更诚实。而女人之间，我们太了解彼此。事实上，米雷拉的状态让我坐立不安，但她父亲一点也不担心。里卡多告诉我，她经常和那些比她年龄大的人出去，他们会去酒店的酒吧喝酒。我跟米凯莱提过这些事，但他总是从一个极端走到另一个极端，完全取决于他的心情。有一次他说，你们这些做妈妈的都太夸张了，要理解年轻人。后来有一次他说，如果再发生一次这样的事，他就会把米雷拉关在家里，不让她出门。所以我不敢跟他坦白讲，我独自承担这份责任，感到很沉重，怕犯错。昨晚，为了和他谈论米雷拉的问题，我想到了一个计策。我跟他谈到了我一个同事的女儿，把我们女儿做的事放在她身上。我问他，在类似的情况下，我们会怎么做。他回答说，这些事情一般不会发生，因为一切都取决于教育孩子的方式，还有他们的榜样。因为我的朋友是个寡妇，孩子少了父亲的教导，所以才造成了这种让人痛心的结果。我没有勇气向他承认，这些事情正好发生在我们身上，我觉得难以置信。我挤出一个微笑，无力地说："是啊，你说得对。但我们还是做个假设："假设米雷拉的态度过于自由散漫，在外面待的时间太长，她的态度我也不喜欢，回家后……"他打断了我，生气地说："我不想听你说这些，哪怕是在开玩笑。""好吧，"我用同样的语气接着说，"我们假定，她回家的时候，带着一个男人送的贵重礼物，并用谎话进行掩饰，就像那晚一样。你记得吗？她说她和乔瓦娜出去了，但她去跳舞了。假如说，她说她想过轻松的生活，以任何方式，不择手段……"米凯莱重申说，他永远不允许她在家里说这些话。我反对说，父亲可以说"不允许"的时代已经结束，以前女儿不得不服从，因为父亲为她提供了生活、衣服、住所。而现在，是好是坏我不知道，但像米雷拉这样的女孩，她可以说：我可以离开家，开始工作。米凯莱说，他不想浪费时间听这些荒谬的话，他说我真是闲的，如果我胡思乱想这些事，他有报纸可以给我读。他说我对国际局势从不感兴趣，对世界发生了什么一无所知。但我说，我很清楚这个世界在发生什么,而且我说的和世界的问题是相通的。他说:"这有什么关系?"我不知道该怎么回答,但我就是这样觉得。

一月二十八日

今天是米雷拉的生日，我们度过了祥和的一天。我父母来家里吃午饭，米凯莱的父亲也来了。他年纪大了，每次都说，那是他最后一次参加家庭聚会。这些话让人不知道如何接话，因为他说的可能是真的，老人会死去，年轻一点的人会继续活下去。这似乎是让人羞耻的事儿，是对老人的不尊重。那天，我们心情都很愉悦。我公公催促里卡多尽快结婚，这样他就能见到曾孙。"你记住，要生个儿子给我看看。"他说。我公公是名退休上校，他不欣赏女人，也不在乎她们的陪伴。谈到女人时，他态度轻蔑，不屑一顾。我年轻时，常因为他的态度而脸红。但这时候，就连我父亲——他一向谨慎，甚至是米凯莱，都出于同样的目的催促里卡多结婚。或许是因为他们都已吃饱喝足，四周弥漫着像婚宴一样的气氛，仔细想想，真让人不太舒服。实际上，里卡多也很不自在。他推脱说他不能结婚，因为他很穷，现在的女孩，没有耐心等待未婚夫找到工作，开创自己的事业。"你在她们这个年纪时，一定很不一样。"里卡多常对我这样说。他说话时语气温柔，不像米雷拉那样尖刻，我感觉他想象中的我和米雷拉想象中的我很不一样。今天在饭桌上，米凯莱也称赞我，对我说："妈咪，你真的和其他女人不同。"他冲我微笑着，好像我还是个小女孩。我拜托他不要叫我"妈咪"，叫我"瓦莱里娅"。"好吧，瓦莱里娅。"他马上说，语气有些不自然。但他太久没叫我的名字了，我反而觉得怪异，笑着补充说："我开玩笑呢……"

然而，从我们订婚开始，他都一直叫我"瓦莱里娅"。在结婚头几年，以及他在非洲打仗时写给我的信中，称呼我的名字似乎很自然。"我的瓦莱里娅"——他常以这样的开头写信。事实上我一直属于他、属于两个孩子。而现在，有时我觉得，我好像与他们每个人都紧密相连，但又不属于任何人。在我看来，女人必须属于某个人才能幸福。

今晚，我在帮米雷拉穿衣服时，就对她说了这些话。一整天，她都像孩子一样快乐，她很高兴收到礼物。看见她如此开心，我仿佛看到了一线生机。她很高兴今天和我们待在一起，全家人都很亲密，她一定觉得，身为家庭的一分子是件让人幸福的事。家庭代表了一种力量，一种无法抗拒的可怕力量。也许，对于那些年轻人来说，这可能有些压抑，这也就是为什么我给她许可，让她平静地出门。如果我不再反对她，也许会扑灭她的斗志，这样她就不会做出叛逆的行为。她答应十一点回来，现在已经十一点一刻了，但我相信她不会晚太久。她穿上红色大衣很漂亮，在出门前她甚至拥抱了我。我最好现在停笔，否则我没时间把笔记本藏起来。现在我把笔记本锁在一个抽屉里，里面保留着我的童年记忆，还有米凯莱的信件——一个不会有人打开的抽屉。

一月二十九日

昨晚米雷拉两点才回来，我穿着衣服就睡着了。她向我展示了坎托尼送给她的生日礼物———一块金表。我命令她立刻还回去，除非是未婚夫送的，接受其他男人这样的礼物很不合适。她拒绝了，并说她又犯了同样的错误，她不该对我说实话。我告诉她，晚上不能再出去了。她回答说，如果我担心那件事情，那么即使是白天，她也可以有情人。接着，她向我宣布，她将在下月一号开始工作。

一月三十日

太可怕了,我不知道该怎么办,我心烦意乱。今晚,里卡多怒气冲冲地回到家里,马上问我:"米雷拉在哪儿?"我问他想干什么,他一脸严肃,又问:"她在哪儿?"她已经出去了。他告诉我,他和玛丽娜吵架了,因为玛丽娜说,米雷拉是坎托尼的情人。"这不是真的!"我惊呼着说,向他保证,那一定是流言蜚语、恶意的诋毁。里卡多说,在星期天晚上,有人看见米雷拉从坎托尼家出去:她穿着一件红色大衣。

二月二日

我正在经历很艰难的时刻。自从里卡多告诉我,他听说米雷拉是坎托尼的情人,我觉得整个世界都变了。我不相信玛丽娜说的那些话,我从来不相信,里卡多告诉我的那一刻,他的脸因为震惊而变得惨白。当晚我就和米雷拉对质,但她否认了。她向我保证,那晚她是和其他朋友一起去坎托尼家,所以他们才会看到,她从那道门里出来。她给出了令人信服的解释,但也有可能撒了谎。

我和里卡多、米雷拉分别谈过了。在和米凯莱谈话前,我打算花两三天时间思考:是否应该相信那些闲话。晚上我辗转反侧,害怕他转身责备我,尽管我没有做错什么。我一大早就醒了,有那么一瞬间,我希望这一切都是噩梦。也许就像那些经历了轰炸的人,他们睡在避难所或别人家里,醒来时发现他们所爱的房子，生活了多年的地方，他们熟悉其中的每个角落、每间储藏室，现在不过是一堆废墟。虽然我一如既往，和前一天做着同样的事，但在我看来，一切都不一样了。甚至电车，多年来每天早上在同一时间经过我们城区的那辆旧电车，现在也变得不同了。在我看来，它就像是在黎明时分，在一座陌生的城市，精疲力竭时乘坐的一辆电车，不知道它是否会带我去想去的地方。在办公室里，我快速地翻阅了一下报纸，我担心米雷拉还有我们的名字会出现在新闻上。在犯罪栏目的新闻报道中：有个男孩杀了父亲，因为父亲不肯给他钱；还有个十七岁的女孩，对她的未婚夫开枪了；最后是一个女孩自杀的消息。我读过很多类似的新闻，但我没有想过，这些孩子、这些年轻人也有父母。我也从未想象过，他们的父母在得知这些可怕的消息时会有什么样的感受。我甚至有一种冷酷的想法，我认为这些父母也有罪，他们没有教育好自己的孩子，没有给孩子足够的关心。但我不一样，我把我的整个生命都奉献给了孩子。

另外我必须承认，相比对米雷拉的未来感到忧虑，我的未来更让我感到恐惧。也许，这是因为我现在无法想象，她的生活会如何发展，但我平静的生活好像突然被打断了。我一直以为，米雷拉很快会结婚，虽然不是有钱人家的女儿，但她很迷人。她很快会有自己的孩子，我也会帮她照看孩子。但现在我产生了怀疑，说实话，我不再期待她的婚姻，倒是很期待她孩子出生的时刻。我很喜欢小孩，喜欢把孩子抱在怀里，爱抚他们，揣摩他们的想法。孩子长大后，会用语言表达自己的想法时，就不一样了。最近这段时间，虽然我有很多事情要做，我很疲惫，但我经常渴望再要一个孩子。我越累，越焦虑，就越想要一个孩子。自然，在我这个年纪，这是件很可笑的事。你的孩子长大了，他们也会有自己的孩子，这时你再生个孩子，这很不合适。我安慰自己，米雷拉很快就有孩子了。这是我写日记以来最想写的愿望，但我总是忘记。所以现在，我得知米雷拉打算工作，而且只有在觉得对自己有利的情况下，她才会结婚时，我觉得她首先伤害了我，而不是做了件对不起自己的事儿。总之，我感觉受到了欺骗。一个四十三岁的女人，如果失去了所拥有的一切，再重新开始生活就太难了。

然而有时我觉得，重新开始的可能吸引着我。我看到自己走出家门，自由而快乐，就像十一月的那个清晨，那时天气还像夏天，我给自己买了这个笔记本。我想，最终一切都会好起来。米雷拉会像我的朋友克拉拉一样事业有成——我们经常在编剧的名单里看到克拉拉的名字。米雷拉会有一份有意思的工作，会嫁给坎托尼，或其他同样有钱的人。明年里卡多就毕业了，他会找到一份工作，然后和玛丽娜结婚。除了玛丽娜，里卡多没考虑过别人，他要为了她赚钱。有时他说，他要给我买我需要的一切，他谈到了裘皮大衣、旅行、乡间别墅，都是些无法实现的东西。去年，他给两个小学生补课，赚到一点钱，他把钱都花在了玛丽娜身上：买礼物、看电影。我想，事实上，两个孩子离开家后，我和米凯莱会轻松一些。现在米凯莱赚的钱多一些了，他很高兴。他从银行给我打电话时，通常说话都很快，说他很忙，他的声音似乎恢复了从前的活力，我很期待他说出曾经火热的话。如果我们单独在一起，还可以来一场短途旅行，那是我们期待了很久的事。他说，他想去米兰，看看战后重建的情况；但我想去威尼斯，那是我们蜜月旅行的地方。

真是很荒谬，但在这段万分痛苦的日子里，我的思绪总是飘向威尼斯。我看到自己坐在贡多拉小船上，或是在圣马可广场的鸽子中，周围是明黄和亮灰色的光，就像那年十月我们去的时候一样。蜜月旅行之后，我再也没回过威尼斯。我经常说想带孩子去那里，但米凯莱拒绝了，他说不值得带两个孩子去一趟。孩子们很不高兴，我用埋怨的目光看着米凯莱，但现在我觉得，他说得没错。我看见自己从房间窗户望向大运河：天上有月亮，但水上一片漆黑。走在街上，或在办公室时，我会想到这些事情。在办公室里，我感觉更自由、更快乐。昨天，我甚至有兴致从报纸上剪下一篇文章，那是对于保持美丽的一些建议。这些天，我都有些不愿意回家，只有想到这本笔记本，才会感到一丝慰藉。

二月三日

我决定明天和米凯莱谈谈。我拖延到现在是因为里卡多的性格太冲动，我担心他的态度会影响他父亲，但最困难的就是让里卡多保持沉默。我总是避免让他和米雷拉单独待在一起。那晚，他告诉我米雷拉的事情，我就劝他不要对妹妹提这件事，我说服他，这种事情应该我去说。"如果她告诉你，是的，你说的是真的，她是坎托尼的情妇。你会怎么做？"我问他。他总回答说，他会抓住米雷拉的胳膊，把她赶出家门。"好吧，"我说，"我明白了，然后呢？我们分析一下，你的举动会带来什么后果。"他没有回答，但还是重复着那句威胁的话。我明白，他那样说是因为玛丽娜：他想证明自己的能力，通过展示自己刚毅、不屈不挠的性格，希望能获得她的尊重和钦佩。只有到我这个岁数，他才能明白忍耐需要强大的意志力。有次我对他说，倒不如打听下这位律师坎托尼是谁。他有些不情愿地告诉我，大家都觉得他是个正经人。我松了口气，里卡多坚持认为米凯莱应该和坎托尼见一面，面对面说清楚，否则，他就会去找那位律师，但最好避免这种情况发生，因为他脾气太暴躁了。他喜欢把自己和父亲区分开来。"米雷拉还未成年，"他说，"我们可以让坎托尼娶米雷拉。"我担心米凯莱也有同样的想法。如果米凯莱也这样想，那就表明我错了。他是男人，我会让他去处理，他应该比我更清楚怎么处理这些事。或许他会写个邀请信，请坎托尼来家里，我们都从家里出去，留他们单独交谈。如果坎托尼拒绝赴约，我难以想象，米凯莱会去他的事务所。坎托尼可能不会接待他，或者让他等很久，就像我办公室的经理一样，让那些讨厌鬼等着，那是些催促他办事的人，但我们的经理不肯去办。我想象着，米凯莱坐在门口，坐在那些来收账的人中间，耐心地排着队，我看到他站在一个陌生男人面前，一个比他年轻得多的男人。米凯莱要求他为我们的女儿负责，甚至威胁说要采取法律手段，认为米雷拉被欺骗了。事实上，米雷拉太年轻了，我们会支持他去。但这并不实诚，我相信，如果米雷拉和坎托尼在一起，她很清楚自己在做什么。我甚至想，如果她和一个穷人，或某个同学在一起，那该怎么办？也许，我是唯一适合和坎托尼谈的人，我更希望是我，而不是米凯莱去说谎、求情。看吧，我终于说出了这个想法，虽然到目前为止，我不敢向任何人坦白，但里卡多必须明白这一点，米凯莱也必须马上明白：我们都不必和坎托尼谈话，正是因为他很有钱。如果他不得不娶我们的女儿，这对我们来说将是个意外之喜。

二月五日

昨天我和米凯莱谈过了。也许我选的时间不适合，因为他最喜欢的球队输了。但我在这个笔记本上写日记时，我注意到，我经常用偶然的缘由来掩盖我的坏心情，我在想米凯莱到底为什么生气。实际上，后来他又找了各种生气的理由：午饭没有准备好，饭不好吃，他去找那件在家里穿的旧上衣，发现它被虫蛀了，他说这段时间，家里乱七八糟的。他说的是真的。为了写日记，我疏忽了自己的职责。事实上，在我看来，是我作茧自缚，制造了很多义务来约束自己。然而，因为笔记本的事，我感到内疚，但在米凯莱面前，我表现出很生气的样子。我回答说，他说得没错，需要一个专门的人服侍他，保证不出现这种情况。他生气了，说我埋怨他赚得不够多。我们开始较劲，真是太愚蠢了。家庭给人带来的力量之一，就是让家庭成员之间不断挑战,每个人总是能超越自己,即使只是为了让熟悉你的人感到惊讶。为了终止争吵,我笑了,我承认心情不好,很疲惫。当我说出这些话时,我看见自己身处威尼斯,俯瞰着大运河。我接着说,我很累,经理不在,我不得不接替他的工作,因为没有人比我更了解办公室的事务。每次我谈起自己的工作,米凯莱几乎都不怎么能听进去,我想,他甚至不知道我的工作具体是做什么。尽管我已经跟他重复了很多次,现在我不再是个普通的小职员。但如果我谈起这些事,没有人在意,我也只好不再说了,我感到一丝羞愧。没人在乎我做什么,有什么样的责任。似乎每天我在固定的时间出门上班,都是因为自己任性,每到月底我把工资带回家,就像中了彩票一样。我和米雷拉的区别在于,她选择去工作,而我为生活所迫,不得不工作。

我和米凯莱躺在床上,我聊起了米雷拉的打算,还有她说她通过朋友在律师事务所找到的工作。毫无疑问,那是坎托尼帮她找的工作。谈话的最后,我决定告诉米凯莱,里卡多听到的关于她的闲话。尽管米雷拉说,这些话毫无依据,但这些谣言会损害我们家的名声。我对米凯莱说:"人们说这些,她根本不在乎,你明白吗?她只是耸耸肩,一笑了之。这多丢脸呀。米凯莱,我们该怎么办?"

我哭了起来,他安慰我说:"别这样,妈咪。"听到他这样叫我,我反而更想哭。因为现在对他来说,多年来我只扮演了这个角色，但现在，这个角色连同我自己一起在崩塌。出于一种绝望的本能反应，我说，我们必须表明态度。尽管我不赞成，但我还是提到了前几晚，他采用的严厉措词，以及里卡多说的话。我说，米雷拉还未成年。"你应该去和坎托尼谈谈。"我最后总结说。我甚至说，我们可以强迫他娶米雷拉。

米凯莱摇了摇头，说他信任米雷拉，因为他比任何人都了解她，她是一个严肃、懂事的女孩。米凯莱和我母亲一样，都认为米雷拉和我的性格很像，和我一样，有些事只是嘴上那么说。最后，他得出的结论是：一切都取决于总体的经济状况。"我挣的钱不够养活我女儿。不像我祖父养我母亲、你父亲养你的那种方式，虽然他们都不是很有钱。所以我必须接受你和米雷拉工作。那么我们俩都建议她学法律，是出于什么目的呢？"我不想承认，这只是出于经济目的。"但事实就是这样，"他坚持说，"这就是事实……"他接着说，虽然他没有跟我说起这些事，但很长时间以来，他一直在思考这些问题。他知道米雷拉迟早会工作，会跟男人打交道，自然会有些流言蜚语。"要信任她，"他说，"对你来说，当年也是如此……""对我来说？！"我惊异地说。"对呀，"他笑着补充说，"你心里明白。当然，我说的是多年前，你刚开始工作时。我知道，你整天和经理在同一间办公室里工作。你还年轻，也许只有三十岁……""三十五岁。"我纠正说，"但……"他打断我，"而且他也很年轻，他多少岁？""我不知道，"我心不在焉地回答，但脸红了,"也许四十来岁。""就是嘛,他有时陪你回家……"我脸红着回答:"但这只是因为我们工作到很晚,当时是战时,没有通讯设备,他得到特殊许可,有一辆车。""是的,没错,我很清楚,但有时我想知道人们会说什么。我不知道,门房或许……""啊,我知道,门房的人是爱说闲话。"我放下心来,但又有些失望地说。"当然,"米凯莱继续说,"所以米雷拉的态度,她对自由、独立的渴望,我们曾经也有……"

"我们也有?""是啊,是啊。"他笑着说。不想进一步解释,他只是含糊其词地说:"很快就过去了。"我问他,为什么会过去,他不知道,也不想回答。他说,这段时间我很焦虑,应该去看医生。过了一会儿,我假装睡着了。我觉得,多年来在我和米凯莱之间,就像我和母亲之间一样,已经建立了一套约定俗成的语言。他观察我,当他说我太焦虑了,应该看医生时,他皱着眉头,其实他知道,我自己也明白:我身体很好。他看着我,就像他在听瓦格纳时,我看着他一样。也许,我们都拒绝接受这样的事实:导致两个孩子产生叛逆情绪,那些难以言喻的事情,对于我们来说,真的已经过去了。

二月六日

我心烦意乱，因为我刚重读了我在结婚前写给米凯莱的信。我无法相信那是我写的，甚至笔迹都让我觉得很陌生：字体很长，很尖利，有些造作。这些字首先让我感到惊讶，它们似乎不是记忆中的自己写的。但这并不是最重要的发现，我发现另一个让我惊讶的事实：如果米凯莱认为那时的我很自由、叛逆，那是他完全不了解我。其实现在的我更自由、更叛逆。他一直在和一个过去的、已经不存在的我说话。这些年发生的一切，都没有改变他对我的印象。也许，这是因为我们不再像结婚前，只谈论我们自己，谈论我们灵魂深处的东西。如果我现在突然去找他，告诉他这些年我的变化，真诚地向他袒露现在的自己，他不会相信我的话。他会觉得我就像所有女人一样，会编造另一个不存在的自我。为避免节外生枝，他宁愿坚信，我就是在他脑海中已经僵化的那个形象。或许，在我的脑海中，我对米凯莱和两个孩子的看法也是一成不变的。我想知道：在这个家庭里，日复一日，如果我们不对心爱的人、一起生活的人敞开心扉，那对谁敞开心扉？我们什么时候才是真正的自己？或许当我……

二月七日

昨晚我不得不马上停笔，米凯莱醒了，发现我不在他身旁，便来找我。我在饭厅，听见了灯开关"咔嗒"一声，走廊里响起脚步声。米凯莱就出现在门口，我刚好来得及把笔记本扔进餐具柜的抽屉里。"你在干什么？"他问我。"没什么，"我回答说，"我刚整理完东西，正要去睡觉了。"当时我一定脸色苍白，我感觉我的手也在颤抖。我顺着米凯莱的目光望去，看到了桌上打开的钢笔。"你在写东西？"他问我。我很愚蠢地否认了，接着我改口说在记账。我看到他的目光在搜寻家里的那本记账簿，但没能找到。"你给谁写信？"他怀疑地问。我笑了起来，那是一个虚假、深思熟虑的笑。"米凯莱，你想什么呢？"我说。他很抱歉，小声回答说："我也不知道。"他用疑问的眼神看着我，看起来很窘迫。他希望我能消除他的疑虑，让他不必说出那个具体的问题,但我强迫他说:"说呀……说吧……"他用手摸了下脸,说:"我以为你在写信……毕竟,米雷拉的事让我很不安,我担心你写给……"在说出那个名字之前,他又看了我一眼说:"他叫什么,是不是叫坎托尼?"他回了房间,没过一会儿,等我回房间时,他已经关灯睡觉了。

也许,他并不是真的害怕我给坎托尼写信,他害怕我给其他男人写信。我想消除他的疑虑,让他安心,或许,我应该告诉他真相,告诉他笔记本的事。但我又想:不,我绝对不能告诉他我在写日记。也许他会想看,但我绝对不敢让他看我写的东西。但我不知道,我还能做什么可以让他消除疑虑。最让我惊异的是,在我这个年纪,我永远不会想到给一个男人写信,他却觉得我会这样做。

二月十日

几天前的夜里，米凯莱差点发现我在写日记，我换了三四次藏笔记本的地方，但每次都不放心。有时候我觉得，米凯莱用怀疑的眼神看着我。当我打电话时，他会若无其事地监视我，就像我监视米雷拉一样，想知道她在和谁通电话，说了些什么。我总害怕米凯莱会说："你发誓，那晚你没在写信。"我不愿意撒谎。有时，我希望他能再提到这个问题，消除对我的怀疑。我很渴望写东西，但我担心这个笔记本会被发现，这让我的态度变得暧昧，令人生疑。比如昨晚，我问米凯莱，饭后有没有打算出去走走。实际上，他从不出去散步，他从报纸上抬起眼睛问："去哪儿？""我不知道，我以为你想出去散散步。"我说。"我去散步？为什么？"他惊讶地回答。"是啊，夏天有时你会去街角的店里喝咖啡。"他惊讶地看着我，没有回答。当然，他一定更加确信，那天夜里我在给一个男人写信，现在我想一个人待在家继续写。

我想过把笔记本带到办公室，但我不愿意这样做，我也说不清楚为什么。毕竟，尽管两年来，我有了独立办公室，但在办公室里我没有时间，也没有闲心写。继续把笔记本藏在家里太危险了，我写得越多，它就越危险。倘若我现在还没毁掉它，是因为我希望通过记日记，帮我看清米雷拉的态度，记住发生的事，以及前因后果。我不想遗漏任何事情，也不想因为自己对她态度轻率而后悔。一切明了后，我会把笔记本给米凯莱看，只需撕几页，不过他可能会注意到撕痕。其实，也不需要向他展示。

从星期一开始，米雷拉每天下午四点到八点会工作。今天我们产生了争执，我想在她工作的第一天陪她去办公室。她坚决反对，说我的举动会让她看起来很可笑。我一再坚持，她几乎快哭了。我说我想知道那位律师是谁。"巴里莱西，我告诉过你，大家都认识他。"她去拿电话簿，快速找到那一页："巴里莱西，在这里，布鲁诺·巴里莱西律师，这是地址、电话号码，如果你想确认我是不是在那里上班，你可以给我打电话。"我拒绝了她的建议，我说想和这位律师谈谈。"我至少要让他知道，在这个世界上你并不是孤零零一个人，没人逼你工作。即使不工作，你也照样可以过得很好。你去工作只是为了打发时间，一时兴起。"她用怨恨而绝望的眼神看着我，说："你会毁掉一切的,你明白吗?一时兴起!……"她愤怒地重复了一遍我说的话。我回答说,她不能一直随心所欲,应该尊重她父亲的这个家,她也欺骗不了我。我甚至对她说:"你应该感到羞愧。"她回答:"因为什么?为什么羞愧?我再也受不了你们的监视、怀疑。你知道你这样会让我怎么想吗?我真应该利用我的自由,做些惊世骇俗的事儿,那些让你难受的事。你觉得,这太有可能了,这倒让我相信,如果你是我,你第一天碰上第一个男人,就会做出那些事儿……"我用拳头敲着桌子,强迫她闭嘴。"米雷拉!"我严厉地大喊了一句,"够了!"她沉默了几分钟,然后说:"你们可以用吼叫、命令来结束每一次谈话,但我们不能这样做。不过这样不对。此外,我也不知道,我愿不愿意这样对你们。"她带着一丝轻蔑补充说。

我受不了了,我去了办公室,尽管那是星期六,没人会去上班。我需要自己待着。我有钥匙,办公室很温暖、安静,我瘫倒在沙发上。临走前,我和米雷拉道别,用和解的语气对她说:"以后晚上你下班,我会来接你,我会比你先出来,在大门口等你。"如果我要尊重事实,我必须承认,我在她的脸上看到了痛苦和克制。她回答说:"不……不,妈妈,别坚持了。"我觉得,她正在拼命抵御我的爱意,就像抵御危险一样。我在想,当年我是否有勇气用同样方式对待我母亲,我觉得我没有。我永远不可能以这种方式捍卫自己自由的权利,我只会用情感为自己找一个理由,并说明是在某种感情的促使下,我才会那么渴望自由。在我写给米凯莱的信中，流露出一种难以抑制的焦虑，那是因为我要离开家，离开我的父母。然而，我对米凯莱的爱激励着我，我当时想，这种爱让我忘记了自己的义务。昨晚，米凯莱发现我在深夜起床，他怀疑我在给一个男人写信。他永远不会想到我在写日记，对他来说，他更愿意相信，我是受到一种见不得人的情感驱使，也不愿承认我有思考的能力。我在想，米雷拉之前说的气话是不是真的，也就是说，如果我享有她的自由，我是否能把握自己。但我不知道怎么回答。今天，家庭生活出现的所有问题，都令我很痛苦。

然而，到了办公室，我马上感觉到轻松自在。我关上门，坐在办公桌前，打开了上锁的抽屉。每次打开它，我都有一种难以言说的愉悦，虽然我只在里面存放了一些小玩意儿，没有什么特别的意义：纸、剪刀、胶水、梳子、香粉。没人知道我在办公室的习惯，那些小怪癖，我有着像单身女人一样的习惯。我想到，从现在开始，米雷拉的办公室里也会有一个抽屉，我永远不会知道里面装的是什么。可能会放着坎托尼的信，还有她不愿展示的礼物。我打算每天晚上在门口等她，她的办公室离我的不远，就在一条街上。我会经常给她打电话，验证她的工作是固定的，还是临时的。我担心这份工作只是为了见坎托尼的托词，也许是从他那里拿钱的借口。我想随时追踪她的生活，在她面前敞开的生活，并接受她的选择。但一想到她会结交我不认识的人，我就很难受。她提到那些人，就好像在谈论那些未知的国家一样。我还记得，早些年因为天黑，米凯莱不想让我一个人下班回家，便来办公室接我。第一天我非常开心，向所有人展示：我丈夫是个英俊、优雅的男人。但没过一会儿，我感到很不自在，马上拉着他走了，并用和平时不一样的语气和同事告别，就像以前上学的时候，星期天我母亲来接我，我跟同学告别时一样。米凯莱认识了我的经理，他们彼此客气地打招呼时，俩人都有些尴尬。而我夹在他们中间，我笑着，开玩笑说了一些傻话，我感觉那不是我自己。他们像对手一样看着对方，尽管经理从来没有关注过我。也许，困扰着他们的是这个想法：他们分割了我的生活、我的时间。总之，我属于他们俩。出于不同原因，在这两个男人面前，我都不得不服从他们。我和米凯莱终于从办公室出来，我既紧张，又兴奋。我觉得自己还很年轻，虽然那时我已经三十五岁了。

我沉浸在这些回忆里，我听到了钥匙转动的声音——办公室的门打开了。我迅速关上抽屉，马上站了起来，走进办公室入口那里。经理进来了，我们都有些不自在，相互道了歉。虽然他才是这里的老板，但依然说他很抱歉出现在那里。我急忙向他解释，说我回来工作，有件急事需要处理。但他说："我不是来工作的。现在您发现了我的秘密：经常在周六下午，我会到办公室，什么也不做，只是休息。当然，如果碰巧有事儿，我可能会写信。但我没告诉任何人，因为我不敢承认，不在办公室时，我手足无措，不知道要做什么。星期天对我来说是一种折磨。此外，我觉得外面没什么意思。总之，工作会上瘾。"他笑着补充。

我们走进他的办公室，我想让他放心，说我会尽快离开，不想打扰他。他极力反对说："别走，为什么要走？您留在这儿，我会很高兴。"这时他走到办公桌前，从西服背心里掏出一把钥匙，用怡然自得的动作，打开了抽屉。"请坐，"他说，"我给楼下的咖啡馆打个电话，让服务员给我们送两杯咖啡上来。"我坐了下来，好像访客一样。"在家里，"他继续说，"星期六比平时热闹，几个孩子经常邀请朋友来家里玩儿，很闹腾。我跟家里人说，我在办公室有事儿，就出门了。"他狡黠地笑着说。米凯莱今天说了同样的话，我也是。

现在我好像记得，咖啡馆的伙计把放着两杯咖啡的托盘递给我时，他眼神闪烁地看着我，当然这只是我的感觉，他认识我很多年了。最近几天发生的事，让我很难放松，把咖啡递给经理时，我的手在微微颤抖。"我就不请您抽烟了，我知道您不抽烟。"他说。他注意到了我不抽烟，我很惊讶，虽然这理所当然，毕竟我们在一起工作的时间很长了。米凯莱问过我，他多大了。我确信，他不到五十岁，虽然他的头发几乎都白了。我刚受雇在这里上班时，他两鬓的头发才微微泛白。我想到米凯莱说起过的事，谈到了他在战争期间送我回家的习惯，那时我们会工作到很晚。这时经理啜饮着咖啡，打开了一个文

Quaderno Proibito 109

件夹。我问他:"我们要工作吗?""不,今天是星期六。"他回答说。我说:"这有什么关系?"事实上,他也是一心想着工作。"我刚才跟您怎么说的?"他笑着说,"这是个恶习。"但我们都很开心。

我们讨论了一些新供货,我做了笔记,要给米兰那边写信。办公室静谧而温馨,我想着每个房间的桌子都摆放得整齐有序,文件柜锁着,电话铃没响,听不见电话总机的咔嗒声,还有打字机恼人的噼啪声。我似乎第一次欣赏周围的一切,我在这里,米雷拉、菜市场、脏盘子都与我无关。我回想起米雷拉带着恶意说的那句话:"你让我觉得,如果你是我,和一个男人单独待在一起,你会表现得不一样?"我感到慌张,几乎头晕目眩。我看了看手表,说我不能待太久。经理很失望,后来他也许想到了那是星期六,他没有权利让我留下来。他说:"我理解您。"我意识到了,我也喜欢工作,不光是为了赚钱。一想到那些让我无法继续工作的理由,我就不寒而栗:得到意外之财,一笔遗产,谁知道呢?或者中了彩票。我会变成一个真正的老女人,充满怨恨,一身毛病。"我不用马上离开,"我赶紧补充说,"我还可以待一会儿。"我解释说,我女儿现在不能在家里帮忙,所以我不得不早点回家,从星期一开始,她会去律师事务所工作。"或许您认识他,"我怯生生地补充说,"他是巴里莱西律师。"经理回答说,他认识这位律师很多年了,巴里莱西是位知名的刑事律师。我想问经理,这位律师年纪多大了,但我不敢说出口。相反,我问他是否认识"我两个孩子的朋友",我说:"就是坎托尼律师。""桑德罗·坎托尼?当然认识,他是一位优秀的律师,一位年轻的刑事律师,巴里莱西的接班人。"我心里一惊,想说点什么,或许我想把一切都告诉他,但只嘀咕说:"是的,我知道。"玛丽娜说的没错,我确定米雷拉就是坎托尼的情妇。"坎托尼很有钱,是真的吗?"我一边整理文件,随口问道。"谈不上有钱,"他说,"当然,他现在也赚得不少。"经理很有钱,实际上他是公司的老板,虽然他表现得只像是在经营这家公司。我看着他那优雅的灰色西装、黄金雪茄盒。在我看来,他是个很强大的男人,他一直给我一种安全、平静的感觉。我很想和他谈谈米雷拉,相对于米凯莱,我觉得和他聊聊更容易,但我们从未谈过与工作无关的事。出于礼貌,有时候我会询问他孩子的健康。我不认识他妻子,她从没来过办公室,只是打电话叫车去接她。在办公室的这几面墙里,他的家庭、我的家庭似乎是虚构和想象出来的。

我们至少又工作了一小时,我的内心平静了下来。我们一起走出办公室,他提出要开车送我回家,我坚决拒绝了,借口说要买点东西。他很惊讶,然后冷冷地说:"好吧。"他似乎像米凯莱一样怀疑我了,我想叫住他,但他的车已经开走了。我一个人留在人行道上,风很大,很冷。

现在是凌晨两点,我从来没有这么长时间地写日记。我的手腕很疼，很疲惫，身体僵硬。我在厨房写日记，往炭火盆里添了些木柴，但现在已经熄灭了。在我面前有一个装满床单、桌布的篮子，都需要缝补。现在，我会把笔记本藏在下面，那是个安全的地方，米雷拉肯定不会靠近它。

二月十二日

今晚，我在米雷拉办公室的出口等她。我不想让她看见我，我在远处窥视着那扇门，准备随时躲进一家卖牛奶、杂货的店里。我觉得，所有人都在看我，尤其是那些男人，他们对我都充满了好奇。最后我看到她走了出来，八点过一刻，朝着电车站的方向走去。在夜色下，我能分辨出她的红色大衣。看到她独自一人，我很失望，难以相信这一点，我害怕她会看到我。幸好，电车很快就来了，我乘坐了后面的一辆。

餐桌上，米雷拉谈到了在办公室的第一天，她很满意。我很想相信她，但我做不到。我应该迫使自己去相信，也许不假思索地简单接受日复一日发生的事情，生活会更容易。或许是工作的缘故，让我习惯了整理思绪，进行反思，这真不是什么好事。晚饭后，里卡多开始谈论政治，他反对现在的政府，但其实他只是想针对妹妹。他说，男人找不到工作，而女人很快就能找到。我感觉他含沙射影，话里带话。米雷拉心平气和，建议里卡多像她一样，学习一下速记。他回答说，他不需要，今年毕业后，他会去南美洲，一个朋友答应给他一份在公司的工作，在布宜诺斯艾利斯。这个消息令我震惊，我说："你疯了吗？"我想，他会长时间生活在很远的地方，偶尔回来看我们。他对我们、对我们的生活会一无所知，他甚至会习惯说另一门语言。"我不同意。"我说。但米凯莱很支持他。也许米凯莱认为，对里卡多来说这是个好机会，或许他不介意自己待着，没有那么多麻烦和责任。而我不同，如果生活在一个没有孩子的家里，我会很害怕。

二月十四日

今天，克拉拉给我们打了电话。听到她的声音我很开心，我得知她现在过得很好。她想和米凯莱聊聊，想从他那里打听一件事情，想知道银行和电影投资的事儿。我邀请她来家里，刚开始她说她很忙，最后她接受了邀请，周末来家里和我们一起吃午餐。我太累了，真需要找一个打扫卫生的女人了。我和米凯莱谈过，他责怪我一天一个主意。

我忘了写下一件事。昨天早上，我把邮件拿给经理时，他没抬头看我，问我后来东西买的怎么样了。我很惊讶，问他什么东西。他说："你都不记得了吗？星期六晚上。"我犹豫了一会儿，笑着回答说，那不重要，我只买了晚餐要吃的东西。他笑了，几乎难以置信地说："好吧，好吧。"

二月十六日

尽管米凯莱说了那通话，但米雷拉的行为总是让我难以放心。这几天她似乎更平静了。她脸上不再有那种咄咄逼人、一意孤行的表情，她的眉毛拧起来时，就像一团可怕的乌云。在米雷拉小时候，我就已经很熟悉她的这种表情，我已经学会了怎么理解它，怎么抵御它。但现在，我不知道怎么面对她：她的表情严肃，没有怨恨，这让我很怀疑。她总是一大早就起床去上学，吃完午饭后会马上出门，准时到达办公室。她以前从来不是个准时的人。昨晚在回家路上，我看见她从坎托尼的车上下来，在进大门前，她深情地挥手告别。吃晚饭时，她什么话都不说，吃完很快就上床睡觉了，只是说："我很累。"这句话就好像是她无意中脱口而出的。过了一会儿，我想找个借口去她房间，但我想最好什么也别说，于是我蹑手蹑脚地走了回来。里卡多房间的灯还亮着,他叫我:"妈妈……"他坐在书桌前,这几天他一直在学习,他在写毕业论文。他想要杯咖啡提神,我很乐意能为他做点什么。虽然我工作了一整天,米雷拉的态度让我觉得自己很没用。里卡多喝咖啡时,我用手摸了摸他的头发。他的头发很柔顺,倘若我闭上眼睛,我会觉得他还是个孩子。"你还记得吗?"我说,"你曾说过,长大后想成为一名火车或电车司机。"他笑了笑问:"妈妈,你为什么会想到这个?"我说:"我也不知道。"我觉得,我想起这些事,这是因为我想知道,儿子的理想是什么,但我常常并不清楚。我担心,他决定去阿根廷只是一种气馁的表现。也许,他认为这样做,可以让他躲避一些深层的、艰难的障碍。但我觉得,去一个新的国家,并不能避免这些困难。他带回家一本小册子,是一家旅行公司的广告,上面展示了阿根廷的山川和湖泊。我对他说这不是休闲旅行,山川湖泊并不重要,意大利也有很多山,但他还是想离开意大利。米凯莱劝我不要阻止里卡多,尽管我和他的看法不一样,但我认为这些事情一般应该由父亲决定,所以我不再说什么。米凯莱和里卡多经常一起翻阅那本小册子,看着那些山川,充满热情和憧憬。米凯莱对他说:"如果你觉得那地方不错,那我也会去。"我不同意,我问:"那我们呢?""当然你也要来,"他补充说,"大家一起去。"里卡多说:"在那里,我们很快就能发财。"

昨晚他问我,能不能把玛丽娜带来给我认识一下,他希望我们能谈谈，就我们仨。我说当然，好的，我微笑了一下。在整理书本时，重新投入学习之前，他又谈论了一会儿玛丽娜。他好像是随口说说，但这场谈话，他肯定准备了好几天。他说，玛丽娜在她家里并不幸福，她母亲去世了，父亲娶了第二任妻子，非常年轻。他不想承认自己恋爱了，似乎只想做件好事。他坚持强调一点：玛丽娜和米雷拉很不同，她没有现在那些女孩的习惯，不怎么化妆，也就涂点儿口红，不会和除他以外的任何男人出去，而且他也不允许她那样做。"她全身心地对我好，我可以让她做任何事。她的性格温柔、顺从。我不知道她会给你留下什么样的印象。""她很害羞，你想，她已经在担心和你见面的时刻了，"他温柔地补充说，"但我相信，你会喜欢她、爱她。如果有一天我们结婚了，她会给你做伴儿。"别人为我选择一个伴儿，我觉得没有这个必要，但我不敢告诉他，觉得说了会很伤人。我问他，玛丽娜是否是他的大学同学。"不，不是，"他笑着说，"她不喜欢学习，高中都没有毕业。她喜欢和朋友出去玩，去看电影。我告诉你，她真是个小女孩。"我说我很高兴能见到她。里卡多冲我微笑了一下，让我帮他熨好第二天要穿的灰色裤子，就继续学习去了。

事实上，我并不想见到这个女孩，我感觉我不会喜欢她。我在想，我希望我儿子娶个什么样的妻子。我思考了片刻，得出了一个结论："我希望她是个强大的女人。"也许这就是为什么很多父母希望自己的儿子娶个有钱的妻子，毕竟这是一回事。在我看来，她要有一种内心深处的力量，那是金钱也买不来的。有钱人害怕失去钱，这种恐惧会让人变得脆弱。我想承认这一点：我不会喜欢玛丽娜的原因，根本上说正是她的年龄，青春年少，经验匮乏，有犯错的权利。我希望她能像我这个年纪的女人一样成熟，尽管只有经历岁月，才能变得成熟。我这样想很不公平，她那么爱我儿子，从现在起，我应该爱这个女孩。我不应该不考虑爱情，说实话，听到有人谈论爱情时，我会觉得有些厌烦。我母亲经常说："不要着急结婚，要好好享受生活。"我惊讶地看着她，因为在我看来，结婚是享受生活的最好方式。我当时感觉我母亲已经老了，我想，她这样说是因为除了我之外，她没有别的快乐和消遣。多年来，她的婚姻已经变成了单调乏味的同居生活。我想，我和米凯莱会不一样。当时我们还年轻，一结婚我们就会去威尼斯，在大运河上有一个大房间。我母亲常说，为了嫁给我父亲，她和父母争吵了很久，后来决心和我父亲私奔。我没法把她说的话当真，私奔的事，让我觉得很好笑。我好像看到他们在晚上私会，在一辆轿式马车前碰头，我母亲提着拖地长裙，匆匆赶来，父亲捻着胡子尖等她。从那些服饰、姿态中，我能想象到他们年老时，彼此熟悉又讨厌，就像现在的他们。周围的人，他们其实和在我们面前扮演的形象很不一样，这真是一件让人难过的事。

我很想和米凯莱谈论这些想法，但如果我聊起这些话题，不知道为什么，我会马上感到羞愧，假装是在开玩笑。昨晚我坐在他旁边，他在看报纸。我告诉他，里卡多想早点儿结婚，他计划去阿根廷之前结婚。他说，里卡多不应该那么做，因为男人结了婚，就再也不能自由自在，按照自己的意愿规划生活，一切都毁了。我觉得受到了羞辱，我问他是否也这样想……他马上打断了我的话，说我们的情况是个例外。我几乎用玩笑的语气，问他是否幸福。他有些恼火地回答说："这个问题太难了！我当然很幸福，为什么我不幸福呢？两个孩子很乖，很健康。里卡多会在阿根廷开创一番事业，米雷拉已经开始工作，以后她会结婚。妈咪，我们还奢求什么呢？"他对我笑了笑，用手亲昵地拍打我的手，又继续看报纸了。

我想对他说："那我们呢，米凯莱？"我想问他这是不是我们结婚时想要的一切。但我想这样问就太没有良心了，米凯莱把他的一生都献给了我，献给了孩子。我也这么做的，真的，但对我来说，这似乎是自然而然的事。虽然有时我觉得，我做的事比我该做的多，因为我不但工作，还照顾了这个家和孩子。但有时我不太满意自己做的事，因为我本来可以做得更好。我感觉，有些事情我没有完成，但我不明白是什么事。如果我相信米雷拉的话，也许我就会不再焦虑。米凯莱不会胡思乱想，所以他不会担心。他说，可以满足女儿的要求，把房子钥匙给她，我应该去铁匠那里配一把钥匙，但我仍然无法下定决心。他不会过问，米雷拉为什么昨晚那么晚才熄灯，而我因为操心睡不着觉，在屋子里走来走去，努力控制自己不去拿这个黑色笔记本，它会勾起我不好的想法。我想象家里没有孩子的生活，我在想，我们有没有机会去威尼斯旅行，我觉得这应该会解决一切问题。无论如何，在旅行之后，我们最好不要回到这所房子里。傍晚时分，去看望父母时，我冷得瑟瑟发抖。他们一起坐在油炉旁打盹，只有钟摆的喧闹打破寂静。我进去后总是感觉到冷，他们很惊讶，说房子的墙很厚，并且向阳，怎么会冷。

二月十七日

今天，我度过了愉快的一天，也许是因为早饭后，我去了美发店。从美发店出来后，我感觉自己更年轻了。我想每个星期都去美发店一次，但我觉得自己既没有时间，也没有钱可以挥霍。然而我想，如果我每八天去一次美发店，对我来说是最好了。

街上的空气清冽。我感到很高兴，充满活力，我打算趁着我精神很好，去办公室处理一些滞后的工作。我担心把办公室钥匙落在家里了，庆幸的是，我无意中已经把它放进了包里。现在我知道，经理每周六会去办公室，我有些犹豫要不要去。我刚走向电车站，我又折回，打算不去了。当然，经理已经习惯我在那里工作了，我的出现一定不会让他厌烦。但在星期六，也许是因为我们不受通常的工作，还有办公时间的约束，他向我展示了自己的另一面。实际上我对他一无所知，真的，我不知道他在家里、和朋友在一起，或者在聚会中，是怎样一个人。有一次我去找过他，因为他病了，还想口述一些信件。我记得，当我走进他房间时，我感觉自己面对的是个陌生人。我很局促，在他的睡衣领子之间，我看到了他白皙的脖子，通常这个部位被衣领遮住了。他对待我就像我是访客一样，用一种和平时不一样的客套语气，和上周六在办公室里的声音一样。

我为明天的午餐买了些东西，我想给克拉拉做个甜点。在购物时，我担心经理会无意中进入商店，我不敢转身，担心他就在我身后，微笑着问我买什么。从店里出去时，我甚至确信会遇到他，我为自己拎着这么多难看的袋子而羞愧。

已经半夜了，我不得不等米雷拉回家。她出门时，我想把我为她配的大门钥匙给她，但我太激动了，以致犯糊涂，我把办公室的钥匙给了她。

二月十九日

　　昨天克拉拉来了。因为米雷拉的缘故，这一天开始得很糟糕。我听到她在和坎托尼打电话，他们很神秘，她声音很小，通常都是用"是"或"不"回答。但我听到了她再三提到一封信，还有纽约。我确定，和里卡多一样，她也决定离开。她放下电话，神情严肃，好像陷入了思考。我小心翼翼地问，她在电话里谈论的是什么信，为什么提到纽约。她不想回答我，我失去了耐心，并提醒她，如果她想离开家，还必须再等一年，她还未成年。她只回答说："别担心，不是这个事。"我问她到底是什么事，她打断了我的话，说："够了，别问了，拜托了，妈妈。"我一边流眼泪，一边给克拉拉准备甜点。

　　克拉拉来了，我不得不打起精神强颜欢笑。但没过多久，我真的平静了下来。家里来个外人，有时是好事，迫使我们克制自己的坏情绪。克拉拉看起来那么年轻，那么自信，她那么快乐地生活在这个世界上，光是看着她就让我高兴。米凯莱和米雷拉也被她征服，而里卡多带着敌意看着她，晚些时候他问我，为什么她都这个年纪了，还把头发染成黄色。其实，她的头发是金色的。她身材苗条、举止优雅，对我们很热情，仿佛我们是她很长时间没有见面的亲戚。她就像回到了童年生活过的小城里，古老、偏远，她只在这里待一天。她谈论自己的生活，也不断询问我们的情况，简直滔滔不绝。不等我们回答，她看着我们，愉快地触碰着我们。我低声对米雷拉说："你看，即使在家里，你也能遇到聪明、可爱的人。"米凯莱神采奕奕，也在聊天，克拉拉挽着他的胳膊，用开玩笑的、挑衅的目光看着他。她像往常一样问我："你还爱着他吗？你不会厌烦吗？真的没考虑换一个？我想知道米凯莱有什么地方值得你这么爱他？"我有些窘迫，用眼神向她示意两个孩子在跟前。克拉拉笑着说："我开玩笑呢，瓦莱里娅，你听不出我在开玩笑吗？"她又补充说："将来，我想写一个关于你的剧本，关于你的生活：永远奉献给同样的人、同样的感情。亲爱的瓦莱里娅，你说得没错，要永葆青春很累，这是一桩可怕的苦役。我也想像你一样，以后成为奶奶，但我没有孩子。米雷拉订婚了吗？"米雷拉回答说没有，克拉拉抚摸了她一下，用犀利的目光看着她，最后得出结论："漂亮的姑娘，一张聪明伶俐的脸蛋。"她开始谈论电影，还有她写的剧本。她告诉我们很多我们不知道的事，都很有意思。我喜欢看着克拉拉，米雷拉也喜欢看着她。米凯莱看着她，就像看着水果一样。她神采奕奕地说着话，抽着烟，吃东西津津有味，她非常喜欢我做的甜点。同时，她谈到了演员和他们的习惯，这些话吸引到了里卡多，但他还是带着一丝鄙夷听着。克拉拉突然提到，好剧本很稀缺。这时米凯莱说，他有个主意，一个原创的剧本。"你可以写一个，"克拉拉热情地回答，又拿了一块蛋糕，"把它写下来，就像跟我讲故事一样，一个好剧本可以赚几百万里拉。"我也鼓励他："真的，你写吧，没准能成功呢。"克拉拉说，她会把米凯莱介绍给一个制片人，那是她朋友。"你写吧，米凯莱，然后拿给我看看。"他问："什么时候？""你写好的时候。"米凯莱犹豫了片刻，说他已经写好了。

克拉拉略感惊讶，几乎是有些不悦：也许她担心自己许诺得太多，她确信米凯莱刚才说的是玩笑话。两个孩子什么也没说，继续吃饭。我低声问："啊，不错。米凯莱，你什么时候写的？"他有些退缩，一方面想让我相信，他是写着玩儿的，用来打发时间，另一方面，他担心这样说会打消克拉拉的兴趣。"你什么时候写的？"我又好奇地问。"什么时候？"他重复了我的问题，"天呐，我也不知道，有时我一个人在办公室，没什么事可做，我就会写，比如星期六下午。"

米凯莱和克拉拉约好了，下周的某一天，米凯莱会去找她，给她读一下这个剧本。克拉拉谈到了一个剧本，那是前不久卖了上千万里拉的剧本。"听到了吗,妈咪?"米凯莱对我说,"这会是很大一笔财富。"事情真的很奇怪:我周围的每个人,为了让我相信他们的理由、他们的权利,都会举出经济上的原因。也许他们觉得,我只对钱感兴趣。但如果客观一点,我就会发现,确实是这样。比如昨天,克拉拉出于礼貌,询问我的工作时,我马上提到了我们糟糕的经济状况。事实上,我是想为破旧的房子找借口。家里的那些值钱的家具和画,都是结婚时别人送给我们的,与破旧的房子形成了极大反差。每当有外人来家里时,我都觉得这种反差太明显了,一切都应该翻新。米凯莱用开玩笑的语气,打断了我的话,好像我提到的拮据生活,都是我编造出来的。

克拉拉走后,他再次责备我说这些话,两个孩子也附和他。后来,两个孩子出去了,只剩下我们。我提到了那个剧本,他告诉我,写这个剧本就像他去买彩票一样。"我们必须尝试着做些什么,"他说,"我们绝不能一直都过这种穷日子,一直到老都生活在这种环境中。"我问他这个剧本是关于什么的,他含糊其辞地回答说,是大众喜欢的爱情故事。有那么一刹那,我很想和他谈谈笔记本的事,但我无法说出口。因为他强调说,他写这个剧本是出于经济方面的考虑,而我无法用同样的理由解释我写作的目的。尽管如此,我很高兴,他也很高兴,他搂着我的肩膀。"我们应该多见见人,"他说,"比如今天克拉拉来了,这对我们很有帮助。"我们决定,如果米凯莱能卖掉那个剧本，我们会为家里添置些东西。我说，我想去威尼斯。他提到，如果那个剧本可行的话，他已经构思好另一个故事了。"这样，你就可以离开银行了。"我有些羞怯地提议。他承认，如果能离开银行，他会很高兴，在银行的新职位并不像他希望的那样令人满意。晚饭后，我们继续讨论这些事情，直到很晚。

二月二十一日

经理在米兰待了两天，今天早上才回来。我去找他谈几件之前我不得不搁置的工作，因为我不知道他会出差，所以没有请求他的指示。他说，他以为上周六下午会在办公室见到我，他原本打算在那个时候告诉我。我赶紧说，我确实打算去的，但后来放弃了，我害怕打扰他。我甚至补充说，我已经走到了电车站。"真遗憾！"他说。我正准备向他保证，下周六我一定会去，但后来我决定保持沉默。"真遗憾！"我一整天都在想着他说这句话的语气。也许米凯莱有理由吃他的醋。也许多年以来，他每周六去办公室，就是希望我也去。

从办公室出来后，我去了母亲家，想和她说说话。一路上，我想起了这些年来经理对我的关注，还有他做出的举动：圣诞节送我的鲜花，而我从来没有多想。到了母亲家，我开始谈论到经理，谈论我对他的感激之情。我说，他是个与众不同的人，真正出类拔萃，他做成的事业足以证明这一点。为了继续谈论他，我希望母亲能问我一些问题，但她说："我不喜欢他。你什么也不会做，但他还是录用了你。我从一开始就不太信任这个男人。"我很生气，我说，我很擅长自己的工作，现在还承担着一些重要的工作。即使我失去这份工作，很多其他公司也会愿意雇用我。她摇摇头说："或许会吧，但奇怪的是，为什么偏偏是你承担了这些重要的工作，而不是其他的员工，比如男人，或者那些大学毕业生。"她的语气很严厉，我还没来得及回答，她就转移了话题。

二月二十四日

今天，我五点左右去了办公室。我小心地转动钥匙，以免打扰经理，我觉得，这对他来说应该是个惊喜。但办公室里一片漆黑，寂静中，电话铃响了。我犹豫了片刻，看着经理房间的玻璃门，没有一丝光亮，我跑向总机。我对那些按钮和插头不熟悉，当我手忙脚乱地接听电话时，铃声停了。

我的办公室已经打扫过了，很舒适。我进去后，闻到周围一股地板蜡、木头和皮革的味道，我感到一种难以言喻的幸福。我放下了手套、帽子，感觉很平静，仿佛来到一家要长住的酒店。我想点一杯咖啡，但后来又想，最好等一等。我坐在办公桌前，打开了书信文件夹。我觉得，如果经理不来，我什么都做不了。在一些信件上，我看到他用红色笔做的标注"是的，很好"或"检查一下"，不过更常见的是"我们谈谈吧"，就像一场对话的邀请，但他不在，我无法接受邀请。我开始有些不耐烦，仔细听着每种声音，任何细小的声息。但经理一直都没有来，我起身去了他的办公室。我打开书桌上的台灯，整理了一下桌子上的剪纸刀、签字笔、钢笔，虽然这些东西都摆放得很整齐。我看着那张空荡荡的椅子，听到他的声音温柔地说："我们谈谈吧。"

我觉得，他说的不是那些商业信件，也许他意识到，我想和他谈论米雷拉，想鼓励我跟他讨论。或者，他想让我说说我的生活。我在他对面的沙发上坐下来，仿佛是在面试。他是唯一我可以与之交谈的人。我已经很多年没有朋友了，以前寄宿学校的朋友，还有我在刚结婚时结交的年轻女性，她们都过着和我截然不同的生活：她们很晚起床，经常光顾美发店、裁缝店，下午打牌。我们再也没有共同之处，更无法交谈。办公室的女同事让我很不自在，因为我们也没有什么相同之处：我们的过去不相同，社会背景、接受的教育，甚至说话的方式都不同。此外我也没有时间交新朋友，多年来，我的时间只够奔波于家和办公室之间。我曾经以为我拥有投入到孩子身上的时间，那就像一笔财富，但现在他们把它偷走了，带走了。其实我只拥有投入到工作上的时间，只有在办公室里，我才会感到自由，我没有撒谎。事实上，我有一种感觉，我曾经撒了谎，不知道是什么谎，但我要坚守这个谎言。"我们谈谈吧。"我想对经理说"我们谈谈"。我觉得自己发烧了，但头脑很清醒，意识很清晰。我想，他不能再拖延了，应该马上到这里，否则我就会失去一次宝贵的谈话机会，对我来说至关重要。我想告诉他，在我这个年纪，每一刻都很宝贵。

电话铃又响了，我吓了一跳，不知道是否应该接这个电话。我觉得，如果我接了电话，有人会看到我在经理的房间里，并认为我不应该在那里。这时即使是他走进来，可能也会问我在干什么。电话还在响，我坐在他的椅子上接了，我说："喂……"是他打的电话。我的心在狂跳，他的声音很小。"很抱歉，"他说，"我今天不能来。"我很吃惊，我没有想到事情会是这样，我觉得周围的一切都在坍塌。"哦……"我叹了口气。他又重复了一遍："我很抱歉。""我不知道该怎么办，"我说，"我想和您谈谈。"又立即补充说："是一些手续的问题。"他停顿了一会儿，解释说他不得不待在家，因为今天是他儿子的生日。他补充说，他已经打了两次电话，但没人接听。"我想，您应该会去办公室，我本来希望能尽快离开，但……"他沉默了一会儿，但没挂电话。我也沉默了，然后说："我非常理解，没关系，我尽量自己解决，我们周一再谈。"我挂了电话，但无法将手从听筒上移开。

我在他的办公桌前又坐了一会儿，坐在软皮扶手椅上。最后，我站了起来，关了灯，不再四处张望，重新关上了抽屉，戴上帽子走了出去。我走得很慢，不想回家，我想坐在公园的长椅上。我发现，周六午后的城市，似乎更美丽、明亮、迷人。这段时间以来,我一直都特别想去度假,这种愿望简直挥之不去。我想打开窗户,感受清风吹在脸上,唤起我对树林、乡村、海景的回忆,最后我总是会想到威尼斯。但只要我回到家里,这种寻求快乐的冲动就会消散。在家里,不知道为什么,我总是想道歉,也许是因为这本笔记本,我忽略了家里的很多事。我熬夜到很晚,白天很累。比如今天,我后悔去了办公室,浪费时间,什么事也没干成。我还没打扫厨房,昨晚因为写日记,忘了熨烫米凯莱要穿的衬衫。有时,在一种幸福和醉意中,我想象自己放任自流,不管那些脏盘子、待洗的衣服、未铺的床。我带着这种愿望睡去——一种强烈、贪婪的愿望,类似于我怀孕时对面包的渴望。晚上,我梦见自己要收拾残局,但我做不到,在米凯莱回家之前,我来不及把家里整理好。这真是一场噩梦。

或许小时候,母亲对我太严厉了。"去缝衣服吧,"她常对我说,"去学习吧。"等我长大后,我一停止学习,她就给我布置一些家务活。她从不让我闲着,从来不会忘记我。如果她有一会儿没看见我,就会走进我的房间,问我在干什么。"女人不应该让自己闲着。"她说。

米凯莱今晚很晚才回家。他看起来很累,我问他,是不是在办公室写电影剧本。他看着我,突然停下来,似乎我的问题让他很震惊。他迅速镇静了下来,说:"不,不是,今天根本就没有时间想剧本的事,我有很多其他事情要做。我头疼,吃完饭就想去睡觉。"我说,我想和他谈谈里卡多和米雷拉的事,因为没有他的指示,只按照我的想法,只靠我自己,我很难做决定。他温柔地说,我可以自己决定,采取行动。在任何时候,我都能代表他说话,他向我保证,没有人可以比我更能妥善处理家里的事。我很感动,简直受宠若惊,我拥抱了他。我需要一点安慰,一点温暖,没有什么比头靠在米凯莱肩上更让我放松的了。他问我,克拉拉有没有打电话来。

二月二十五日

今天早上，因为一件特别小的事，我母亲打来电话，我对她很不耐烦。她每个星期天早上都给我打电话，问我是否会去看她。今天早上我不想去，就说没有时间。我说的是真的，因为在星期天，我和平时起床时间差不多，米凯莱和两个孩子会起得很晚，正午的太阳照在温热的床上，他们还穿着睡衣，在家里走来走去。米凯莱总说，谁也不能剥夺他周末睡懒觉的享受。有几次我也尝试放松一下，也睡个懒觉，但谁来做这些要做的事呢？再说了，我把早餐给他端到床上，看到他吃得津津有味，我也很高兴。我母亲不理解这些事，觉得米凯莱不应该睡懒觉，也许是因为她总是失眠。有几次，她说她有权见我，我是她唯一的女儿。我忽然很不耐烦，我说我也是唯一的妻子、唯一的母亲，我再也受不了了。我甚至说，昨天是星期六,我不得不去办公室加班。我说,没人知道,我有多少要操心的事。她反驳说,她不明白,为什么我偏偏是现在那么焦虑:米凯莱加薪了,里卡多在阿根廷会有一个美好的未来,米雷拉还没毕业就已经开始工作了。她的这句话激怒了我,我毫不留情面地说,她生活在另一个时代,过着轻松的生活,无法理解我现在的处境。母亲反驳说:"轻松?"她大声提醒我,所有家产都被贝尔托洛蒂弄走了,为了拿回别墅,他们打了十年官司,最终还是输了。贝尔托洛蒂管理着我祖母的资产,但他是个坏人,我一辈子反复听到这个名字。我们所有的不幸都归咎于他,据说我们糟糕的经济条件,也是因为他。小时候,我听到人们谈起他时,我很害怕,好像他们在谈论魔鬼一样。今天,我却对我母亲说,贝尔托洛蒂最好把庄园和别墅也都吞掉,因为我们的不幸,都源于我们希望拥有这些,仍然承担着这个负担,因此我们很难适应现在的生活:我是因为这座别墅,米凯莱是因为他父亲的军装。因为过去的辉煌,贫穷将永远像耻辱一样,压在我们身上。"我们没有一分钱,但仍觉得自己是别墅和马匹的主人。你看看两个孩子,他们从来没有听说过贝尔托洛蒂,但他们过得很好。"我母亲在电话另一头沉默不语,她知道我在生气时会说这些话。她觉得,我这么说也是贝尔托洛蒂的错,这让她感到安慰。"那你不来了?"她问。"不来了,"我回答,"我来不了。"

晚些时候,走在街上,我感到后悔。星期天的气氛让我平静下来，驱散了所有的忧虑和疲惫。我走进一间咖啡馆，给我母亲打了电话。"我做完事儿了，比我估计的快些，"我对她说，"我一会儿去看你，你想让我买点什么吗？""是的，谢谢。"她说，冰冷的声音透露出开心，"给爸爸买些水果。"我还买了一束紫罗兰，但我不好意思送母亲花，我母亲也不习惯这个举动。我告诉她这是被迫买的，因为一个乞讨的小姑娘缠着我不放。

二月二十六日

今晚，我必须早点睡觉。里卡多在饭桌上说，他听到晚上很晚了，我还在家里转悠。"你在做什么？"他问我。听到这句话，米雷拉也抬起眼看着我。我毫无缘故地担心，他们会寻找笔记本。我说，像我母亲一样，我也开始失眠了。

今天早上，我刚到，经理就叫我去他办公室。办公室里还有其他人，这让我很不自在，但我还是热情地和他们寒暄。那些人出去后，经理开始浏览邮件，没有看我，说他这个星期连读那些重要的信的时间都没有。他看起来很累，很烦躁，当他终于抬起头看我时，他露出了一个微笑。他又跟我谈起了星期六的事儿，他叹了口气说："家庭……"我脸红了，真是太傻了。他问我，下周六是否有空来办公室。我说有空，语气过于热情。他抬起眼睛看着我，没有笑容，用一种严肃而温和的语气问我:"四点左右?"我点了点头。我的手放在玻璃桌面上,感觉很冷。最后,他让我给他看一封写好的信,当我拿着那封信回来时,他好像成了另一个人,他说信写得不好,需要重写。

二月二十七日

今天，我回家吃午饭时，门房找了个借口来和我说话。她带着一丝坏笑说："小姐几分钟前回家了，是未婚夫送她回来的。"我一时有些迷惑，她马上趁机说："恭喜。"我没有回答，微笑着走开了，我被她的话弄糊涂了，我走着上了楼，忘了乘电梯。

米雷拉在她的房间里，我把门房的话告诉了她。她笑着说："真是碎嘴啊！"除此之外也没说别的。我后悔说了这些话，现在再继续讨论、不表明态度，只会动摇我的立场。我环顾四周，希望能有新发现。一段时间以来，我觉得米雷拉的房间里藏着一个秘密。如果我足够细心，就能够发现它，就能搞清楚发生的一切，并知道该如何应对。我忍住了，没有对她说"至少别让他陪你到门口"。我可以给朋友提这个建议，但对女儿却不能这样说。尽管我认识到，我们在家中要摆出一副顽固的样子，这正是彼此缺乏真诚的原因。也许米雷拉的朋友知道她的所有事：可能是萨宾娜。这段时间以来，她经常给米雷拉打电话，她们在大学里修了同一门课程。我打算问问萨宾娜，但我也知道，她不会告诉我任何事。有时候，米雷拉或里卡多在家里接待朋友，我进入他们聚会的房间，所有人都会立即陷入沉默，并站起来，摆出一副尊重但不信任的态度，就像老师进入教室时孩子们的态度。尽管我表现得亲切、愉快，努力讨好他们，给他们端去一些糖果和咖啡。夏天，我甚至还会去街角的水吧，买冰淇淋给他们吃。他们用怀疑的目光看着我，在猜测我的殷勤背后是否有什么陷阱。有时，我会待上几分钟，和他们聊天，讲一些逗他们开心的趣事。尤其是我摆出一副开明的态度，希望通过这种方式来接近他们的想法，接近他们的年龄。但我越是打破他们对父母、对他们母亲那个年纪的人的固有看法，他们就越是不安和忧虑。相反，如果我用严厉的语气说，米雷拉不能出去，因为已经到了晚饭时间，或者说，不能给里卡多看电影的钱，我才感觉，他们会自在起来。

所以，萨宾娜不会告诉我任何事，但我决心一探究竟。米雷拉似乎忙于学习和工作，她封闭自己，什么也不跟我说。今天，我给办公室打了电话请假，说身体不舒服。我留在家里翻米雷拉的抽屉。这是我第一次这么做，我的手在发抖，感觉像在偷东西。我仔细搜寻,心想:我必须这么做。我也不知道希望能找到什么,我几乎肯定能在衣服、书、内衣中间找到坎托尼的痕迹,但什么也没有。米雷拉出去时,把坎托尼送给她的包和手表都带上了。我希望至少能找到一张照片、一张纸条,但我什么都没找到。我没用多少时间,就把她的东西翻了一遍:她的柜子、几件破旧的玩意,还有几件内衣。我再次意识到,米雷拉是个贫穷的女孩。我觉得,面对我的指责,她一定很无辜,我居然怀疑她,我太残酷了。

最后我想起来,她的笔记本锁在书桌的抽屉里。我欣喜若狂,胜券在握,但随后我又犹豫了,我想起自己一直教导两个孩子:要尊重他人的隐私。为了抵挡诱惑,我离开了房间。但我还是走进厨房拿了一把刀,想强行打开抽屉。我决心毫不留情地进行下去,就像割掉一块脓肿一样。我把刀插在抽屉和桌面之间,但令我惊讶的是,抽屉立刻动了——它是开着的。笔记本不在里面,抽屉里有一些无关紧要的信件和老照片,没有坎托尼的半点痕迹。这种表面上的清白并没能让我放心,反而让我产生了更多怀疑。她不可能没有他的信,也许她宁愿把那些危险的信毁掉。此外,笔记本的消失也清楚地表明了她心虚。如果我没有抑制自己的冲动,会马上去找坎托尼,对他说:"我什么都知道。"我会攻击他,摇晃他,打他。我坐在书桌前,手里拿着刀,不知道该怎么办。我想,也许米雷拉把日记本带到了办公室,对我来说,那简直就像离家出走。也许她

Quaderno Proibito 143

只是把它藏了起来，我又开始仔细搜寻。我心想，她把本子藏得这么好，她不想让人知道她是什么样的人，但我会找到的，会当面揭穿她。我想象，我站在她面前，用手拍打着那张写满字的纸。

我突然想到自己也藏了一本笔记本。米雷拉在寻找藏日记本的地方时，可能会发现它。如果她读了我的日记，就会发现，我和她想象中的不一样。她会知道我所有的秘密，知道经理的事，知道我接受周六的约定。我带着不安揣摩：他是不是爱上了我。一想到经理，想到笔记本会被发现，想到我们每个人都笼罩在一团迷雾中，我就感到不安。我好像看到米雷拉把笔记本装在包里，离开了家；米凯莱在星期六去银行，为了能安静地写剧本；里卡多在他房间的墙上贴了一张阿根廷山脉的照片。这让我觉得，虽然我们非常相爱，但却像敌人一样互相防卫。

二月二十八日

今晚，米雷拉一回到家就把我叫到她的房间。"你看。"她兴高采烈地说。在我惊异的目光下，她把许多张钞票从一个信封中倒出来。我正准备严肃地问她，这些钱是从哪儿来的。她解释说："这是我的工资。"她一张张小心捡起钞票，几乎是抚摸着它们。这时候，她列举了她想买的东西，大多是些没什么用的小玩意。那都是她多次要求我买，但我一直都没给她买的东西。也许这不公平，但在我觉得，她想羞辱我。这时我摆出一副很不屑的态度，我对她说，现在她知道挣钱有多难了，她终于明白我们为她做出的牺牲。她从房间里走到浴室，用一条毛巾使劲地擦着脸。"妈妈，你想听实话吗？"她微笑着说，"我觉得一点也不累。我经常听你们说，工作很累，当我决定工作时，我很担忧，害怕自己做不到。在我第一天上班，前一个晚上几乎无法入睡。里卡多总用不信任、嘲讽的眼光看着我,他表示怀疑:巴里莱西这样有名的事务所,居然需要像我这样的女孩。我也觉得,他说的有道理。当我走到事务所门口时,我想打退堂鼓,想打电话说,我要放弃这份工作,说我生病了,任何借口都可以。但我没那么做,是因为你们。"我惊讶得睁大了眼睛。她继续说:"是的,我觉得如果我放弃了,你们会很高兴,这证明你们对我的评价是对的。"我问她,她这样做是不是不想让那个律师——坎托尼看不起她。"不。"她肯定地说,"恰恰相反,他从来都不觉得我什么都做不了。但这不是重点,重要的是,我发现工作并不累,而且很有意思。我经常很疲惫,但这种疲惫和我熟悉的其他疲倦不同,我不知道怎么解释,我几乎觉得,那种疲惫是装出来的,因为实际上,在工作后感到疲倦,我觉得很舒服。我喜欢用这些词,当我听到这些词语,觉得那都很重要,比如说:存档、登记、契约。虽然你可能觉得很好笑,但我承认,说出这些词语时,我觉得自己很重要。"她像孩子一样天真愉快,似乎想和我开玩笑。"还有,"她接着说,"我喜欢听到有人叫我的名字,那让我觉得自己很能干,是一个值得信赖的人。比如,他们说:'科萨蒂小姐会负责这件事。'我觉得他们说的是另一个人,一个我觉得无法成为的人。今天,巴里莱西先生说:周一,科萨蒂小姐可以去初审法庭。虽然只是去询问一个信息,做一件特别容易的事儿,任何人都能做到,但我因为高兴脸都红了。我刚上大学时,也发生了同样的事。我从来没说过什么,假装去上大学很自然,但我坐在教室里总是觉得受宠若惊。在大学里,我一直觉得,如果我不去,他们一定会更高兴。但在事务所里,是他们付钱让我去。"她很愉快地说着这些,梳理着头发。她笑着走到我身边,很快乐、兴奋,我从来没有见过她这样,她想拥抱我:"你说实话,你在办公室也一定很开心,爸爸也一样,为什么你们不愿承认呢?承认吧,妈妈,说吧。如果你承认,我就给你一千里拉。"她手里拿着梳子,想拥抱我,由于我的反抗,梳子打到了我的眉毛上。我轻轻地叫了一声,用手捂住眼睛。她说:"哦,对不起……"她很难过。"我不知道你今晚怎么了。"我突然说,揉了揉眼睛,"你真是发疯了。那点钱就让你发疯了,真是没有良心。你应该想着一件事:我们从来没有像你现在这样,用赚到的钱来买自己喜欢的东西。我们所有的钱,一分一厘都用在了家里,用在里卡多身上,用在你身上,供你读书。因为上了大学,你才能获得现在的满足感,就是你称之为娱乐的东西。"她很羞愧:"我知道,确实是这样,我很抱歉,我刚才那样说不是出于恶意,也不是高傲。恰恰相反,我知道,你们也很喜欢工作,我很高兴。也许这样,我才不会内疚,因为我给你们的生活带来这么多负担。请原谅我的直接,但有时孩子会为自己的出生,为需要吃饭、穿衣而羞愧。抱歉我跟你说了这些。我非常喜欢我的工作,即使没有工资,我也会去做。"我想到了,每天早上我从家里出去,去办公室时的轻快步伐，想到了经理叫我一起工作时我的喜悦。我打了个寒颤，打消了这些念头。我告诉米雷拉，她的热情完全是源于新奇。"也许吧，"她承认，"但我不愿相信。那就太遗憾了，这是我生命中最美好的时光。今天，巴里莱西为一名被指控谋杀的人辩护，使他无罪释放。为了参加审判，今天早上我没去学校。他的辩护词很精彩，我深受触动，我很佩服他，非常羡慕他，这样的工作肯定不会让他感到沉重。""我敢肯定！"我惊呼，"他是为了赚钱！""你觉得，仅仅是为了赚钱？巴里莱西现在很有钱，他可以不工作，不是吗？相反，虽然他经常抱怨，说他很焦虑、疲惫，但还是继续接案子，他总想自己揽下所有事。也许，他抱怨自己很疲惫，是因为不想承认他喜欢自己的工作。"她又笑了起来，高兴地说，"我想成为像他那样的大律师。"我问她，是辉煌的事业吸引了她，还是为了取悦某人，比如说坎托尼。"可能也有这方面的原因吧。"她回答说。听到了她的话，我高兴地说，事业不是她的目标，她的目标是嫁给一个有钱、有名望的人，正如她第一天起说的那样。她幻想可以通过这些方式，达到自己的目的，但她最好还是听从我的建议，因为没人能比母亲提供更好的建议。事实上，男人并不喜欢独立、有自己事业的女人，或者至少不想让这种女人成为自己的妻子。毕竟，当你怀里抱着第一个孩子，听到孩子哭泣，需要喂养时，你也不敢为了在法庭上浪得虚名而忽视孩子。米雷拉说她的想法不同：即使结婚生子，她仍然希望成为一位有名的律师。当她说出"有名"这个词时,她脸红了。我宽容地笑了笑说:"我们再说吧。"我向厨房走去。不一会儿,我回到她的房间,问她的日记本放在哪里。我的问题让她很惊讶,她看了看书桌,问我是否翻过她的抽屉。我告诉她,我认为有必要时有权那么做。她说,她前段时间把日记本销毁了,记日记是她小时候的习惯。此外,即使我找到了它,也不值得去看。她又笑着说,因为担心我读到,她在日记里写的全是谎话。

我走到厨房,开始煎土豆还有鸡蛋。我觉得米雷拉在说谎,如果她毁掉了日记本,那也是在遇到坎托尼后才这么做的。很快她来厨房,问我是否需要帮助。她很少主动帮我,我惊讶地看着她。她真的很漂亮,剪短发很适合她,赚到钱的喜悦,让她看起来更自信,又异常甜美。她笑着对我说:"妈妈,你为什么不能承认,我以自己的方式也能获得幸福?"我告诉她,幸福——至少像她想象的幸福,是不存在的,我从经验中得知这一点。她反对说:"但你只有一种生活经验,就是你自己的,为什么不给我一点希望呢?"我告诉她,你也可以抱有希望,这不需要什么成本。我递给她一盘煎鸡蛋,让她拿给她哥,但她问我为什么他不能自己来拿。"我现在就去叫他。"她说。我严厉地说:"听话。"我补充说:"里卡多很累,他学习了一整天。""那你不是工作了一整天吗?"她突然反驳说,"我不是也工作了一整天吗?"尽管如此,她还是把煎蛋拿给了里卡多。她回来时说:"妈妈,这就是我反抗的原因。你认为你必须为所有人服务,包括我。渐渐地,其他人都接受了这种想法。你认为,对于一个女人来说,在家庭和厨房之外获得满足感,那就是一种罪过:女人唯一的作用就是服务他人。我不想这样,你明白吗?我不想这样。"我感到后背一阵发凉,到现在,我仍然无法摆脱那种寒意。但当时我还是表现得对她说的话不在意。我用讽刺的语气问她,是不是在家里也想当律师。

三月二日

今天午饭后，米凯莱一出门，里卡多就四处看了看，确定家里只有我们俩，他从口袋里掏出了一份报纸说："你看。"

那是篇报道一起案件的文章，米雷拉已经跟我说过了。在辩护人的名单中，除了巴里莱西，还提到了坎托尼的名字。"我知道。"我说，"坎托尼是他的接班人。"他向我坦白说，他不明白，我为什么会允许这桩丑事继续下去，但无论如何，这终于解释了为什么米雷拉赚了那么多钱。我告诉他，我对工资的事很熟悉，米雷拉获得的酬劳是她所做工作的最低标准。我补充说，米雷拉似乎对自己的工作充满热情，有一天她会成为一名优秀的律师。

和里卡多谈论米雷拉总是很难。他们待在一起时，我总觉得，他们像两个敌人。也许他们一直都是这样，在此之前，我还认为这是兄妹之间常有的嫉恨。现在我担心，还有一些更深层次的原因，说不清楚是什么东西，这让我感到痛苦。我不想认为，里卡多不爱妹妹，在我看来，他把对自己的不满发泄到了米雷拉身上。今天他告诉我，女人利用工作之便会做她们想做的事。我提醒他，我也在工作，这对我们的家庭，甚至对他来说，都是好事。他回答说，我只是迫于生计才去工作的，我的工作是对丈夫的支持，是服从的证明。他还说，如果可以的话，我也可以不工作。我不知道该怎么回答，或许是周六的约会让我无法反驳他。他接着说，如今的女孩子都没有责任感，不想做出任何牺牲，她们只在意钱。"她们和成熟的男人约会。"他说，"因为他们有车，会带她们去吃晚餐，去豪华的地方跳舞。我怎么比得过他们？我父母不属于有钱人家，这不是我的错。"我很难过，我明确指出，我们的确生于富裕家庭，但由于经营不善，失去了一切。"那我能怎么办？"他坚持说，"难道我可以在二十二岁之前毕业吗？在这些女孩面前，像我这样年龄的男人会觉得自己是个孩子，会陷入绝望。"我说，现在米雷拉可以用自己的工资买衣服，这样我就能多给他一些钱。他看着窗外，一言不发，白色的天光映照在他苍白的脸上。我想到，有那么多年轻人在绝望的时刻选择自杀，他们的母亲没有意识到这一点。我答应他，除了他父亲给他的零花钱以外，我再给他一份。他什么也没说，但稍微平静了些。他回到桌子前，看着展开的报纸，用一种充满鄙夷、恼怒、像耳光一样的手势，敲了敲那篇关于坎托尼的文章。"你看到她们在做什么吗？"他说，"她们在出卖自己。米雷拉跟这个年纪的男人，一个老男人约会，到底有什么意思？"我笑着反对说，一个三十四岁的男人并不是老男人，而且大家都说这位坎托尼很聪明。他转过身来，伤心地说："妈妈，不要为她们辩护，你不会像她们那样。"我突然问他："如果我错了呢？"里卡多痛苦地睁大眼睛，看着我，我立即补充说，我和他父亲在一起很幸福，但并非所有女人都有相同的性格。他说，他想象未来的妻子时，总是会想着一个和我性格相似的女人。他经常和玛丽娜谈论我，谈到我对自己丈夫的感情，谈到我如何信任他，支持他，谈到我在战争初期做出的牺牲。事实上那是一段艰难的时期，当时我没工作，我为那些有钱的朋友做招待客人用的甜点。但我总是很累，她们邀请我参加聚会，我总是去不了。渐渐地，虽然她们还会预定我的甜点，但也不再邀请我了。"你不应该和玛丽娜谈论我。"我对里卡多说，"这样不对，没有任何女孩会觉得我过的生活很诱人。况且，妻子永远不能有母亲那样的性格。"他叹了口气："嗯，我知道。"他用温柔的目光看着我。"你其实不知道，"我说，"我这样说不是因为母亲更好，而是因为一个女人在她的孩子面前，和在其他人，甚至是丈夫面前都不一样。"我好像看到了我婆婆的大照片，那张照片就挂在我们的卧室里：那是个平庸的女人，但米凯莱总是说，我应该以她为榜样。她去世后，米凯莱才开始叫我"妈咪"。我说:"如果玛丽娜就像你说的那样,我相信她是个好女孩。"里卡多用感激的目光望着我:"我就是想和你谈谈她,妈妈,你得帮助我。"里卡多嘴唇的形状还是小时候的样子,他的声音总是会勾起我心中的柔情。"怎么了,告诉我,发生了什么事?"我问他,我有点希望是玛丽娜抛弃了他。"没什么,"他回答说,"我想马上结婚,但我不能带玛丽娜去布宜诺斯艾利斯。第一年是试用期,工资不高,这对两个人来说,可能不够生活。"我想,如果马上结婚,他可能不会离开。我想知道在这两种情况中,哪种情况好一些。我说:"你也可以在这里找点事做,也许是临时的。你爸爸说,今年银行会招聘很多员工。"他坚决地回答说:"不,我不去银行,绝对不会去。但我想在离开之前订婚。我告诉过你,玛丽娜在她家里很不开心,很想离开。我跟她提议说,我们可以马上结婚,然后我就离开,她可以留在这里,我想她会给你作伴,她会住我的房间,但她不愿意。因此我告诉她,我会尽快回来,会在一两年后回来,到时候我会有个稳定的职位,然后我们一起离开。但这种长期的分离让我很忧虑。不是因为我怀疑她,而是现在一切都很不稳定,人们又开始谈论战争,而那些三十四岁的男人,他们不用上前线。"他说,又用手敲了敲报纸,"但我们得去前线。我不能坐以待毙,也许再过几年,只需要一颗炸弹,我就不用等待了。"

我产生了一种强烈的愿望,想拯救他,想把他藏起来,我会挡在门口,我心想,他们不可能抓到他。非洲打仗的时候,里卡多七岁,世界大战爆发时,他十二岁。有很多年,他只能吃"卡秋塔"奶酪①和植物油蛋糕。他得到的第一支香烟是美国人送给他的。"我想让你和玛丽娜谈谈,"他继续说,"第一次见面就我们仨。以后我当然也会把她介绍给爸爸。下周六怎么样?周六爸爸总在银行,但你有空。"我马上打断了他说:"周六不行,我在办公室有事儿。"他反对说:"周六也要工作吗?"我解释说,这段时间我有特别多的事情要做。他坚持说:"你就不能找个借口吗?求你了,妈妈,这对我非常重要。"我坚定地回答说:"说也没有用,绝对不行。"我看了看手表,是回办公室的时候了。

我去房间戴上帽子。我心想,我不能、绝对不能让步。而与此同时,不知道为什么,我一直在想那些植物油蛋糕。"那我呢?"我不由得想,"我小时候,第一次大战期间,我不是吃过麸皮面包吗?"我把一辈子都奉献给了别人,现在我有权拥有属于自己的一天。我越是这样想,内心就越是不由自主地否定这一点,不,我感觉我心里在不停地动摇,就像在摇头一样。我听到里卡多走进房间,虽然我很不情愿,但我转身对他说:"好吧。"我说,"告诉她星期六来吧,我会找个借口不去办公室。"他一边感谢我,一边高兴地拥抱了我。我说:"好

---

① 一种混合型奶酪,是意大利中部的传统奶酪,由牛奶、山羊、绵羊和水牛奶混合制成。

吧,好吧。"我有些粗暴地推开他,然后走了出去。

我穿着灰色的旧大衣,走得很快。在商店的橱窗里,我看到了自己的身影,很讨厌。我想摆脱自己,愤怒地想摆脱自己,就好像我厌倦了身上沉重的伪装。一进办公室,我就径直去找经理,甚至没脱掉外套和帽子,他正在签一些支票。"您好,科萨蒂太太。"他抬起头,微笑着给我打招呼,然后继续签字。我站在他面前,把包放在桌子上,用手紧握着包,几乎是为了支撑自己的身体。经理说他很累,忙得不可开交,今天甚至没回家吃午餐,中午只吃了个三明治,喝了一杯牛奶咖啡。似乎是为了证实他说的话,他指了指旁边一个托盘。他说,这是一段困难的时期,需要振作精神,因为关于战争的传闻,市场变得很艰难。我没有回答,等着他说完。最后他合上支票簿,抬起头来。我说:"星期六,我不能来。"他没有回答,用怀疑的眼光审视着我,也许他在想,这个毫无说服力的决定其实不是拒绝,而是真正的不可能。我正准备说话,回应他的目光时,电话响了。他简短地交谈了几句,目光仍然看着我,他放下听筒,起身走到我身边。我的心跳开始加速,几乎感到害怕。这么多年来,他一直都没靠近过我,我已经习惯看到他坐在桌子后面,或者我坐着,他一边在办公室里走动,一边口述要写的东西。他说这很正常,我周六的确应该待在家里,或者去购物,而不是来工作。我想说,我很期待周六的到来,简直一门心思想着这件事。我说:"星期六我儿子想让我认识一下他女朋友"。他轻声说："哦，我理解。"然后他回到桌子后面，轻声说："恭喜。"我小声说："谢谢。"他漫不经心地翻着支票说："家庭责任……"然后，他递给我两张支票，让我寄给他妻子的皮草商，还有一家自行车的公司，他小女儿的自行车是在这家公司买的。"我不喜欢让员工看到我的个人支票。"他说，很抱歉交给我这个任务："涉及大笔费用时，我觉得最好……"我答应马上去做。我回到自己的房间，脱下帽子和外套，在办公桌前坐下。我想保持冷静，但内心一股无名的怒火一点点冒上来了。我看了看支票上的数字，寄给皮草商的那张支票数目很大。"强盗，这简直是要命的强盗啊。"我嘀咕着。我的手指在颤抖，"强盗"我重复了一遍，甚至不知道在说谁。我拿起信封和信纸准备写信，但突然间我用手捂住脸，哭了起来。

三月七日

我已经好几天没写东西了，因为我感觉与自己分离了。我感觉，只有我忘记自己，日子才能继续过下去了。只要不要想太多，比如相信米雷拉给我的解释，就可以平静地生活。我越来越确信，自从我买这本笔记本的那天起，不安就占据了我的内心：这个笔记本里似乎有个妖怪，或者魔鬼。我试着忽略它，把它放在手提箱或衣柜里，但这还不够。事情恰好相反，我越是尽心尽职做该做的事情，时间就越是有限，写日记的欲望就越强烈。星期天，我独自一人，下午两个孩子早早就出去了，米凯莱去克拉拉家给她送电影剧本了。我本来有时间写日记，虽然我星期天总是有很多事要做。我不知道别人家里是不是都是这样，还是只有上班族的家里是这样，睡得久一点，比平时赖床时间长一点，都成了没有节制的表现。星期天，我总是有更多盘子要洗，因此餐桌上难得的乐趣最后也变成了疲惫。不过，赶快做完这些事情之后，我就有一整个下午可以利用，我决定整理一下抽屉：我扔掉了一些空盒子、没用的文件和信，觉得心满意足。刚结婚的时候，我时不时就会打开衣柜，看着里面的床单、桌布摆放得整整齐齐，都用蓝色和粉色的丝带系着，这让我很安心。星期天，我坐在放着旧包、围巾、手帕的抽屉前时，我想到了之前的乐趣，感到一种久违的欣喜：看到摆放整齐的盒子，折成一叠的手帕，我几乎感到一种身体上的愉悦。

就这样，起初我觉得星期天很漫长，但它很快就过去了，转眼就到了晚上。我不得不重新布置餐桌，摆上我早些时候洗过、并放好的餐具。米凯莱说他会很快回来，但他迟迟都没有回来。他穿了件深色西装，早上还去理了发。他真的看起来一点儿都不显老，仍然是个英俊的男人。克拉拉现在更了解他了，这让我很高兴，我一直怀疑她不怎么看得起他。也许正是因为这个缘故，她总是和我开玩笑，问我对他忠不忠诚。在离开前，米凯莱从抽屉里拿出了一个白色的大信封。他小心翼翼地拿在手里，好像里面装着易碎的东西。"这里装着电影剧本，"他解释说，"对不起，我现在不能给你看，我已经把它封在信封里了。因为我担心克拉拉不在家，我不得不把它交给门房。"他早上就和克拉拉约好了，所以一定会找到她，也许他觉得我不相信，或者不赞成他写的东西。早上听见他和克拉拉在电话中交谈得很愉快时,其实我松了一口气。我经常担心他对自己的生活很不满,但这个星期天,他似乎对一切都很满意,对食物、对孩子和我。他在门口拥抱了我,我帮他穿上外套。"希望交好运吧,妈咪。"他说。我说:"你看吧,会有好运的。"他突然伸手去拿钱包,说怕身上的钱不够,他身上只有一千里拉。我们一起回到卧室,他拿出一张一万里拉的票子。"以防万一。"他说。我明白,这样他会更有安全感。

到了做午饭的时间,米凯莱还没回来。我想,如果他迟迟没有回来,那是个好兆头,也许他们正在读剧本。我甚至觉得,克拉拉的那个制片人朋友也在,也许已经买下了它。他没有早早回来,我很高兴:我为他,也为自己感到高兴。我很遗憾,下午就要结束了,我想,如果米凯莱和两个孩子不回来,我就不用做饭了。突然电话铃响了,我跑过去,以为是米凯莱要告诉我,我的愿望都实现了。电话是米雷拉打来的,她告诉我,她要和几个朋友还有萨宾娜在外面吃晚饭。我问她什么时候回来,她说:"很快。"无论如何,她有钥匙。

吃饭的时候,米凯莱和里卡多甚至没有注意到米雷拉不在。米凯莱兴致勃勃地讲述他拜访克拉拉的事。他们没能阅读剧本,因为有几个人突然也去了克拉拉家里,她答应很快就会读,也会尽快给他打电话,另外约一个时间。父子俩都很满意,心情愉快,米凯莱推开了窗户。他们说外面已经是春天了，我有点后悔整天都待在家里。我给米凯莱看了我整理的抽屉，他说："太棒了，太好了。"他接着谈到了克拉拉和她的那些朋友，都是电影界的知名人士。他说，他们都有车，其中一个甚至开车送他回家。里卡多趁着父亲心情好，宣布他已经交女朋友了，还说我已经认识那女孩了。他想尽快把玛丽娜介绍给他父亲认识。我担心米凯莱会生气，我很生里卡多的气，怕他破坏了他父亲的幸福时光。但米凯莱似乎不再反对早婚，他也对里卡多说："很好，太棒了。"

我们聊到了半夜。我时不时提醒说，米雷拉还没回来，但他们没在意。当我向里卡多道晚安时，他拥抱了我，轻声说："我太高兴了，妈妈。"回到卧室时，我发现米凯莱仍衣冠周正，照着镜子，用手捋着头发，调整着领带。我又对他说，米雷拉还没回来。他想让我放心，说现在年轻人的习惯已经变了，年轻女孩回来晚点儿也很正常。他说，克拉拉的那些朋友凌晨四点睡觉，克拉拉也是如此。我说，他们一定是不用早起的人。我不知道克拉拉是怎么做到的，她早就不是小姑娘了，她和我一样大。我的回答似乎让他很惊讶，尽管他一直都知道，我和克拉拉同岁。他说克拉拉还保持着年轻的外表，有孩子般的开朗和热情。我问他："所以你觉得，我应该对米雷拉放宽心？""是的，当然。"他把我搂在怀里说。他开始谈论那个剧本。他说，他没时间读给我听，也没有自谦，他觉得自己写得很不错。他慢慢脱下衣服，有些迟缓，好像不太情愿结

Quaderno Proibito 161

束这一天。我说，如果这个剧本真的卖掉了，里卡多就不用去阿根廷了。他几乎有些生气地说，这不会是很大一笔钱，里卡多仍然要自己谋一条生路。他说得对，但我还是不禁想到：如果里卡多觉得我们很强大，他就不会急着离开，或这么早就结婚。

其实，我不确定自己是否喜欢玛丽娜。她很漂亮，但她脸上有某种东西不是那么吸引人，也不讨人喜欢。我不明白为什么里卡多偏偏喜欢那张脸，愿意一辈子看着那张脸。她身材消瘦高挑、金发，目光有些呆滞、茫然。星期六下午，里卡多用他的钥匙打开了门，让玛丽娜一个人先进来，她来到了饭厅。我没有听到他们进来，她也没想到我已经在那里了。我们面面相觑，毫无心理准备。那只是一个瞬间，也许这只是我的感觉，但我觉得，我们看对方的目光里并没有喜悦，却暗藏着敌意。我想，如果她真的嫁给里卡多，我们不会再用那种眼神看着对方，但只有那一刻才是真诚的。里卡多在她身后进来了，他已经不像我儿子了。"这是玛丽娜。"他用一种不太自然的声音对我说。她眼睛都没有眨一下，在她脸上看不到任何情绪波动。我热情地握住她的手，并不觉得自己的举动很虚伪。我感觉我心里有两个人：一个接受了这次见面，确实期待着这场温暖、自在的会面；另一个却在抵抗。我看到玛丽娜眼里充满惊讶，她的手僵硬、冰冷，我无法肯定那就是里卡多想要紧紧握住、亲吻的手。里卡多也很不自在：他坐在一张沙发上,几乎是半躺在那里,姿势很不雅观。我本想纠正他,但很难批评一个正在把他未来的妻子介绍给你的男人。而且,他的姿态让我觉得一阵心软,我理解他这样的行为,而且他以一种不常用的方式说话,装作粗鲁和冷漠,只是为了做个样子。我想对他说"我知道这很难,我们把她送走吧",但我意识到,玛丽娜也用那种方式说话,而我精确、和蔼的语言,仿佛属于另一个时代,另一个国家,和他们格格不入。我给他们端了一些茶和饼干,我明白,里卡多觉得这样招待还不够。玛丽娜脸上没有任何表情,我甚至在想,她是否真的在她家里很不快乐,她是不是能成为一个快乐的人。"你是谁?"我想问她。或许,正是她那张难以捉摸的脸吸引了里卡多。除了我们,他认识的人很少,我们也没什么让他猜测的。正是她冰冷的沉默让人难以猜测,让里卡多想了解她,征服她。自那晚起,我一直想问里卡多一个问题:"你真觉得,玛丽娜很爱你吗?"他谈到了阿根廷,他想在女朋友面前表现得很自信,但他知道我还是把他当成孩子,正是这种反差让他看起来很紧张。我们谈了许多关于未来的事情。我说,对里卡多来说,首要的事情是在十月份毕业,这是最重要的,然后他就会离开。他们不应该因为等待而难过,当我说两年很快会过去时,玛丽娜露出了一个微笑,那笑容和她进来时的表情差不多。"现在有航空邮件。"我补充说。里卡多热情地点点头:"是的,有航空邮件。"他用感谢的目光看着我,仿佛是

Quaderno Proibito 163

我发明了航空信来帮助他们。我还说,这是他们人生中最美好的时光,之后会有很多操心的事儿,还有责任。但他们都觉得不可思议,因为对每个人来说,幸运的是,人生中最美好的时光总是将要到来的时光。里卡多握住她的手,她点点头,微笑着,假装相信我的话。当他们提出要离开时,对我来说仿佛是一种解脱。在门口,里卡多欢快得像小狗一样从我身边走到她身边。这时候门打开了,米雷拉走了进来。她不知道玛丽娜会来,所以一看到她,先用目光扫过她哥哥和我,然后客气地和客人打招呼。米雷拉穿着那件红色大衣,玛丽娜说,有人看到她穿着那件大衣离开坎托尼家。我们又聊了一会儿。里卡多谈到了未来,他把一只胳膊搭在玛丽娜的肩膀上,一副坦然无畏的样子。米雷拉从包里拿出香烟递给玛丽娜。里卡多立即说:"她不抽烟。"米雷拉默默点燃了香烟,但火焰在抖动。

他们离开后,米雷拉问我:"你喜欢她吗?"我说她很漂亮。"是的,但你喜欢她吗?"她坚持问。我补充说,她应该是个性格温和、顺从的女孩,看得出是个家教很好的女孩,很守规矩。她突然说:"妈妈,你怎么会喜欢她呢?"我说她说这些话是出于嫉妒,因为玛丽娜的反应应该和她一样,也许这是因为她有幸遇到了里卡多,他是个诚实的孩子。我对她说:"坎托尼还在等什么,他打算什么时候来见我们?为什么他偷偷摸摸陪你回家,不在乎这样会毁掉你的名声,让人家说闲话?甚至门房也在议论你。"我看到,我指责她时她总是无动于衷,我一说到坎托尼,她却猛然脸红了。"他为什么不把你介绍给他母亲,像里卡多那样?"她又点了一支烟,回答说:"幸好,他是个孤儿。"我说她太玩世不恭了,说话太口无遮拦了,让她不要一支又一支地抽烟。

她没有回答,走到了电话跟前。她开始低声说话,我听见她说:"桑德罗。"这是我第一次听到她说这个名字,我顿时怒火中烧。与此同时,她说:"老样子。"我想走过去打断她,大喊大叫起来,让对方听到、也意识到:我不接受我女儿的行为方式。我想,无论他是谁,有什么意图,我永远不会站在他这边。我忍住了,慢慢地,我想冷静下来,我去了厨房。从根本上来说,我每天都要做饭、洗碗、铺床,这是件好事,因为通过这些义务,日子必须过下去,周围发生的一切都好像没有发生。我嘀咕着这两个名字"桑德罗、玛丽娜",就是为了体味一下这两个名字的声音,我在询问这两个名字,希望知道这两个名字背后是什么样的两个人。我的两个孩子现在属于他们,尽管米凯莱努力工作来养活他们,我为他们准备晚餐。米雷拉说"幸好,他是个孤儿"。也许玛丽娜很遗憾我还没成为挂在墙上的相片。我想,几百年来一切都一样,我叹了口气,想起了我婆婆的相片。我想到了我费了很大的力气,不让米凯莱发现我不爱她,我强迫自己和她生活在一起。那些年我照顾她,也是我料理了她的后事。在闪烁的烛光中,米凯莱盯着她,她

Quaderno Proibito 165

身穿黑色衣服，身体僵硬。"她是个圣女。"他说，他吻了我的手，我被他的痛苦打动。他对我说："你一直对她这么好。"也许这是真的，在家庭生活中，在某种程度上，人们不再清楚什么是善良，什么是无情。

三月九日

今天，我在办公室给克拉拉打了电话。我告诉她，自从米凯莱拜访她之后，就好像变了一个人似的，他还说了很多赞美她的话。我向她透露，他焦急地等待她的评价，每天回家后，他都会问是否有人打过电话。克拉拉说她很抱歉，还没有时间阅读剧本。白天她有很多工作，晚上在外面待到很晚，回到家后总是很累。我告诉她，我很理解她的处境，但如果她和米凯莱谈话时，不要提到我打了电话。我为给她添麻烦道歉，但我热切地希望她能帮助我们，自从米凯莱有了新希望，他看起来年轻了很多。我补充说，他的收入一直不多，如果能挣到一笔钱，这不仅可以解决我们的许多实际问题，也能帮助米凯莱度过这个困难的时刻，所有在这个年纪的男人，都会经历一场危机：因为他们没有发财，也没有显赫的地位。她说，她倒是觉得米凯莱一点也不气馁，他很有信心。我又想到，我告诉克拉拉我们的经济困难时，米凯莱生气了。也许他担心，如果知道我们需要钱，他们购买他的剧本时会压价。我承认这是我的感觉，也许是我的心境导致的。她问我是不是不开心。我告诉她，对我来说，只要知道米凯莱满意，两个孩子身体健康就够了。我再次叮嘱她不要对米凯莱说起我打过电话。我挂断了电话，感觉自己犯了个错误，说了很多谎话。

三月十日

今晚我很早就睡了,但我一直睡不着。黑暗压迫着我:很多语言、场景涌入我的脑海,一种难以抑制的不安让我无法入睡。在黑暗中,我脑子很乱,害怕睁着眼捱到天亮,我小心翼翼地起身,没有吵醒米凯莱。我拿着睡袍和拖鞋,在走廊里穿上,心怦怦直跳,因为我从小都没有半夜从房间里溜出来过。我很害怕米凯莱,就像当年害怕我母亲一样。我一时间找不到笔记本了,之前我很用心地把它藏在了衣柜里,裹在一张床单里。最后我终于找到它了,如获珍宝。但如果米凯莱起身,出现在这里,我就完蛋了。我找不到任何合理的借口来说明当时的情景,一想到他可能会读到我写的东西,我就很害怕。但仔细想想,我不得不承认没发生什么新事,也许是我想太多了。现在我确信:经理爱上我了。但我反复告诉自己,这是不可能的。我们认识很多年，我年轻时就跟他一起工作，那时他们都说我很漂亮，他不可能偏偏现在爱上我。

今天我敢肯定，他在迫不及待地等着我。他一听到锁里的钥匙声，就马上离开办公桌来迎接我了，我关上门时，他已经站在了我面前。我微笑了一下，仿佛从别处逃到了那里一样。他也笑了，帮我脱下外套。在我的桌子上，我看到了一枝含羞草花。我看着他，想在感谢他之前，确定是他送的。他几乎用抱歉的语气说："我们的花园里种满了含羞草，都已经开花了。我摘了一枝放在了口袋里，有些蔫儿了。"我只说了声谢谢，不想太在意这个举动，从根本上来说，这也很正常。含羞草花有一股暖暖的香味，我闻了很久，把它插进了衣服的扣眼里。他站在我面前，默默看着我。我抬起头看他，微笑着，我第一次想到他的名字——圭多。

我们工作了两个小时，我很紧张。我看过很多次他的签名，还有他写在信笺上的名字，但每次他看着我时，我都会想到"圭多"，我红着脸低头继续工作。我感觉很不自在，但又很感动：我感觉到目前为止，他好像第一次把我当一个有血有肉的人看。

是的，事情就是这样，没别的。我们处理了很多信件，讨论了一些紧急的问题。最后他说："好了，今天就到此为止。"我感觉刚才不像工作，而像做游戏，"好吧，到此为止。"我重复了一道，就像游戏结束了一样。他问我累不累，星期天有什么计划。我想提起那本日记,但我不敢说。我说要去看望母亲,还要写了几封信。他说,他已经好几年没写过私人信件了。一个努力工作的男人,到最后就没有真正的朋友了,只有生意上认识的、不得不来往的人,都是有目的,几乎是精心算计过的。"我们都会变得孤单。"他说。我提醒他说,他开创了很辉煌的事业,公司是会留下的。我说,创造了某种东西的人永远都不会孤单:一本书、一幅画、一家公司、一家工厂,都是能留下来的东西。"我把一生都奉献给了两个孩子,"我叹了口气补充说,"孩子会离开。"他摇了摇头:"他们不会离开,"他纠正说,"反过来说,如果他们真的离开了,这倒是件好事。我们会很孤独,但至少可以享受孤独带来的好处。否则我们不但没有这些好处,仍然会很孤独。"我喜欢听他说自己很孤单,尽管他说这些话是无心的,带着一丝无所谓的态度。但我还是摇摇头,坚持说他应该感到满足,因为他有一家大公司,可以过上舒适、富裕的生活。他回答说这也无济于事。他说重要的是其他事情。有那么一刹那,威尼斯从我眼前一闪而过。"到了一定的年龄,"他接着说,"我们之前所做的一切已经不够了,那只是让我们成为现在的自己。现在这个样子,才是真正的我们,是我们想成为或可以成为的人。我们想根据现今的品位和乐趣,有意识地重新开始生活。然而,我们必须继续过着以前的生活,这是之前选择的生活,那时候我们还没有成为自己。我工作了一辈子,花了三十年,才成为现在的自己,又能怎样呢?"他用一种苦涩的语气,提出了这个问题,并不期望回答。他说完有些后悔自己那么坦诚。他笑着补充说,有必要设定一个年龄,比如"四十五岁",过了这个年龄,人就有权利在世界上独处,重新选择自己的生活。"毕竟,"他说,"除了那些与我们一起工作的人,没人知道我们在做什么,也没有人理解我们付出的努力。"我感觉他在说妻子的坏话,也许米凯莱有时也会这样说我。我想,我对生活没有要求,只是给两个孩子买鞋、衣服、食物,而不是买貂皮大衣。但我想知道我和他妻子是否有区别,我的结论是肯定的,但我并不占优势,因为米凯莱甚至无法指责我。"不过,"我想起了米雷拉对巴里莱西的评价,就笑着问:"如果有人让您放弃努力工作,您会放弃吗?"说话间,我们起身走到窗前。夜色笼罩了楼下的花园,种着棕榈树和夹竹桃的忧伤花园。"不会。"他坦率地承认说。我们笑了起来。"但也许这只是因为,除了工作,我没有别的了。"他低声补充说。在我看来,他像一个新认识的人,让我很愉快。他说,直到几年前,他还得一点点奋斗,有些时候他甚至不知道如何应对到期的大笔账单,怎么给员工发工资。我告诉他,我一直都知道这一点,并为他操心,我一直很欣赏他的力量、坚韧,在任何情况下都能保持冷静的能力。我告诉他,他不应该抱怨,因为他的生活很不平凡。我微笑着提醒他,最初他只是一家面料公司的会计。他回忆起我走进办公室的那天,他说,起初他被我的气派震慑到了。每次我走进他的房间,他都想站起来,就像他在沙龙里一样。我把信件夹拿给他,翻页,用吸水纸弄干他的签名,这都让他有些不自在。"我从没有注意到。"我微笑着说。"哦,"他感叹说,"我总是很小心,不让您发现。"

现在花园里一片漆黑,窗户上的玻璃映出了我的脸,那是一张年轻人的脸,也许是因为我才去了理发店。我说:"很晚了。"他帮我穿上外套。然后他说十分钟后车就到了,他可以送我回去。我不假思索,礼貌地拒绝了。他说,这没什么不妥的。我笑着回答说,不是因为那个原因。他把我送到门口,好像我不是他的员工,而是客人。"谢谢您今天过来。"他说,"我们可以安静地工作。此外,对我来说,说说心里话也有好处,我从不跟任何人说这些。"我正想说"我也是"。但我没有微笑,只是说了句"再见"就离开了。

街上吹着凉爽宜人的微风。我心想,这不可能是真的,他认识我很多年了,他对我说话就像对其他任何人说话一样。然而我觉得,周围一切都变得更美了,灯火也更让人愉快。我像开玩笑似的,低声说:"圭多。"我心中似乎也亮了起来。

三月十四日

没有人觉察到，这几天，我一直心事重重。我无法专注于正在做的事，我的举动都是出于习惯。我不想说话，如果可以的话，我宁愿躺在床上专心想我的心事，虽然没有什么具体的想法。我喜欢在确凿的生活中迷失自我。我总能感觉到，身边有一种亲切的存在，一道愉悦的眼神看着我。通常我在家时，会走到窗前，仿佛期待看到有人经过，他们也能看到我，这是一种荒唐的想法。在我眼中，周围一切好像有了新的活力，事情也有了新的吸引力。我不再感到疲倦，相反，我喜欢开始新的一天，每一天对我来说都很诱人。以前，我曾经也有这样的感觉，尤其是在星期天，阳光明媚，碧绿的树叶在风中摇曳。但那样的时刻很短暂，很快，这一天又像其他日子一样沉重起来。

然而，我快乐的心情被忧虑搅扰，我担心米凯莱和两个孩子会发现我的异样，他们会因此关注我，并找到我的笔记本。为了防止他们审视我，我不断地审视着他们。如果我听到衣柜打开的声音，我就会走到米雷拉身边，把她要找的东西给她。我责备米凯莱和里卡多在拿东西时，把一切都弄得乱七八糟。我说："倒不如叫我给你们拿。"我一直说我们应该换房子，现在的房子太小了，但实际上是因为我想拥有一间属于自己的房间。里卡多要去阿根廷，我想象以后可以用他的房间，我开始觉得这会让我如释重负。有时这些想法让我迷失，就好像我不在这所房子里一样，我很惊讶他们没有意识到这一点。我不得不考虑，如果我总是这样心不在焉，如果我总是不参与、干预他们的生活，他们一定不会难过，这个想法让我很不安。我无法接受，他们的生活可以没有我的存在，这就像承认我所有的牺牲都是徒劳。

我觉得自己的外表也发生了一些变化，我得说，我变年轻了。昨天，我把卧室的门反锁上，看着镜子里的自己。我已经很久没这样做了，因为总是很匆忙。但现在我有时间照镜子，写日记，我在想，为什么之前我没时间做这些。我长时间看着自己的脸和眼睛，我的样子让自己喜悦。为了好玩，我梳了个新发型，后来还是梳回了原来的发型，但我第一次有了自己做主的感觉。我每天迫不及待地等着米凯莱回来，结果他回来得总是比平时晚。他很累，很焦虑，一回来就问我克拉拉有没有打过电话。我回答说没有时，他就不再掩饰自己的坏心情。我告诉他，即使没有卖掉那个剧本也不要难过，我们生活到现在，一直都没指望剧本能带来意想不到的收入。我提醒他，他也说过，写这个东西就像玩彩票一样。我想让他振作起来，我说，与许多其他家庭相比，我们的日子还可以。两个孩子已经长大了，他们有自己的路要走，这是最重要的。我们两个人，现在不需要太多钱。但我永远不敢对他说，在我心目中那些比钱更重要的东西。但我忍不住问他，我身上的裙子怎么样。我把这条裙子改了改，翻新了一下，连米雷拉都觉得很好看。他回答说，我穿什么都好看。"真的吗，米凯莱？"我问他，斜着眼看着镜中的自己。我忍不住做了几个风情的动作，他却从没有注意到，这让我很羞愧。我们结婚很多年了，彼此交融。我们在一起时，他很自在，就像我不在面前一样。这种想法以前让我很欣慰，但现在却让我悲伤。有时我想，如果米凯莱找到我的笔记本，也许是件好事。我带着这个想法上床睡觉，但只要有一点声音，我就会惊醒。我会想他已经找到了，我想逃，但不知道能逃到哪里，我们住在四楼，窗户很高。后来我慢慢平静下来，但长时间都睡不着，只听到钟声在寂静中回荡。

如果我能告诉别人我在写这本日记，也许压迫着我的愧疚感会随之消散。有时我去看望母亲，决定和她谈谈这件事。我小时候，她总是建议我记下日常生活，还有我的想法。我还想和她谈谈星期六下午的事。的确,比起笔记本,我更想和她谈论星期六的事。但不知道为什么,一进门我就开始抱怨米凯莱,抱怨他的情绪,抱怨他对两个孩子漠不关心。我母亲为他辩护,虽然之前她一直都在说米凯莱的不是,我母亲捍卫他,也许是出于逆反心理。她坐在我对面,在埋头绣花,甚至没看我一眼。她个子高高的,面无表情,注意力全部集中在针脚上。家里到处摆着她绣的东西,包括两张大沙发上的罩子,都是她耐心细致劳作的成果。那是很多年前她绣的,一定花了好多年的时间,那时候我还小。我经常想起她那时的样子,她很美,还很年轻,黑色的刘海遮住了前额。她身边总是放着一个篮子,里面装满了漂亮的五彩丝线,那些丝线让我着迷,但她不允许我碰。每年夏天,她都会兴致勃勃地给两张沙发套上白色的套子。到了秋天,她会取下沙发套子,仔细掸去灰尘。她常说,她一天只能绣出一片叶子或一个花瓣。沙发很漂亮,但我们谁也不敢坐在上面,这些沙发令人敬畏。即使是现在,她还在继续干活,不知疲倦:桌布、靠垫、杯垫,她总是给我她绣的东西,我都不知道把它们放在哪里。我总觉得,如果她为两个孩子织些毛衣,可能会更有用。

我离开了母亲家,感觉如释重负,甚至有点生气。也许是因为她一直关着百叶窗,而现在是春天,我不喜欢待在黑暗中。为了分散注意力,让我不再想着笔记本和星期六的事,不再想着找人谈谈,我选择走路回家。即使有朋友,恐怕强烈的自尊心，也会使我无法说出心里话。尽管如此，我觉得唯一可以倾诉的人是米凯莱。

昨晚，我们一起去看了电影。他说，为了跟上潮流，要经常去电影院。这是克拉拉热情推荐的一部电影，是两个人相爱的故事，但后来那个男人结婚了，他们被迫分手。有一个镜头，我们看到两个演员互相拥抱，亲吻了很久，他们看着彼此的眼睛，又紧紧抱在一起亲吻了很长时间。我想把视线从屏幕上移开，我比任何时候都感到不安，尽管现在在电影院里很容易看到这些场景。我觉得这太大胆了，不应该放这样的电影，我特别担心，它可能对年轻人会产生不良影响。电影的有些情节发生在卡普里岛：两位主人公乘船、游泳，最后半裸着躺在一个大木筏上晒太阳。他们的头发湿漉漉的，在一起欢笑。他用一只手肘撑起身子俯身吻她。这一幕让我很尴尬，真是难以忍受。也许米凯莱也有同样的感觉，因为我们匆匆交换了一下眼神，窥探着彼此的反应。我略带讽刺地笑了笑，摇头表示不赞成，他做了个含糊的手势，意思也一样。但随后我感觉自己一直都很懦弱，这让我很忧郁，甚至有那么一刹那，我眼里充满了泪水。最后灯亮起时，我感觉像没穿衣服一样窘迫。"哎，我觉得这电影不怎么样。"米凯莱说，起身穿上外套。电影厅里的人逐渐散开，可以听到座椅发出的刺耳声音。"真不怎么样。"我说。我们默默走回家，但正是沉默让我们很尴尬。我们时不时故意打断沉默，但又立刻陷入其中。我说："你有钥匙吗？"一进屋，我们就问"现在几点了""你把闹钟上好了吗"，我们都故作轻松，但我知道他的想法，他肯定也知道我的想法。我想和他坦白谈谈，但有什么东西阻止我说话，好像堵住了我的嘴。我绝望地想到，言语已不足以打破我们之间日复一日的沉默，它已成为一道不可逾越的障碍。"米凯莱……"一开始，我不知道自己到底想说什么。幸好他立刻打断了我："天气已经很暖和了。"他的声音很含糊："也许开着窗户睡觉会好一些。"

过了一会儿，我们就关了灯。街上亮起了一盏灯——一盏孤零零的灯，向周围发出朦胧的黄光，能听到稀疏的声音、脚步声，然后又恢复了沉寂，让人不安。我迫不及待地等待着星期六的到来，我看到自己径直走进经理的办公室，他已经在那里等我了。我好像看到自己神情严肃，站在他的办公桌前对他说："我是个诚实的女人，这么多年来，我想您已经发现了这一点。我爱我丈夫，我只爱过他，除了他，我永远不会爱上别人。我们在一起很幸福，我们的孩子已经长大了。星期六我不能来，我再也不会来了。您肯定误解了我的行为，我是无意的，您想错了。我来只是为了告诉您这些，没有别的。"我把那些想法都强加给他，似乎看到他很惊讶，他看着我，好像我精神失常了，突然神经错乱，说出那些话来。我在半梦半醒中度过了整个夜晚，真的很痛苦，我也无法减轻我的屈辱感。

三月十六日

在最近几天，里卡多发生了很大变化。在过去几个月里，我总是看到他垂头丧气、很不开心。但现在他似乎获得了一种新的力量，他好像对未来、对自己有了信心。早上他在浴室里一边刮胡子，一边唱歌，他似乎不再怨恨米雷拉，尽管有时，他也会用一种不屑的态度向她挑衅。这一切都要归功于玛丽娜：我向里卡多保证，会尽快在某个星期天邀请她吃午餐，这样米凯莱就能认识她。但我告诉他，米凯莱在等电影剧本的反馈，最好等到有答复后再说。里卡多不支持他父亲的新创举，他说，我们不应该担心未来，他很快就能从阿根廷给我们寄钱。米凯莱对里卡多很好，晚上他们坐在一起学西班牙语。我担心米凯莱会太累，因为他最近很瘦，脸色苍白，但似乎很开心，他说，世界上还有很多他想学的东西。他们父子关系亲密，一起哈哈大笑。里卡多看起来像个成熟的男人，动作中带有阳刚和鲁莽，使我有些畏惧。玛丽娜经常打电话，我已经能辨出她的声音。她一打电话，里卡多就穿好衣服出门。"你学习时间太少了。"我说。他让我放心，说他学得够多了，他什么都知道，学习很容易。他拥抱一下我就出去了，信心十足，就像这个世界的主人。我很遗憾，这是玛丽娜给他的力量，是这么多年我无法给予他的。我想知道，她怎样用她的寡言，用那张淡漠的脸，向他传递那么多快乐和信心。透过窗口，我看到他在追赶电车，在转弯处追上了它，跳上去，我很害怕。米凯莱说，事情一直都是这样：唯一能激励男人的就是女人的爱，为了征服一个女人，男人会变得强大。

我没有说话，他继续读报纸，听收音机。我想到，唯一能给男人带来力量的，是他想赢得一个女人的爱，我的思维从轻松变得活跃不安。我静静坐在收音机旁，音乐让我很愉悦，好像身边有个亲切的人，有一道目光笼罩着我。"星期六。"我想。我闭上了眼睛，感觉脑子空荡荡的，没有任何具体的想法，但充满柔情蜜意。几天以来我一直在想，我是否应该离开办公室，不再去上班，只有这样才能终结我内心的不安。但想象一下，如果我再也不能回到办公室，回到熟悉的事物中，我一个人整天关在家里，这让我很害怕。也许，只要星期六不去办公室就行了。或者我应该再去一次，和他谈谈，他是个聪明人，马上就会明白。我可以继续和他一起工作，我不能放弃这

Quaderno Proibito 181

段友谊。昨晚在餐桌上,里卡多说男人和女人之间不可能有友谊,男人对女人无话可说,因为没有共同兴趣,除了一些特定的兴趣,他笑着补充说。米雷拉不赞同,起初她义正辞严地进行反驳,提出了一些有理有据的论点,比如现代女性接受的教育,在社会中的新地位。但当听到她哥哥傲慢、令人恼火的嘲笑声时,她失去了控制。她说,他得出这些结论,也许是因为他交往的女人都是这种。里卡多脸色苍白,厉声问她:"你什么意思?"米雷拉耸耸肩。他站起来,用威胁的语气又说了一遍"你什么意思?",我不得不进行干预,像他们小时候吵架那样,和以前一样,我觉得米雷拉更强大。正是因为这个原因,我特别想打她。

三月十八日

今天早上，克拉拉终于打电话了。我去接电话，米凯莱发现我在和她说话，就马上跑了过来，几乎没等我说再见，就从我手中夺过话筒。克拉拉说她已经读过这个故事，想和他谈谈。克拉拉问他什么时候能去找她。虽然米凯莱还穿着睡袍，但他回答说："我马上就可以来。"他们约好了下午见面的时间。我问他克拉拉对这个剧本印象如何，他有些不确定。他根本没想过这个问题，完全沉浸在刚才接电话的激动中。他突然变得灰心丧气，他说如果克拉拉什么都没说，这就说明她不喜欢这个故事。我不得不给他打气，让他振作起来。我说，其实恰恰相反，如果不喜欢的话，她通过电话告诉他，要容易得多，或把手稿附上一封信一起寄回给他。他似乎放心了，但后来他突然对里卡尔多发脾气，因为里卡多在洗手间里待太久，他还在洗手间里唱歌，激怒了米凯莱。过了一会儿，里卡多出来了，头发梳理得很整齐，整个人香喷喷的，心平气和。他父亲想骂他，但我阻止了他，说我不想在星期天听到争吵。里卡多要去玛丽娜家吃午饭，他太高兴了，走的时候都忘了跟我说再见。当我去房间找他，想把买的香烟给他时，他已经走了。他房间乱七八糟的，没有人。吃过午饭后，米凯莱马上就走了，只是说了声："再见，我走了。"他匆忙地拥抱了我，好像害怕错过火车似的。

家里非常安静，米雷拉在房间里学习。我去看她是不是在房间里，门关着。我来到了电话前。"终于清静了。"我高兴地想，"我也可以享受自由的一天。"在电话前，我感到很犹豫，甚至有点害怕。"我给他打电话，这是很正常的事。"我对自己说："我之前已经打过很多次了，没人会怀疑。"但现在当我想起他时，我不知道该怎么称呼。如果我想到"经理"，那似乎是一个直到前几天我还很熟悉的人，现在已经从我认识的人名单中消失了。另一方面，只要我想说出他的名字"圭多"，我就会觉得，这个名字不属于任何人，是我自己虚构的。而且，正是因为对我来说很神秘，让我很害怕。电话就在面前，一声不响。我记得，每次我不得不从家里给他打电话时，都会感到无所适从，这也许是因为接电话的人声音很陌生，也许是因为我听到脚步声在一个未知的、我无法抵及的世界里回响。我知道，他今天是一个人在家，我在他的桌子上看到了剧院包厢的票,我知道他从不去看戏。我希望,我有理由给他打电话,一个站得住脚的借口。"我该对他说什么呢?"我想。我迫切地想和他谈谈,我别无选择。昨天下午,我们在办公室单独待了很久,好像总是有些话迫切要说出口,那些话压迫着我们,让我们很沉重。我们确信随时都会说出来,然而时间过去了,我们没有说一句工作之外的话。最后这种折磨人心的等待,几乎让我们有点恼火,直到他陪我到门口的那一刻,我们都在等待对方开口。他问我星期天做什么,并明确表示他没有事儿,他会待在家里。和我告别的时候,他握着我的手很久,我脸色苍白,怕他会说些什么,虽然我渴望他能说出来,最后我迅速跑下了楼。

刚才,我在电话前站了很久,感觉他能看见我。"我也有空。"我想对他说,"我们一起出去吧。"在想这些话时,我正看着窗外蓝色的天空,很轻盈,我享受着这个季节的所有美好。我必须见他,我想,必须和他谈谈,告诉他一件事情。"什么事情?"我问自己,"什么事情?"我用手扶住额头。"我疯了。"我摇着头,低声说。我又说了一遍:"我疯了。"我按了他的号码,但没有转动拨号盘,我还有很多衣服要熨。

三月二十日

写下今天的日期,我突然发觉春天快来了。今早在办公室里,我打开了窗户,春寒料峭,在清晨的静谧中,我听见小鸟怯生生的叫声从花园里传来。在寄宿学校读书时,我也有过那种体会,我沉浸在鸟儿婉转的叫声中,像置身在小径交错的树林中一般。我不得不关上窗户,让心思回到工作上来。我母亲时常说,季节决定着我们的心情。之前我一直认为这是老人常说的话,没什么意义,因为不知道把自己的心境归于什么;但渐渐的,我也开始相信这个说法有道理。米凯莱很焦虑,心不在焉,参与我们的谈话,好像让他很费劲儿。我觉得,他就像家里的一个房客,为了和我、两个孩子一起生活,他很乐意付钱,但条件是享有自己的自由。克拉拉说,那个电影剧本很有意思,但因为各种各样的原因,拍摄起来会很困难,在交给制片人前，必须再修改一下。她很热心，主动提出帮米凯莱做必要的修改。昨天放假，米凯莱去找了她，星期四晚上他还会再去。我告诉他，他应该感到高兴：克拉拉本可以说那个剧本很糟糕，然后不了了之。我无法说服他。他经常环顾四周，说起克拉拉家里的陈设，但我的直觉告诉我，他欣赏的不是那套房子，而是克拉拉。尽管我知道不应该说这些话，但我还是提醒了他：他前不久并不这样想。他之前甚至时常指责克拉拉的行为，还有她和丈夫分开的事。米凯莱回答说，这都不重要了。他开始用蔑视的口吻谈论克拉拉的丈夫，尽管他们年轻时是朋友。他说，克拉拉做得对，她不应该向庸碌的生活、平庸的男人妥协。米凯莱列举了她令人称道的成就，还有可观的收入，而她丈夫至今还是小职员，那是他一毕业就开始干的工作，很不起眼。"这是一项权利，"他说，"源于每个人的内在价值。或许对一个人来说是错的，但对其他人来说不是。有时候在生活中，我们必须了解自身的状况，并且捍卫它，这也是我们必须做的。"我正想问他，他是不是从克拉拉那里学到了这些，但他说话的语气让我欲言又止。他似乎在心里已经把它们重复了千百遍，这些话像是写在书里那样清晰明了。出于一种本能的恐惧，我指出，克拉拉是获得了自由、名望以及物质财富，但她失去了一些更重要的东西。"什么东西？"他不可置信地问。他想要微笑着，附和我，但笑容里却隐约带有一丝傲慢。我回答说，人们说她有过很多情人，米凯莱大笑起来。"就

Quaderno Proibito 187

这?"他说,"克拉拉是个自由女性,她还年轻,况且没有伤害任何人。"我想反驳,说她伤害了自己,但我发现,并不是道德准则让我说出这些话。我说出这些小气、充满偏见的话,其实是在抗议自己生活中遭遇的不公。我寻思着米凯莱说出这些话,是他真的这样想,还是只是想捍卫克拉拉。总之,他的话让我很不安,到现在仍深深困扰着我。我忍不住再次告诉他,克拉拉和我一样大,这样说其实伤害了我自己。米凯莱说,年龄与我们从事的职业有关,他用女演员和政治家来举例。"我明白。"我反驳说,"如果说名声不重要,一个四十三岁的女人,还可以自由自在、像个要找丈夫的小姑娘。如果你赞成这样的行为,意思是说我也可以……""这跟你有什么关系?"他马上打断了我,用充满怒气的语气责备我说,"妈咪,你怎么能把自己同克拉拉相提并论?你有丈夫,有两个孩子,他们已经长大……克拉拉是单身,我们都知道,电影的圈子……"他在说谎,就像大人对孩子说谎一样。忽然我发现,这已经不是他第一次用这种语气和我说话了,在很多年里,我已经忘记了他用其他方式说话的样子。我温和地说,我承认我的情况不同。我也在撒谎,因为我害怕他,害怕他的评价。他靠近我,轻抚了我一下。"你真的明白吗?"他说,我点了点头。或许是因为我说了谎,又或许是因为我隐约觉得,他说得有理,我心中升起了一股难以抑制的悲伤。我很害怕,我的生活方式在米凯莱看来没有任何意义,但他对此已经习以为常。相反,他欣赏克拉拉，一个与我很不同的女人，我们没有任何共同点。虽然我们年纪轻轻都结了婚，她现在拥有的生活就像在否定、嘲笑我们的过去。我心想，对于米凯莱来说，我是不是个活生生的女人，或者我已经如同他母亲，就像墙上的一幅画像。我在两个孩子眼里一定是这样，当然，我母亲对我来说也是这样。我很绝望，想要逃离肖像的诅咒。"我害怕。"我想说出口。而他对我的想法一无所知，也不会理解。

我这样想也许是出于嫉妒，至少我愿意这样认为。然而，我觉得这不只是女性之间的竞争，如果只是女性间的竞争，至少需要承认我们之间是平等的。让我难受的是，我怀疑米凯莱称赞克拉拉，只是为了证明我做错了，不仅我自己错了，我与他的关系也错了。我想，或许我还来得及改变，我甚至觉得这是轻而易举的事。我气愤地想着，好像我想扳回一局。然而，我慢慢意识到，我能够做到。是的，和另一个男人在一起，不再和米凯莱在一起，我可以变得不一样，这个想法令我害怕。昨天我想问他："你还爱我吗？"我已经很多年没有这样问过他了，一种难以克服的羞怯让我开不了口。"你爱我吗，米凯莱？"我问他。"妈咪，你在担心什么呢？"他笑着说，"你应该知道的。"他用开玩笑的语气问我是不是吃醋了，我红了脸，说我才没有。

三月二十一日

我再也找不到往日的平静了。在家里时，我总是想跑到办公室去；在办公室里时，我的一举一动都流露出甜蜜和幸福，这让我感到内疚，又渴望回家去，获得在家里的那种安全感。我很想接受玛蒂尔德阿姨的邀请去维罗纳，在她家待几个星期。但我很操心里卡多，这让我很犹豫：里卡多现在看起来很强大，他把力量也传递给了我。我甚至想，我可以和他一起去阿根廷生活，但让我惊异的是他从来都没提议过。我对米凯莱说，我想在复活节的晚上邀请玛丽娜来家里吃晚餐，他马上应允了，但他没有留意，我是如何谈论玛丽娜以及她的家庭的。"你同不同意这门婚事，喜不喜欢她，你应该告诉我。"我对他说。他回答说，他喜不喜欢没关系，只要里卡多喜欢。我抗议说，她将成为他们孩子的母亲。他用一种满意的语气说："那是他们的孩子。"他变得越来越焦虑，我问他为什么不安。他说他担心马上又要打仗，克拉拉说电影制片人不愿意冒险，他们很害怕。我告诉他，上次战争也是如此，但实际上生意还是照样做。我出生在利比亚战争前不久，第一次世界大战爆发时，我还小；后来上寄宿学校时，我爬上窗户的栏杆，看着法西斯分子从外面经过，他们的黑衬衫敞开着，露着腰带，衬衫上画着骷髅头，手上拿着炸弹；米凯莱出发去埃塞俄比亚时，我们才结婚没几年，一九四〇年他又一次应征入伍时，还在哀悼他在西班牙牺牲的弟弟。"我们学会了活下去，"我用坚决的语气说，"这是意大利人的特征，这使我们比其他民族更强大，比那些依然需要学习如何生活的民族更为强大。"米凯莱很气愤，他说女人真是意识不到很多事情，而我继续反驳他，我不想让他在儿子面前谈论这些。因为里卡多一直说，现在一切都毫无意义，不管是学习还是结婚生子。我的反应很激烈，米凯莱不得不沉默了下来。

　　幸运的是，里卡多恋爱了。今天，他信心满满，断言不会再有战争，他用坚定的语气说服了我们。他们这一代人谈论战争的方式和我们有些许不同。我们父母那辈人真的相信战争很有必要，他们将战争视作一项痛苦的责任，会带来许多希望。我想起我曾见过父亲擦拭他的左轮手枪，他神情严肃、认真，就好像国家的前途命运就指望那把手枪一样。我父亲是个和平主义者,但回想起他擦拭手枪的动作,我仍然很震动。从那时起我们就听说,如果每个人想确保自己的孩子生活幸福,那么就必须参加战斗。当时的孩子指的是我们,现在是里卡多和米雷拉,两年后或许又是指他们的孩子。生活继续前行,人们说着同样的话,没有任何改变,只是我们不再轻易相信战争会使生活好转。米雷拉默不作声,用一种坚定的眼神看着我们,她从小就这样,我不喜欢这种眼神。她冷冷地听着,她哥兴高采烈地说不会发生战争了,他会去布宜诺斯艾利斯闯荡,然后回来结婚。他还提到了一篇他读过的令人欣慰的文章。米雷拉问:"你在什么报纸上读到的?"里卡多回答说不记得了,他是在一家理发店看到的。我叹了口气说:"希望如此吧。"米雷拉说我太轻信这种没来由的希望。"你深信战争毫无用处,"她说,"你却没有想想,有没有考虑过,为什么总是会爆发战争,会有人死去。"我说这是男人要考虑的事。里卡多转向他妹妹说,或许米雷拉比他、父亲、或者比写那篇文章的作者,甚至比政府官员更了解这一切。"你那么懂的话,为什么不给我们解释解释呢?"他问,语气里带着虚伪的客气。"我是了解,"她像小时候一样倔强地回答说,"我非常了解,就是因为有太多像你这样的人咒骂战争,却没有试着搞清楚这是怎么回事儿。"里卡多大笑起来。我尝试转移话题,他们都是我的孩子,他们吵架时,好像我体内也有什么东西在斗争,就像是我血液里有两种对立的东西。另外,里卡多经常攻击米雷拉,仅仅因为她是个女人。他问米雷拉,她每晚都出入那些高档场所,坐着小汽车去兜风,是不是就是为了搞明白这些事?米雷拉针锋相对回答说,是的,的确是这样,她一走出这个家就渴望搞清楚这个世界在发生什么。此时米凯莱一拳砸在桌子上,吼道:"别说了,米雷拉,够了!回你房间去。"米雷拉盯着父亲好一会儿。她有些犹豫,之后又望向她哥哥,里卡多没有看她,慢慢点了支烟。米雷拉眼里噙满了泪水想要反抗,但她克制住了自己的冲动,回房间去了。

我们陷入了一阵冷冰冰的沉默。米凯莱也点了支烟,央求我说:"妈咪,拜托你去告诉她,这是最后一次。我不允许……""不允许什么?"我问。我断然的提问让米凯莱犹豫了片刻,"我不允许她的态度……""她没说什么严重的话……"我轻声反对说。"够了!"他又重复了一遍,表情十分严厉,"我不允许她用这种咄咄逼人但又充满怜悯的语气和我说话。你得提醒她,我是她父亲,我已经五十岁了。"

米雷拉坐在她房间的沙发上。我进去时,她用两只手抱着头,没有抬头看我。我坐在角落里的凳子上望着她。她的睡衣铺在长沙发上,那是件白色的睡衣,还是儿童的款式。我很了解里卡多,但我从不懂米雷拉在想什么。有时我想,如果她不是我的女儿,或许我很难喜欢她。她不满足于和大部分女孩子一样去享受生活,受到宠爱,就像我在她这个年纪一样,这也许是因为我们学习的东西迥然不同。我从没想过要当律师,我学习文学、音乐、艺术史,只让我了解到了生活中那些美好、甜蜜的东西。米雷拉学习法医学,她什么都知道。多年来,读书一直是我的弱项,我不得不一点点克服。但对于米雷拉来说,书给了她那种残酷无情的力量,这让我们很不一样。

"米雷拉。"我叫了她一声,她抬起头。"你说的那些,你真的懂吗?"我小心翼翼地轻声问。她盯着我,若有所思地摇了摇头,又把头埋了下去,用手抱着。"那你为什么要说那些呢?"我继续问。"我也不知道今天晚上我为什么要说那些,"她回答说,"我错了,因为我没有确切的论据,但我的确是这样想的。""为什么你说,你走出家门一切都不一样了?"我很渴望听到她的回答,我希望她的话也可以解释我的感受。"妈妈,因为这是真的,以前,除了我们自己的生活,我不了解其他人的生活。或许也是因为我近距离见识了富人的生活。我觉得穷人就不应该太接近有钱人:太让人震撼了,让人害怕。金钱是所有罪恶的根源,妈妈,这是一切的缘由,错误就在那儿。那就是我想要看清楚的、需要弄明白的东西。"我问她这是否与战争有关。她回答说是的,与战争有关,与她、我、里卡多以及米凯莱都有关,一切都要重来。

我不知道她是什么意思,我用惊讶又恐惧的目光看着她。总之,我第一次感受到其他母亲所感受到的东西,那是我之前没有过的想法：渴望将自己生活的一切体验，包括希望，转移到孩子的身上。或许正是因为孩子和我们不一样，他们身上有我们不熟悉的东西。"看看你能否搞清楚，"我嘀咕了一句，"对于我来说，已经太迟了。"

三月二十二日

今晚，米凯莱去找克拉拉了，米雷拉也出去了。我本恳求她留在家里，因为今天是复活节前的星期四，但她说已经和朋友约好，不能推辞了。我本希望她留在家里，我想和她谈谈。我从来都没有自己的思想；迄今为止，我一直遵从小时候学到的行为准则，或者支持我丈夫的想法。现在我好像已经分不清善恶是非，也不能理解周遭人的想法，我内心曾经坚信的东西也开始瓦解。

我仔细回想着今天白天发生的一切，细细回味圭多的每一道目光、每一句话背后的含义。我在想他是不是真的着急做一份备忘录，才要求我和马切利尼回办公室的，今天是复活节前的星期四，应该放假。马切利尼知道会有加班费，但她还是很气愤。马切利尼很年轻，很不情愿在假期工作，抄写文件时出了很多错。经理告知她，她的工作已经完成，她打了个招呼便匆匆离开了。

经理走进办公室时，我正在整理文件。他的眼神让我马上明白，备忘录只是他找的借口而已。直觉告诉我，他打发走马切利尼后，会客气地要求我多待上几分钟。我像往常一样告诉自己，如果他真的对我感兴趣，之前就会注意到我，而不是一直等到现在。但我明白过来，和之前相比，我变成了另一个女人，是的，此时的我在他眼中是个新人。看到他走进来，我一时很慌乱：我拿起大衣准备离开。他说："您可以再待一会儿吗，拜托了。"他停了一会儿，继续说："星期六是复活节前一天，我们不能见面。"我把外套挂了起来，坐在了办公桌后的椅子上，仿佛在说："我现在不走。"

我的旧手提包放在办公桌上，上面绣着我名字的首字母，那是米凯莱送给我的生日礼物。他坐到了办公桌的另一侧，舒了口气，仿佛放下心来。我们俩默默坐了一会儿，享受着这种独处的时光。他用手指滑过我名字的首字母，像在画画一般。我们聊了些无关紧要的事，我甚至不记得说了些什么，只记得他的手的动作像是在呼唤着我。我在发抖，我感觉他的手指就像从我身上滑过，在我的皮肤上滑过。我想要乞求他："别这样，停手吧。"他像是在读书一般，轻声说："瓦莱里娅。"

接着便是一片沉寂，我沉浸在他唤我的回音中。"怎么了，瓦莱里娅？"他问，但眼睛没看我，而是一直盯着那个字母。

"我不知道。"我回答说，垂下了眼帘。他继续说："我们可以坦诚一点吗？我可以说说心里话吗？"我本想说"不可以"，拿起外套转身离开，但我点了点头。"我很害怕。"他坦白说。我惊讶地抬起了头，因为在我的印象中，他一直是个强大的男人。"大约从两个月前开始的，您还记得吗？当时您对我说，您家庭的经济状况正在好转。我用开玩笑的语气问您会不会弃我而去。您严肃地回答了我这个问题，就好像已经考虑过了这个可能性。我清楚记得您说：'暂时不会。'"我马上向他解释，我当时是无意的，或许是随口说的；如果不考虑到经济因素，我真不知道怎么让家里人接受我出来工作的决定。在相反的情况下……他打断了我说："是的，是的，我明白。其实当时我也没太在意，只是后来才想到这一点。那个星期六，我们俩碰巧单独一起在办公室里。我们一起工作，那一刻，我感到一种莫名的快乐，脑海里又想起了您的话。从那时起，我开始感到害怕，我想象着，以后每天早晨我来到这儿工作，却见不到您。或许是因为其他人，您看到马切利尼了吧？他们工作只是为了挣工资，干完就走了。他们和我一起工作，就像随便和某个人一起工作一样。或许是因为您对办公室里的一切了如指掌，您是那么执着、那么努力……或许不是因为这个。"他低声补充说："总之，我很害怕回到刚工作时那种孤零零的状态，更糟糕的是，如今我已经不再有当时的激情，那种迫切想成功的热忱。现在我不再相信任何东西。事实是：我明白了，如果您不在这儿,我会像在家一样孤独。起初我以为是我太累了,我时不时会有些自怜……然而随着时间的流淌,我愈加体会到如果没有您,我的生活会变成什么样,真是可怕。瓦莱里娅,对于工作,我感到挥之不去的厌烦,甚至是对于生活也很厌烦,我感到一丝恶心。您明白吗?"我喃喃道:"是的,我明白。"我停顿了一会儿然后说:"对我来说,也是这样。"

我刚说出这句话,他便露出了一个微笑,身体微微颤抖,似乎很感动。我再次体会到了那种稳妥,只有当他在场时我才能体会到的那种信任感。我们继续交谈着,他说的每一句话都让我感到愉悦。他注视着我,我觉得自己变年轻了,比第一次踏进办公室时更年轻:我觉得自己从没这么年轻过,因为我感受到了二十岁时没感受过的幸福。我们坐在办公桌的两边,面对面,这些年我们都是这样交流的,似乎不可能再建立起比现在更深的信任。他向我伸出手,我把手伸了出来,那张办公桌把我们连接在一起,而不是将我们分开。

之后,我说时候不早了,我还要去教堂为死去的先人做祷告。他没有挽留我,我们都觉得日子还长,我们拥有往后的每一天。我们整理好文件,关上抽屉,熄灭了灯,就像还在学校里读书的同学一样。

"您去哪座教堂?"他在门口问我。他看着我,我低头看着自己每天都穿的那双棕色旧皮鞋,有些难为情。"就在附近,"我说,"圣卡罗教堂。"他问我是否可以陪我走一会儿。

我们走到了楼梯间，在等电梯时我感到不自在起来。我不知道怎么形容自己的感受：内心很自在，但表面很拘谨。我们走在街上，这种感觉也一直伴随着我。我现在极少和米凯莱一起出门，我已经很久没和一个男人一起走路了。马路上人头攒动，人们有些不耐烦地从一座教堂走到另一座教堂。从他们身旁经过，我似乎闻到了鲜花和蜡烛的气味，在我的记忆中，我还在寄宿学校念书时，复活节祭拜日的味道就留在了我脑海里。许多女人穿着黑色的衣服，她们兴致勃勃地小声交谈着，像在参加葬礼一样。我们避开了孔多蒂大街，我试图跟上他的步伐，但和一个个子很高的人一起走路太难了，我无法和他交谈。克罗齐大街像乡下过节一样喧嚣热闹，我们步履艰难地走在人群中。一辆小汽车驶过，把所有人都挤到了墙上，有些人在抗议，我笑了起来，觉得很热。我感觉我们像是在一座欢乐而破败的南方城市里一起旅行。我笑着，但我的窘迫并没有消散。在此之前，我们共同面对的只有办公室里的冰冷的物件：纸张、打字机、电话。我们就像在一个没有人情味的世界里生活了许多年。相比之下，眼前装满了蔬菜的小车、食品商店的橱窗、五光十色的灯、各种声音，一切都肆无忌惮，不再矜持。或许，他的感受和我一样，他会突然拉住了我的胳膊，没有考虑到这是个轻率的行为。他不习惯在街上走路，人群使他不安，他有些夸张地让出地方，让路人经过。我微笑着望着他，有些心软，我领着他穿过那些街道，就好像街道是我的地盘。最后我们到了教堂的小台阶旁，像是终于到了让我们靠岸的小岛。"明早见。"他对我说。他摘下帽子，迅速环顾了下四周。"祝您有个愉快的夜晚，瓦莱里娅。"他轻声说，低头吻了我的手。他的话语、举止让我觉得很陌生，但很幸福。

三月二十六

复活节似乎驱散了我的不安，消除了盘踞在内心的疑虑。复活节星期六的早晨，听到外面教堂的钟声齐鸣，我觉得一个心结终于打开了，我终于释然了。我比往年更积极筹备着过节用的东西，想让米凯莱和两个孩子度过愉快的一天；里卡多说那是他度过的最美好的复活节，或许是因为玛丽娜和我们一起吃了饭。复活节前夜，我一直在做准备工作，以至于没时间来写日记。我买了三个巧克力蛋，现在每年除了给两个孩子准备礼物外，还得给玛丽娜准备一份。我把鸡蛋涂成鲜艳的颜色，就像我在寄宿学校读书时那样。我还在桌子上、披萨饼周围，摆放一些白色的紫罗兰，它们散发着甜美的芳香，还有乡野好闻的气息。当神父来我们家送上祝福时，我在他眼里看到了赞赏的神情。

复活节早上，我们全家人没有一起去做弥撒，这是有史以来头一次。里卡多问我如果他和玛丽娜去做弥撒，我会不会不高兴。米凯莱和我商量，我们要不要借此机会送一束花给克拉拉，她近段时间对我们很客气，我表示很赞同。他去了市中心，说完事儿了会来教堂找米雷拉和我，但后来他迟到了。米雷拉想去做十一点的弥撒，这样在回家帮我做饭前她就有半个小时的自由时间。我们朝着教堂走去，和女儿一起出门，让我很自豪。米雷拉走得很快，她步伐轻盈、优雅，一点儿也不懒散，她从不像她这个年纪的女孩那样娇弱。她走路的样子已经像个自信的女人。在教堂里，她跪在我旁边，我观察着她：她双手画着十字，祈祷着，做的还是小时候我教给她的手势，但她的想法已经不一样了。她戴着一顶草帽，这是用她赚来的第一笔钱买的，小手提包是坎托尼送的，她脖子上围着一条高级围巾，我想应该也是坎托尼买的。她祈祷时，我也在为她祈祷，希望她永远都是个好女儿。管风琴声让我很感动。我扪心自问，我是不是个好女儿，是不是个好母亲、好妻子？但在短暂的自省之后，我必须承认，对于所有的这些问题，同样是出于真诚，我既可以回答"是"，也可以回答"不是"。我不再想这些问题，我祈求上帝帮助米雷拉和我，我们俩都很需要他。

复活节这几天，母亲会准时拜访我们，如同一个尊贵的客人。我知道，在这些场合里，她会花很长时间来打扮自己：不管是帽子还是手套，都会精心挑选。从年轻时起，她就非常优雅,她总是批评现在的女性,穿着太运动或太休闲。她从不进厨房,假装没看到我在厨房里有多忙碌,好像不想面对这个事实:她女儿没有用人帮忙。昨天,她和我父亲,还有里卡多坐在餐厅里聊天。她时不时打开挂在黑外套翻领子上的小金表,这一举动虽然是无意的,但仿佛是针对米凯莱,他到那时还没回来,真是不应该。门铃响起时,她说:"终于回来了。"打开门,却是一个提着一大篮玫瑰花的送货员。我立刻猜到了是谁送的,我甚至觉得,我一直在等着它,在等待的过程中,我以一种全新的热情准备着晚餐。我打开贺卡,居然没人注意到我的手在颤抖,真是很奇怪。我说:"啊,是经理送的。"我立刻补充说,圣诞节他也送了花,去年复活节还送了巧克力蛋。我感到四周一片沉默,我很紧张,花篮简直快要掉在地上了。这时里卡多从我手中接过篮子说,晚上玛丽娜见了一定会很喜欢。他思索着把花放在哪儿,就好像花是属于他的。他试着把花放在一件家具上,一会儿又取下来,放在另一件家具上,最后他心满意足地把花放在了碗橱上。米凯莱终于气喘吁吁地到家了。我母亲又看了眼表,随即从沙发上起身,坐到了餐桌旁。米凯莱很应该为他的迟到道歉,但他没有那么做,他一一和家里的人打招呼,看到花篮时,他问:"这是?"他指着花篮,用一种疑惑的语气问道。他皱着眉头,望向了米雷拉。在沉默中,我开口说:"不,这篮花是送给我的……是经理送的,就像往年一样。"他抗议说,经理的钱肯定太多了,简直太浪费了。"浪费？"我重复了一遍他的话，假装对他的话感到生气："米凯莱，你太不礼貌了！""节日里，鲜花特别昂贵。"他解释说，"想想吧，我不得不亲自把花送到克拉拉的住处，因为花店没有一个送货员有空。我和克拉拉聊了一会儿，她向你问好，让你抽空给她打电话。这几天，真是买不起鲜花。"他不停地说着，宣泄着他的不满。"玫瑰花，每朵三四百里拉。这些……"他指着篮子，继续说，"这些是四百里拉一朵的，这里有几朵？"他数了数说："二十四朵……四四一十六：一共九千六百里拉。"所有人都充满敬意地望向那篮花，只有我母亲依旧喝着面前的肉汤。里卡多观察着那篮花，笑着说经理应该直接把买花的钱给我们。我也开起了玩笑，但像有什么东西堵着我的胃，我感到一阵无法忍受的痛苦。我一直在为其他人盛菜，晚餐很丰盛，大家都很开心，我却什么都没吃。我说，事情总是如此，做饭的人没有胃口。

三月二十九日

那是一篮黄玫瑰。星期二我去办公室时，本想在外套扣眼里别一朵，但尽管我精心呵护，没过几个小时，花儿还是枯萎了。我向经理表示谢意，告诉他我把一片花瓣夹在了本子里，但没告诉他是什么本子。每年过节，他为了向我表示祝福，都会送我花或甜点，但在我看来，这一次和往常都不同。显然，表面上看来，我们之间的关系没有发生改变，我甚至怀疑他从没对我说过上周四的那些话。他口述信件内容和打电话时，我在他脸上又看到了认识他这么多年来他唯一的表情：礼貌而冷漠，从某种程度上说，总是让人捉摸不透。这个星期，我甚至不想去写和他相关的事。或许我不想写下来，这样就不用对自己做出评判。这段时日，我觉得我一切都很罪恶。我不断告诉自己，我没做错什么，但无法说服自己。今天早上，我刚走进办公室，他就给我打电话说："我在这里。"我听到他的声音从墙的另一边传来，这是我一辈子第一次觉得有人在保护着我。今早他打电话叫我去他办公室，我进去后，问他有什么需要。他回答我："我想看到您。"我们笑了。是的，这就是我们关系的新变化：我们在一起时，总是在笑，我会忘乎所以，感到很快乐。我们总是有话要说，若有人进来，我会低下头，害怕其他人觉察到我俩秘密的交谈方式，这令我害怕，同时又很吸引我。自从在这里上班以来，我在办公室里总是享有一定的特权，不仅是因为我要负责的事务，还因为其他人都很年轻，没有结婚，而我在工作中却能够利用我当母亲的经验。现在我希望其他人对我另眼相看，甚至希望他们对我有一丝敬畏，就好像我是个被深爱着的女人，可以让他做我希望他做的事情，尽管这样不对。

三月三十日

我只有几分钟时间来写日记，而且需要格外小心。因为今天早上，里卡多想打开抽屉，而我的笔记本现在就藏在里面，他想要把他小时候的照片送给玛丽娜。抽屉是锁着的，米凯莱也觉得奇怪。一开始，我说不记得钥匙放在哪儿了，里卡多想强行撬开它，我不得不打开它。他马上问："这是什么本子？"为了转移他的注意力，我不得不假装愤怒，不情愿把那些照片给玛丽娜。

今天萨宾娜来了。米雷拉已经出去了，萨宾娜放下她带给米雷拉的资料，便打算离开，我在门口叫住了她。我对她说："萨宾娜，我想和你谈谈，我知道你了解米雷拉和那个律师的事儿，就是那个坎托尼。"萨宾娜个子很高，身材丰满，头发是黑色的。她很聪明，话却很少。她回答说，她什么都不知道。"我早料到，你会这么回答。"我说，"这很正常。但其实你什么都知道，我还是想告诉你，有些话我不能直接对米雷拉说，但你可以，你必须劝劝她。你告诉她，人们已经开始议论了，我的一个朋友打电话来问我，米雷拉是不是真的订婚了。你希望米雷拉好，你必须让她自己好好想想。"我本来想补充说，"你告诉她，坎托尼送她回家时，在街角下车就好了，接的时候不要在家门口等"。但我没说出口。我必须在纵容和强硬之间做选择。"你告诉她，她以后会后悔的。"我说。她回答说："好的，太太。"她向门口走去，匆忙的样子刺激了我，为了阻止她逃避我，我把手放在了门把手上。"你认识他，对吗？"我问她。她点了点头。"他怎么样？告诉我，这个人怎么样？"我问。她有些犹豫，我继续说："我在为米雷拉担心，你明白吗？为她的幸福操心。"她默默望着我，像是在审视着我。我后悔问了她那些问题，我从没像那一刻那样觉得米雷拉和我很疏远。我正准备开门让萨宾娜离开时，她说："米雷拉不会幸福，她太聪明了。"我笑着说："每个人二十岁时都很聪明，但日子越往后，要想聪明就越困难。但作为补偿，一个人到了一定年纪会学会幸福。"她看着我，脸上的神情很冷淡，也很不自在，她没有回答。"你走吧，走吧，"我说，"我会告诉米雷拉你来过，我让她打电话给你，好吗？"她出去后，我气呼呼地关上了门。

四月一日

现在，家在我看来就像牢笼、监狱。而我又希望把门窗都闩上，我想强迫自己一日复一日待在里面。我可以给办公室请个短假，应该没问题。米凯莱想出门去看电影，我说，我更希望我们俩可以单独待一会儿。他有些不悦，但还是马上答应了我的要求。如果他问我怎么了、为什么那么焦虑，或许我会向他坦白，寻求他的帮助。我们坐在收音机旁，我不像米凯莱那么懂音乐，但今天瓦格纳的音乐却深深触动了我的内心。听到他的乐曲，我觉得自己好像变强大了，甚至英勇了，仿佛做好了准备要进行极端的革命，做出义无反顾的牺牲。

昨天下午，我还是去了办公室。我不应该去的，笼罩着我们的孤独不再让我觉得自在，反而让我觉得很压抑。他亲吻着我的手，低声叫我："瓦莱里娅……瓦莱里娅……"他呼唤着我的名字，让我心神不宁。现在白昼变长了，阳光照在窗户上。我说："圭多，我最好还是别来了。"

我们聊了两个小时，我坚持说，下星期六我不想再和他见面了。尽管我不想承认，但我还是说了我们一起度过的时光，对我来说是多么重要。我态度坚定，后来我们决定下周二下班后，在咖啡馆见一面，就像临行前的饯别。他想开车送我回家，我接受了，因为我害怕让他生气。他开得很慢，时不时转过头来看我，就像想把一个即将抹去的形象留住。我任凭他看着我。在开上我家门口那条路前，他用眼神问我，不知道是继续向前还是停下来。我示意他继续向前开，因为也就这一次了。我迅速下了车，强迫自己不去回望那辆渐渐远去的深色轿车。

我跑上楼梯，关上门，喘着粗气。全家人都已经回来了，我很开心重新见到他们，就像小时候在教堂做完忏悔之后，回到家见到母亲一样。我请求米雷拉晚上别出门，我说我不太舒服。她说，她已经决定晚上待在家里了。米凯莱沉默不语，心不在焉。他现在还不知道电影剧本的消息，他的表现很正常。我鼓励他说，一切都会好起来的。

四月二日

我打电话给克拉拉,告诉她我想去找她。她邀请我一起吃午餐,但我们没说哪天。我对她为我们做的一切表示感谢,我一直说:"希望有好的结果。"她回答说实际上希望不大,但米凯莱不应该泄气,她还想尝试其他办法。"这个剧本有个亮点,你不觉得吗?"我含糊其词、难为情地承认,我对这个剧本一无所知。"当然了。"克拉拉继续说:"这个剧本需要重写,但修改之后,目前也可以。故事情节真的有些凌乱、粗糙。"我说:"是的……是的……""这也是它的迷人之处,它的特点,我不否认,"她指出,"那个男人在每个女人面前的表现都不一样,像是彻底不同的人。他先是走在红灯区的街道上,下一幕是回到家中,妻子对他说:'我已经把汤给你热好了……'有些情节特别棒,可以拍一部成功的电影。但我害怕拍不了,因为没有那么勇敢的制片人。我劝米凯莱把情节改得轻松点，他说他做不到，实际上他没错，这剧本的特色就是那种狂热，对性的痴迷。"她说："真是遗憾。"又说米凯莱本来在电影方面很有天赋，她又重复道："真是遗憾。"

米凯莱回家后，我没有告诉他我和克拉拉谈过。

四月三日

今晚，同事马切利尼拿着信件从我面前走过，很不悦地对我说："经理已经要下班了，但还没签好名，我怎么知道会这样呢？"我低头看着桌上的文件，没回答她，我怕别人察觉到他比平时早下班是为了和我见面。我感觉所有同事都知道这一点，我听到的每一句话，都让我隐隐觉得另有所指。我假装在做记录，表现出很忙的样子，发出了一些无用的指令，只因为我想让别人觉得我很忙，由此推测我会很晚下班。我甚至在等着经理来找我，叮嘱工作事宜，就像他每次下班离开办公室前的习惯那样。我本来决定告诉他："我不去了。"这个决定会让我安心。我很紧张，焦急地等着他的脚步声从身后传来，听见门打开的声音，但什么都没发生。我去了他的办公室，发现里面空无一人，灯已经关了。我问门房经理是否已经离开了，他心不在焉地回答说"早走了"。每天工作快结束时，他都是这样的语气。我忽然很慌张，也赶忙离开了办公室，生怕让他等我。

他坐在角落的一张小桌旁，我很窘迫地走向他，好像所有镜子都照着我，所有亮光和目光都转向了我。我看着他安稳从容地坐在那儿，心想，他在咖啡馆里等一个女人，不知道这种事情发生过多少次，而在这之前，我从没在咖啡馆里和男人见面。

这家咖啡馆的装修风格很新潮：帘子、雕像、柔软的地毯都很时尚。置身于其中，我感到很荣幸，但我看了看自己的衣服，又感觉很不自在。我带着懊恼想，我已经有很多年没有踏入过这样的地方了，而圭多却像在自己家一样自在：他熟练地向服务员要了杯开胃酒，提了很多似乎棘手的要求。我点了一杯苦艾酒，但一口没喝。我告诉圭多，我不会在办公室之外的地方和他见面，也不会在星期六去办公室了。他陷入了沉默，好像在思考，然后问我，他是不是上周六说了或做了让我不悦的事。我回答说，没有。他抬起眼睛，看着我说："那是为什么呢？"我摇摇头，不停地说："我们不可能。"但说实话，我自己也不知道原因。我只知道，那时即使有原因，我也说不上来。我想到了米凯莱，想到了孩子，但我不内疚，我内心特别平静。他握着我的手，不停地说他不能没有我。

他说话语气温柔，很有说服力，就像我们之间隔着玻璃。

我感觉有一道玻璃将我与外界的一切分离开来。我望着身边镜中的自己，心想："或许是因为年龄的缘故。"但我心里却暗暗确信：我还很年轻，无论如何，将开启幸福的一季。圭多谈到了自己，我想我也可以用那种语气谈论自己的生活。我在想他是否真诚，也在想自己是否真诚。我想起了米凯莱写的那个剧本，昨天晚上，和克拉拉通完电话后，我感到对圭多的敌意已经渐渐淡去了。又或许我的敌意隐藏在我的拒绝里、我说的话里。"我们不可能。"我不停地说，却暗自希望圭多可以挽留我。

我们一起走出咖啡馆，他没问我需不需要搭他的车回去，他直接把我带到了附近一条僻静的街上，他的车停了下来。我又一次注意到，我们走在一起时，他会时不时环顾四周。我感觉，我一点儿也不在乎别人看到我们，我几乎希望有人发现我们在一起，我不知道这是一种解脱还是惩罚。上了车以后，我感觉特别好，我很高兴，甚至想，我为什么要放弃生命中唯一甜蜜的东西，我觉得自己太任性了。他开得很慢，朝着我家的方向驶去，他先顺着河流行驶，在郊区绕了一大圈。车轮在光滑的沥青路上滚动，很轻盈，发动机在低速运转。圭多让我很有安全感，我喜欢坐在大而柔软的垫子上，看着新车发光的仪表盘，我的神经彻底松弛下来，几乎快要睡着。我真的很难承认：我们不应该这样下去。在一条僻静的路上，他停下车，关掉引擎。我们手牵着手，没有看对方的脸，很长时间都没说话。在寂静中，我听到蟋蟀的叫声，我觉得仿佛回到了那个夏天，我们去威尼托的时候。那时我还是个小孩子，我们家还有别墅。我记得，从那以后，我再过没有过这种平和安宁的感觉。他说："瓦莱里娅，这样做不对，这不公平。"他继续说："您不认为，我们也有权利吗？"我看着他，小声说："是的。"但我却很绝望。我不想回家，但此时我看到发光表盘上，绿色指针所指的时间，感到往日的习惯在催促着我。我不知道我回家是为了谁，为了什么事，但我知道，我必须回去，这种荒谬、无法改变的义务让我异常痛苦。"请您给我一点时间，让我重新适应孤独，适应空虚吧。至少星期六，我们再见上一面，好吗？"他说，他会慢慢接受我的决定。我答应了他："好吧。"我觉得，有一条神秘的法则，在迫使我让步，让我为自己辩护，强迫我和他上演一出喜剧，他是唯一我可以坦诚相见的人。

一进屋子，我便径直走进米雷拉的房间，手里还攥着钥匙，我无端地担心她看到了我从经理的车上下来。

我已准备好回答她，一个忠诚的女人，也会做出我这样的事，接受和一个男人交谈，只是为了说："够了。"或者说："我们之间是不可能的。"即使说出这些话让她痛苦，即使她有权做出其他选择，即使她为别人付出了一生。"这都是为了你。"我会这样说。这种意识让我变得刻薄、邪恶。"你不出门吗？"我问她。她正埋头学习，手指插在头发中间，头发揉得很乱，

Quaderno Proibito 217

这是她的习惯。"不出去。"她回答说。我注意到,她已经好几个晚上都待在家里了。"你是不是想清楚了。"我想刺激她,促使她说话:"你自己也想明白了,有些事情行不通。""不是,"她果断地回答,"不是因为这个。"她解释说:"桑德罗去纽约了。""谢天谢地。"我感叹说。我命令她,不要在我面前提那个名字,就好像他真是她的未婚夫或丈夫一样。她打断了我,态度果决,语气激烈:"妈妈,求求你了,今晚不要说他任何坏话,求你了。他明天回来,现在已经在飞机上了,这时正飞行在大西洋上空。"她低声说:"我害怕。"

我们都沉默了。我看到她旁边放着一个装满烟头的烟灰缸,正前方是那块破旧的、表链可折叠的学生手表。我走到窗前,透过窗户往外看。"不能再这样了。"我想着圭多,自言自语说。如果米雷拉要求的话,为了她,我可以整晚站在窗前,看着天空。这是一个平静的夜晚,繁星点点,飞机从空中掠过,星星在闪烁,像在欢快而调皮地眨着眼睛。"别担心,"我低声说,"今晚夜空晴朗。"

四月六日

这段时间以来，我时常回忆过去。我重读了读书时写的作文和诗，忽视了这个笔记本：这或许是因为我没勇气面对现实。夜晚，其他人都上床睡觉了，我翻出和米凯莱订婚后的通信，以及他在非洲时给我寄的信件。我重读了所有信，不知道为什么，我觉得这些信不是米凯莱写的，而是来自另一个人，我和这个人不像和米凯莱那样亲密。比如说，这些信好像是圭多写的。实际上我读这些信时，就像与圭多聊天，我让他看清了爱情的脆弱。我觉得苦涩，那就好像我与他分享了这段经历，而不是与米凯莱共同经历了幻灭，构建那些没有变成现实的幻想。

渐渐地，所有人都习惯了我晚上熬夜的习惯。他们可能会觉得，人到了一定的年纪，都会有一些小癖好。我从不敢随意利用我的自由，我总是说我还不能去睡觉，还要做家务或熨衣服。我通常并没有在写日记，我真的在做家务，甚至觉得很享受。有时我会坐在一把不舒服的椅子上，什么事儿也不做，幻想着想去的地方、想说的话。我很少有机会和别人交谈，我想和米凯莱谈谈，对他开诚布公，并希望他能理解。我想向他坦白，今晚我又接受了圭多的邀请在往常那家咖啡馆见面，只因为我需要向别人倾诉，诉说着内心的矛盾，他在我心中激起的涟漪，唯一一个对我内心世界感兴趣的人就是圭多——这个我应该与之抗争的人。米凯莱总是很烦躁，晚上他经常去找克拉拉，仍在等最后的答复。里卡多的好心情好像也没有了，特别心不在焉，任何小事都会让他发怒。而米雷拉呢，自从那个男人回来后，她一刻也没在家里待过。我步入婚姻的前几年，觉得自己似乎无法满足别人对我的要求，或许是因为我的情感不那么丰富，又或许我不愿意去满足它们。现在当家里空荡荡的、悄然无声时，我会想起我母亲，她会长时间坐在那里，一边刺绣，一边沉浸在往事中。我一直认为，这是已经没有行动能力、思想却仍然活跃的老人度日的方式，但或许事情并非如此。我摇了摇头，上床准备睡觉，为了获得一点温暖，我靠近已经入睡的米凯莱。

　　米凯莱从非洲寄来的信几乎都带着责备的意思。我不记得了，这让我很惊异。或许是因为离家太远，远离亲人，他抱怨我忽视了他，指责我不够体贴。我觉得，米凯莱的情绪是打仗的人普遍的心境，为了掩饰对死亡的恐惧，他们会表达对失去亲人情感的恐惧。实际上，在我的信中，我总是用开玩笑的语气责备他。我提醒他，我特别担心他的安危，当时物资匮乏，我不得不面对的窘困生活。在最后，为了让他安心，我总是说我一定能撑下去，一切都会好起来的，我们会安然无恙。为了让他开心，我会描述两个孩子说了什么，做了什么，而他却只谈自己。现在我注意到，那时候，他总是在谈论笼罩着我们的危险，他已经下定决心粉碎它。我给他回信说，只要他回来，任何危险都会粉碎，两个孩子会受到保护，我们不用担心其他事情。在一封信中，他说："我想重新见到你，我的瓦莱里娅。有时我无法看到你：你藏身在两个孩子后面。"昨晚我读到这些文字时，不禁打了个寒颤，我不得不起身，拿起一条披肩搭在肩膀上，继续投入地读那些信。米凯莱经常描绘他回来后的美好生活：他会带我去短途旅行。他甚至说要把里卡多送到寄宿学校去，让我有多点时间陪他。他说我们会一起去听音乐会，他想办一张音乐厅的月票。夏天，每个星期天都会去海边游泳，我们会很开心。那是谈恋爱时我们想要一起做的事情，但后来都没能实现，因为要花很多钱，最重要的是，如果和孩子分开我会很不安。最后的几封信是那么炽热，我一想到是米凯莱写的，不禁脸红了起来。

我努力回想米凯莱回来时的场景。我和我父母、他的父亲，还有两个孩子去车站接他。他脸晒得很黑，很瘦，看起来像另一个人。我们恢复了往昔的生活,只是越来越艰难。我在家有许多活儿要干,米凯莱对我很好,从不抱怨。我记得,他回来后,我终于松了一口气。我用一根带子把他的信捆了起来,和其他东西一起锁进了行李箱。现在,看到这些信放在一起,我有种奇怪的感觉:就好像我们刚订婚时写的那几封信,是两个完全不同的人写的,和他在非洲时的我们不同,也和现在的我们不同。我们已经不写信了,我们对自己的感情感到羞耻,就像那是罪过一样,慢慢地,这些爱意就真的变成了罪过。另外,米凯莱总是说,我太冷淡了,不擅长表达情感,在朋友和孩子面前,他经常开玩笑说这些话。一开始,他说这些让我很不舒服,后来我学会了一笑了之。然而有件事,或许我永远都不会忘记,那是很多年前发生的。那时为了哄米雷拉入睡,晚上我总是会在孩子的房间里待很久:米雷拉还小,但很任性,如果我不陪她,她就会用力拍打床上的黄铜护栏。米凯莱总是一个人待在客厅里看报纸,一天晚上我回到他身边时,他责备了我,说的话很刻薄。为了让孩子可以尽快进入梦乡,房间里黑漆漆的,我走出孩子的房间,他的责备和困倦一起袭来,我心里特别难受。我当时一定受到了刺激,我记得我很激动地反驳了他,指责他不懂得我对他的爱,我照顾他的孩子,这就是爱他的证明。他说我错了,这不是爱,他娶我是为了找个伴侣,而不是保姆。这些话伤害了我,我大哭起来。看到我哭了,米凯莱温柔地靠近我,把我紧紧抱在怀中,安慰我。他说:"原谅我。"他把一只手放在额头上,好像想重新找到自己。这件事发生在他去非洲之前,尽管我一直把它埋葬在记忆深处,如同那些装在箱子里的信一样,但我对那个夜晚记忆尤深。

有段时间,我对米凯莱很有负罪感,奇怪的是,这种负罪感的源头是我引以为豪的事情,那就是我对他的忠诚。夜深人静,我一个人在家时,或者我在办公室里,圭多同我交谈,而我不断说,我们之间不可能,通常这些时刻,这种感觉尤其强烈。我重读这些信,目的就是为了搞清楚,为什么我和圭多之间不可能,但我犯了个错误。在行李箱里,和信放在一起的还有两个孩子的东西,那些留作纪念的东西。之前,这些东西总能让我很感动,但现在,米雷拉小时候的玩具熊,里卡多穿的第一双小鞋子,这些东西在我看来都不再有任何意义,它们落满了灰尘,已经不能再触动我。只有米凯莱的信还是活生生的,让我很感动,虽然这些信好像是写给另一个女人的——一个和我不同的女人。但正是重读这些信,让我失去了希望,我觉得我无法知道为什么我和圭多之间是不可能的。我甚至觉得,明天再看到圭多,我再说这句话时,那只能是很违心的话。

四月八日

我发现越来越难理解两个孩子。昨天，里卡多拿着铅笔和纸走进厨房，问我一个小家庭每个月的开支有哪些。我很疑惑，就问他为什么想知道这个。他回答说，只是好玩罢了，他想算一下，在去布宜诺斯艾利斯之前是不是可以结婚。这些日子我很焦虑，我严肃地告诉他，他应该专心学习，而不是想这些。我很少看见他在书桌前学习，如果再这样下去，他可能毕不了业。我忍不住说了几句针对玛丽娜的话，他一边走开一边说我一直都没时间，也从不愿意在他身上花时间，关心他的问题。他简直太没有道理了，后来我正准备出门时，他走到我跟前，帮我穿上外套，想让我原谅他。

我来到办公室，坐在圭多对面的办公桌前说："我累了。"我的表情一定很痛苦，他用温柔的眼神看着我，关切地问：

"我能做点什么呢，我可以为你做点什么？"他的声音很炽热，像是一位忠实的朋友。办公室很舒适：午后的阳光穿过爬满窗框的常青藤嫩叶，灯罩是绿色的，扶手椅的皮革也是绿色的，我好像身处一座绿色的小岛。"没什么。"我面带微笑，平静地回答他说："谢谢，在这儿我感觉很好。"我一直想和他谈谈里卡多的未来，以及米雷拉和坎托尼的事，问问他的想法。但我又不想那样做，我不想在办公室也是家里的样子，我想让他看到不一样的我。

我在想米雷拉是如何看待我的。有些时刻，我们之间会产生一种绝对的信任，会忘记我们是母女。很快她会摆脱我，就像害怕受到传染一般。今天她问我："你对萨宾娜说什么了？"她对我说话的样子，就像我是家里年纪最小、最容易犯错的那个人，我时常觉得事情可能真是如此。我回答说，我有义务管束她的行为，只要她还住在家里，就必须尊重我的权威。"只要我还住在家里……"她重复说，"最重要的是什么？这种权威建立在什么之上？需要街道名、门牌号确立？"米雷拉总是会说些高深的话，这是她在我面前傲慢姿态的表现。我对她说，只要她结婚就可以摆脱这种权威，但她将面临新的权威，可不比现在轻省。她摇着头，表示我们根本无法交流。"你就知道家庭的权威，"她说，"这是他们通过惩戒和恐吓，教你遵循的唯一的东西，而你从不去评判它是否正确。""那你又遵从什么呢？"我用讽刺的语气问她。她一本正经地回答说："我忠于我自己。"她说我在坚持一些偏见，或许是我自己都不相信的信念。我反驳说，无论如何，对于这些偏见，我都付出了相应的代价。"的确如此，"她说，"我可不想为我不赞同的事付出代价。今天在饭桌上，我和爸爸谈过了，你听到了吗？我们在这一点上是一致的。"是的，有时他们讨论的事情，我也很赞同，但我听到那些事时，不敢提出支持。比如米凯莱，他一直知道人的意识是什么：在他的生活里，他一直表现得很有自我意识。然而，今天他却说需要披荆斩棘去寻找新的意识，去寻找、创造它。这一定是他从克拉拉那里听来的。我真希望，那个电影剧本很快有确切的结果，这样他就不用频繁去找克拉拉了。他说这些话时，我很害怕；米雷拉也让我害怕。有时我觉得，只有里卡多和我是正常人。

四月十日

我心烦意乱，无法理清思绪。我在等米雷拉，现在已是午夜，我时不时走到窗前，简直坐立不安。我乘出租车从办公室赶回来，希望在其他人回来前有时间和她谈谈，但里卡多已经回家了，他告诉我，米雷拉已经打过电话了，说她不回来吃晚饭。我很慌张，几乎想告诉他我所知道的一切，但我克制住了自己，面对米凯莱，我也强忍着没有说什么。在采取行动前，我想先听听米雷拉怎么说。

今天，我在圭多办公室里，他正与别人通电话；他对那个人说为了做某个决定，想听听巴里莱西律师的意见，但他现在不在罗马。"坎托尼也不在罗马。"他补充说。我对他做了个手势，他没明白我的意思。他放下听筒时，我有些不安地告诉他坎托尼回来了。"啊，谢天谢地，"他感叹了一下，继续说，"好像他去纽约，去和他妻子离婚。"

  我内心惊呼起来，身体却像石化了。"您认识他？"他问我。我假装心不在焉，用铅笔在纸上描画着，好像在思考要写的东西。我在想我是不是应该把一切都告诉他，寻求他的帮助，但有什么东西阻止了我，让我没有说出口。在我和圭多一起工作的办公桌上，摆着一张放大的照片。照片上是个年轻的女人，脖子上戴着一串珍珠项链，身旁有两个孩子，一边一个，她把他们抱在怀里。那张照片放在那儿许多年了，我已经视而不见了。

四月十二日

昨天我没写日记，尽管写下来对我有帮助，至少能让我更冷静地思考问题。一整天，我都在想应该用什么态度来面对米雷拉。我心想，我应不应该让她做出抉择，告诉她"要么和那个男人一刀两断，要么从家里滚出去"。我没有在星期二晚上对她说这样的话，那是因为我担心她会毫不犹豫地选择离开。此外，她自己也说了离开的事儿。巴里莱西律师提议，让她在事务所里做全职，而不是像现在这样只在下午去。如果她接受这个提议，那她每个月的收入将超过五万里拉。这些钱刚好够她过活，但我清楚米雷拉的脾气，她宁愿牺牲一切，也决不会屈服。这个想法阻止了我，我没把那个选择摆在她面前，因为结果显而易见。也是因为这个原因，我也没有告诉米凯莱这件事。我仔细考虑过让我母亲来说这件事，但我确信，这样做只会惹恼米雷拉。或许，可以让一个局外人说，比如一个朋友。事情就是那么令人悲哀，你为孩子付出那么多，到头来却发现，他们最不信任的人就是你。米雷拉唯一可能会听从的人是萨宾娜，但要向她那个年龄的女孩求助，我觉得很丢脸，最重要的是我怀疑她不会愿意帮我。这么多的不确定因素、我听来的消息，以及我和米雷拉的对话，让我心神不宁。昨晚我想睡过去，这样就可以拖延时间，不用马上面对这个问题。晚餐前，我对米雷拉说："今晚你不准出去，听到了吗？我绝不允许你出去。"我希望她反抗，这样一来一切都可以顺理成章、不可避免地进行下去。她却回答我说："好的，妈妈。"她打电话取消了约会，她反常的妥协使我更加担忧：她可以这么轻松地取消一场约会，这意味着随着时间的推移，她与那个男人的关系变得牢固而自然。

　　从星期二晚上开始，她的平静一直让我不安，我无法再像往常一样保持冷静。我想象着她小心翼翼打开门的样子，我也不知道为什么，我幻想着她面色苍白，头发凌乱，嘴唇毫无血色。终于，午夜后不久她回来了。她看起来容光焕发，穿戴齐整，就和她出门时一样。她轻轻关上门，看见我站在餐厅门口，她笑了，但我脸上的表情让她僵住了。她一只手还放在门把手上，用疑虑的眼神望着我。"进来吧。"我低声命令她。她走向我，假装镇定自若，但步伐缓慢，就像害怕被打一样。正是她害怕的样子刺激了我，我走近她，给了她一耳光。她很吃惊,瞪大眼睛望着我,没有反抗。"他是结了婚的人,你知道吗?你知道吗?"我问她。她惊恐地看着我,我想象她或许不知道真相。"你知道吗?"我用一种趾高气扬的姿态恶狠狠地逼问她。米雷拉用一只手捂着挨了耳光的脸颊,目光没有从我身上移开,点了点头。我抓住她的胳膊拼命摇晃起来。"你不觉得羞耻吗,你说?说这些话时,你不感到羞耻吗?"我一边摇晃她,一边不停地说着。她在发抖,我觉得她的身体在我手下是那么脆弱。"啊,够了,简直是够了。"我说,"我不允许你这样做,你真应该感到羞耻,你太不要脸了!"我很绝望,觉得此时自己说话的语气就像米凯莱,我说了些没有任何意义的话,但那种时候,我只能说那些话。"告诉我,是他骗了你,你说点什么啊。你什么时候知道他有家室的?""一直都知道。"她回答说。我放开了她的胳膊,瘫坐在桌旁的椅子上。愤怒之后,我感觉心灰意冷,异常痛苦。"到这儿来,米雷拉,坐在这儿。"我对她说。

我们面对面坐着,就像平时吃饭时:我见证了她的成长,她的个子从快要赶上我到现在比我还高,俨然是个成熟女人了。"你有没有想过我们?"我问她,她沉默了。"我为你做出的所有牺牲,为你放弃了很多东西,太多了,你根本不知道。"在那一刻,我想到了圭多,我想,我的语气应该可以让她明白,我为她放弃的东西有多么重要。"是的。"一阵沉默后,她回答说,"从第一天起,我就告诉过你,如果你希望我走的话，我可以走。"她说话的语气很沉重，也很悲伤，让我有些束手无策。"你想去哪儿？"我摇了摇头，温柔地问她。她没有看我，继续说："不要为我担心。你只需要告诉我，你是否想让我离开。"她面无血色，看得出她很害怕。"你会幸福吗？"我问她，很自然地回避了她的问题，"没有我们，离开你母亲，离开迄今为止你过的生活，你会幸福吗？告诉我。"她犹豫了一会儿，用微弱的声音说："我不知道。离开你们我会很难过。"听见她说出"我会很难过"几个字，我禁不住一颤，有一种反驳她的冲动。她继续说："想让我怎么做，你来决定。不需要考虑我，只考虑你们几个、考虑爸爸就好。"我做不了决定，她也感受到了。我甚至担心她是在耍心眼，她表现出的平静也是假装出来的。我柔声问她："你这样说是因为你觉得只能这样吗？觉得别无选择？其实所有事都有弥补的方式，至少我们要避免更大的伤害。你是他的情人，对吗？"我看见她的脸一下子红了起来，她回答说："这是我自己的事。"听到这句话，我又失控了："真是厚颜无耻！"我对她说："你这样说不害臊吗？""不。"她干脆地回答，"不管怎么样，无论我的回答是什么，一切都不会改变。这几个月，你可以把你的意愿强加给我；可以把我关进修道院，或者把我赶出家门。你完全有权利，我会服从你。这就是我和你之间的事，剩下的都是我自己的事。"她冷冰冰的态度让我无言以对。"所以说，道德对你来说不重要吗？"我反驳说。她沉默了一会儿，轻声说："我反思了很久，相信我，我一直在想，什么是善，什么是恶。你总是说我玩世不恭、薄情寡义，但事情并不是这样。这不是真的。我只是和你不同，仅此而已。我已经对你说过很多次了：你很幸运，可以遵守世俗对善恶的定义。而我不同，在接受这些规则前，我要用自己的判断力，去重新审视它们。""那你的判断是什么呢？你只有二十岁，"我愤怒地喊道，"你应该相信那些有经验的人，照着他们的样子生活。"她笑了起来："如果这样的话，这个世界什么都不会发生改变，一切都会代代相传，原封不动，不会有进步和发展。或许到现在街上还有人卖奴隶呢，你不觉得吗？现在我正处在可以反抗的年纪，等我到了四十岁，等我老了，我就做不了什么了。那时，我更愿意舒服地待着。"我正想说恰恰相反，正是到了四十岁人才想要反抗，但是我不知道是否真是这样，米雷拉比我有文化，她总是引经据典来证明我错了。"米雷拉，你不信上帝了吗？"我问。

在回答我之前，她犹豫了一下说："我觉得我信，至少到目前为止，我是个基督教徒。但我不知道该怎么向你解释……这样说吧，我想知道我的信仰是不是比一些想法、意愿更重要，就是教会反对的思想。你明白吗？总之我必须接受你们从小就灌输给我的宗教信仰，到今天我自然而然成了基督徒。现在……情况很不同，我们如果把宗教当成个严肃的事情，可以规范我们的行为，那我们就不能只满足于每个星期天中午去做弥撒，即使是戴着一顶新帽子去。""你想说什么呢？"我焦急地问她。我觉得从她的回答中，我可以得知她到底是不是坎托尼的情人。"这也只是我个人的事，妈妈。人真的不能没有自己的信念，一味跟着别人走。"她不断地反思让我害怕，尤其是让我对她产生了同情。想那么多是没用的，不管你怎么想，日子照旧会过下去。米雷拉似乎卷入了一台残酷的机器，她会被无情地碾碎。我仍然试着想让她改过自新，我让她写一封信给那个男的，告诉他她不想再见到他。"以后你会发现，你会更开心的。"我想起了自己在咖啡馆的情景，当我告诉圭多我们之间不可能，以后我是否会真的更幸福。

"你希望我去替你说吗？"我自告奋勇地说，"你没勇气去说，这能理解，作为女人，我也明白这一点。你希望我去替你说吗？有很多次，我都想着去找他，我想帮助你。""他不会相信你的。"她微笑着回绝了我，"而且，即使你说了，我也会去推翻你说的话。"我们已经站起来了，她求我让她去睡觉，她累了。"你有没有想过，这样下去，你不会拥有自己的家庭，不会有属于自己的孩子？"我告诉她，"为了一件没有结局的事，你正在毁掉自己的未来，你明白吗？这段恋情迟早会结束，你不会幸福的。""你呢，你幸福吗？"她严肃地问我。我的眼眶噙满了泪水，她的问题打动了我，让我很虚弱。"当然了。"我用夸张的语气回答，"我很幸福，一直都很幸福，非常幸福。"她用温柔的目光注视我，让我忍不住低下头。"妈妈，你真了不起！"她感叹说。她迅速拥抱了我一下，对我道了声晚安。我像个乞丐一样跟着她走到了过道里："米雷拉，你为什么要这么倔强、这么要强？"我嘀咕了一句。我听见她关上了门，转身回到餐厅里，我心力交瘁，虚弱地瘫坐在一把椅子上。我趴在桌子上，把头靠在交叉的手臂上。我想象着自己走到电话旁，给圭多打了电话，让他马上过来。我想象着自己去和坎托尼谈话。我迫切希望早晨快一点到来，好让我马上采取行动。我甚至想着，只要我一直不去睡觉，天就会早点儿亮。但一想到我要做的事，我又感到一阵恶心，十分抗拒。不知不觉我竟睡着了，等我醒来时，已是黎明时分。

四月十三日

今早，我决定向圭多求助，因为他认识坎托尼。我想请他说服坎托尼，让他远离米雷拉，因为她还太年轻，无法为自己的行为负责。我去了他办公室两三次，每当我下定决心时，话到嘴边又咽了下去，想着等会儿再说。我最后从办公室出来时，还是什么都没说。我觉得，他肯定会质问我是怎么做母亲的，是怎么教育米雷拉的。我觉得，米雷拉的态度动摇了我本来就很不坚定的立场。

我得下决心和米凯莱谈谈，但我不敢。这些日子他闷闷不乐、沉默寡言，我觉得他对那个剧本已不再抱有希望。今天他还说，克拉拉没有尽她所能地帮他，或许觉得他是个麻烦的人，有点儿强人所难。最后他仿佛费了好大劲儿向我倾诉说，他觉得昨天克拉拉甚至不想接他的电话。米凯莱这段日子一直面无血色，看上去状态很不好。我告诉他，如果克拉拉帮得上忙，她肯定会帮的，她是我小时候的朋友。她喜欢两个孩子，看着他们长大。他沉默了很久，说："你给她打个电话。快去，听听她怎么说。随便问问她最近过得怎么样，问问她为什么这么忙。"我看着米凯莱，他这种不同寻常的好奇心，让我感到惊讶。或许是因为他脸色苍白，我仿佛第一次在他身上看到了几年后他老去的模样。"米凯莱，你怎么了？"我问他。他回答说："我没什么。"我觉得他的嘴唇在颤抖。这时里卡多回来了，他表达了对大学教授的不满，我和米凯莱不得不中止了谈话。里卡多絮絮叨叨，愤愤不平，但他说的我一点儿也听不进去。米凯莱的样子让我很担心，我甚至暗暗思忖，他是不是爱上克拉拉了。他等克拉拉的电话时，每隔几分钟就问一次时间，就像里卡多等玛丽娜的电话时那样。我想着他写的那个剧本的稿子，平时所要做的事让我忙，米雷拉也让我担忧，我已经没心思去想他的剧本了。但一想到写作和谈论某些话题不再是年轻人的特权，我很快放下心来。我想象着米凯莱出现在克拉拉身旁的样子，我觉得他不像个陷入爱情的人，我不禁为自己的猜疑笑了起来。这些日子我太不安了，简直有些疑神疑鬼。"好吧，我会去找克拉拉。"我向他保证。他焦急地问我"你什么时候去？为什么你不今晚去找她呢？"我给克拉拉打了个电话，但她说她晚上总是很忙，她让我下周三去找她吃午餐。米凯莱想知道克拉拉有没有提到他，但克拉拉什么都没说，甚至连一句问候他的话都没有。米凯莱那么执着，让我彻底放下心来：如果他们俩之间真有什么的话，他绝不会让妻子去找她。我告诉他，剧本卖不出去也不打紧，有些分期付款虽然还不知道怎么能付清，但总能设法还上的，还完就轻松了。尽管我内心并不这样认为，但还是用这些话宽慰他。根据我过往的经验，一个烦心事儿过去，另一个烦恼又会马上出现。但我也知道，无论如何生活都会继续下去。我觉得米凯莱太沮丧了，所以我不敢向他提米雷拉的事。为了让他振作起来，我愉快地告诉他很快我们就可以消停下来了，我们要退休了，里卡多会从阿根廷给我们寄很多钱回来。但米凯莱很生气，说他还不到五十岁，离退休的日子还早着呢。他是真的生气了，没听出来我是在开玩笑；我笑着靠近他想抱抱他，但他粗暴地用手推开了我。通常，面对男人的坏情绪，我总是想如果他们像每个女人一样，除了工作以外，还有各种各样的问题需要面对、解决，他们又会怎么做呢？

四月十六日

今天早上，快十一点时，门房走进我的办公室，递给我一张名片，上面赫然写着亚历山德罗·坎托尼律师。我吃了一惊，心怦怦直跳。我心想，该不该这样毫无准备地接见他。门房还在等着我的答复。我对他说："请他进来吧。"我又叫住了他说："请他过几分钟再进来。"我想整理整理思绪，但我的大脑一片空白。我起身走了两步，心里很不安，我快步回到了办公桌前，从抽屉里拿出梳子和粉饼，我照了一下镜子，整理了一下。我刚关上抽屉，便听到了门房的声音："请进。"坎托尼进来了。

出现在我面前的是位身材高大，长相相当英俊，举止优雅、神情刚毅的男人。我马上注意到，他长着一双蓝色的眼睛，眼神很柔和，礼貌地对我弯腰致敬。我冷冰冰地向他示意请他坐下，一股莫名的力量使我先开口了。"您来得正好，"我说，"我正想给您打电话，约您今天或明天见一面。"我猜米雷拉已经把我们的谈话告诉了他，否则我想不到他这次来访的动机。他点点头，我继续说："米雷拉还是个孩子。我敢肯定您已经考虑清楚了，您过来就是为了告诉我，您决定离开米雷拉，再也不打扰她，是不是这样？"我用一种不容反驳的语气问。"不，"他用平和但坚决的语气回答说，"相反，我来是为了告诉您，我永远都不会离开她。"

我早料到这不会是一场简单的谈话，但我没想到和我交锋的人是那么从容、客气、坚定。他和我想象的完全不一样，我想象他玩世不恭，或许还很狂妄。我在想他到底是怎么样的人，尤其是他和我女儿之间有着怎样的关系。这些疑虑让我又变得咄咄逼人："您必须离开她，这样米雷拉才能回归平静的生活。米雷拉还年轻，您只需要离开她一个月，或者两个月，这件事情就会过去。"我加上后面这句话，就是为了伤害他。他看着我，摇了摇头，嘴角自信的微笑让我很恼火："不，太太，我想了很久，反思了很久。我比米雷拉年纪大，我快三十五岁了。我确信，我的责任就是待在她身边。""为什么？"我问他，他提及"责任"二字，让我感到一阵怀疑。"因为我爱米雷拉，米雷拉也爱我，我们想一起奋斗，我们有一个共同的计划要实现。我相信，我们在一起不仅可以得到幸福，还会有所成就。您别见笑。"他的话让我不知所措，我流露出不可置信的神情。"我知道，我们谈论这些事情，谈论情感、目标时，不得不用到刚才我用的那些笨拙、浮夸、荒唐的词汇，但这就是我的真心话。以前，我的生活没有什么价值，米雷拉是个聪明、漂亮的女孩，仅此而已。但在相遇后，我们好像突然成长了，我们俩在一起好像凝聚成了一股力量，我们有责任不让这股力量消失。我说，我们想一起奋斗，这并不仅仅指我们的职业，这只是一个方面。尽管我很开心看到米雷拉热爱她的工作，不像其他女人觉得工作是不得不做的事。我也一样，在遇到米雷拉以前，我过着完全不同的生活。我总觉得周围有什么东西在压迫着我，尤其是战争结束后，这种感觉愈发强烈。我不知道该怎么解释，就好像我的生活、我所做的一切都是临时的。那种感觉很难去描述，有些虚无缥缈……我让您厌烦了吗？"我摇了摇头。我看着他，心想他到底想要说什么，我认真听他说话，但并不相信他所说的。"比起我，米雷拉可能会解释得更清楚，"他继续说，"她比我更能感受到这些东西，因为她更年轻。许多事情，许多新状况，让我和米雷拉那代人之间出现了很深的代沟，我试着用爱去填满它。或许，您很难理解米雷拉，因为……"他犹豫了，我让他继续说下去："因为我比她大二十岁，您想说这个吗？""不，因为一位母亲，不会允许女儿不再认同她坚信的事，而是去寻求新的……"我打断了他，我说事情一直以来都是这样，年轻人总觉得自己可以改变世界。但他否认了，他说，我们经历的事情不允许我们再像以前那样活着。"明白这个道理的人,那他还活着。"他说,"不明白这个道理的人,那就像行尸走肉。"

我很惊讶,我竟和这个男人——他或许是我女儿的情人,在愉快地交谈。我想长话短说,无论如何,我觉得这不是他此次到访的目的。他继续说:"我爱米雷拉,还因为她属于这个时代。自然,也是她这个年龄段的女孩所处的时代,但是大部分女孩却并没有这个意识。我觉得,我们在卡普雷利家相识的那个圣诞节夜晚,我们本可以一起出去。当时其他人都在跳舞,而我们俩却在聊天,一直到黎明。从那个夜晚开始,一切都已经注定了。"

我无话可说,只好亮出底牌:"您从没想过,米雷拉有可能是因为您有钱,才和您在一起的吗?""我有钱?"他一只手指着自己的胸口,惊异地问。他笑了起来,看起来很年轻,笑容让人很容易对他产生信任。"我没钱,"他说,"我得工作,像米雷拉一样,我上学时就不得不工作。作为一名律师,不得不每天像出售商品一样出售他的劳动。有钱人不是那些拥有工作的人,他们是拥有财富的人。我拥有的是语言,语言是一种流动的财富。但只要犯几个小小的错误,就足以让我再次一无所有。我和米雷拉在一起,会一起工作。"我问他:"您觉得,您特别想和米雷拉一起生活,您妻子对此怎么看呢?"他停顿了一下,继续说:"我这次来,也是想和您谈谈这件事。我要告诉您的事,对米雷拉和我来说都不重要,但我知道这会让您安心。现在,我解释给您听。一九四六年,我在罗马认识了我妻子伊夫琳,我们一起旅行过几次。她当时吸引我是因为她是美国人,她的世界与我不同。这么说似乎显得我是个薄情寡义的人,但这就是事实。后来我去美国找她,我觉得,我们在一起仍很快乐,她很爱笑,聪明伶俐,充满活力。当时我不知道还存在像米雷拉一样的女孩儿。我们结婚了,后来回到了罗马。我们的共同之处就是:旅游、喝酒、享乐,但这些很快就让人腻味了。伊夫琳甚至开始说意大利语……"他微笑着说,"我们之间差别越来越大。那一年过得太难了。最后,她回了美国,出发时,她说几个月后就回来。但她每次给我写信,都会推迟回来的时间。每次收到她的信,我都害怕看到她说,她要回来。三年过去了,她没有回来。后来我遇见了米雷拉,我发现了她。很难让一位母亲明白,她女儿是多么不同寻常。但总之,通过米雷拉,我也发掘了自己、我的潜力、我人生的意义。以前,我不相信我可以和一个女人像和朋友那样平等地交谈。这样的生活,是真真正正只属于我们俩的生活,而不再像和伊夫琳那样,只是和漂亮女孩一起玩。我决定去美国,和她离婚。"

听到他这么说,我竟有一丝愉悦,我问他,米雷拉知不知道这件事。他说米雷拉知道他的一切。"两个星期前,我去了列治文,米雷拉害怕我再也不回来了,她在机场很绝望。"我意识到,我没觉察到我的女儿经历过如此艰难的时刻。"我只在那儿待了几天,"坎托尼继续说,"就是为了恳求伊夫琳和我离婚。她自然同意了。我们终于解脱了,那段婚姻只能将我们囚禁在孤独与不幸中,我们友好地分开了。就是在列治文,我明白了米雷拉和伊夫琳最大的不同。其中有一点或许能说明所有问题:伊夫琳通过物品来表达自己,而米雷拉通过思想来表达自己。在列治文的那些日子里,我觉得,我好像永远失去了谈论的乐趣,那是我和米雷拉共有的东西。回来后,我感觉在列治文的每一天都好像没呼吸过,没喝过水。"他笑了起来,我看着他,也微笑起来,我感到一种绝对的惬意和安宁。我问他离婚的手续要多长时间,他和米雷拉什么时候结婚。"我不知道,"他回答说,"我必须诚实地告诉您,想让意大利承认美国颁发的离婚证明,这简直太难了。在意大利,人们必须接受约束和谴责。适合我们、会让我们变得更好的生活,已经准备好了,它就在眼前。那些没有勇气打破常规的人,因为担心谴责而放弃,会深陷黑暗和孤独之中,对于他们来说,这是莫大的遗憾。也正是因为这一点,我们会一起奋斗。我和米雷拉要创造出⋯⋯"我打断了他,我意识到他和米凯莱、米雷拉一样,会说出毫无意义的话,对于现实、每天的生活、孩子没有任何意义。"为了创造出一种新意识,是吗?"我脸上露出了讽刺、带有一丝恶意的微笑。他点了点头,总之,我的语气让他有些忐忑。我问他为什么来找我,为什么要和我谈。他没有注意到我言语中的怒气,他平静地、近乎温柔地回答说:"帮助您了解米雷拉，也了解我。我不希望，您在脑海里虚构一个这样的形象：一个有妇之夫，有点儿钱，喜欢哄骗二十来岁的小姑娘。请您相信我，我与这种人有天壤之别。或许有一天我们会结婚，但这不是很重要。重要的是我全身心地爱米雷拉，米雷拉也同样爱我，我们在一起，想成为怎样的人，想做怎样的事情才最重要。婚姻对于我们来说不是终点，我们不想因为责任而相爱，我们想每天自由自在地相爱。您明白吗？""不明白！"我斩钉截铁地回答道。

他继续说："真是可惜。无论如何，我有责任来和您谈谈。我本以为我的话可以说服您。我真是个糟糕的律师，真遗憾。"他又说："我本希望您能理解。"我站了起来，想结束这场让我心烦意乱的谈话。他也站了起来，望着我，像是在期待我能说些什么，他的眼神既温柔，又充满了惋惜。"米雷拉说其实您理解，但您害怕承认。或许她说得有道理。至少我希望您不是我们的敌人。"他继续说。我们来到敞开的窗边，默默站了一会儿。我用米雷拉的目光审视着他。"天气真好。"他说，可以看出他陷入了爱河。他向我道别时，我们对视了片刻，眼神里充满了友善。最后，我迅速在他身后关上了门，就像在抗拒某种诱惑。

四月十七日

每次我打开笔记本，都会感受到刚开始写日记时的焦虑。我内心充满了懊悔，这种感觉会毁掉我的一整天。我总害怕笔记本被发现，尽管里面没什么见不得人的东西。但现在不同了，我在笔记本里记录了最近发生的事。不知不觉，我做了一些应受谴责的事，总之，就像这笔记本一样，我渐渐觉得自己再也离不开那些事。我已经养成了说谎的习惯，会很熟练地把笔记本藏起来。我现在很擅长腾出时间来写日记，最终我习惯了起初无法接受的事情。我从没想过自己能够和坎托尼平静地交谈，以前我甚至想通过律师和他交涉。然而昨天，我竟陪着他走到了门口，我惊讶地发现，自己甚至像朋友那样伸出手去和他道别。后来，我回到办公室，看着他刚才坐过的沙发，烟灰缸里他留下的烟头，一种无法控制的慌乱侵袭了我。我不知道这种慌乱是不是源于坎托尼和米雷拉的意图，或者是他说的话给我带来的感觉，那些话不仅仅涉及我女儿的生活，也关于我。我跑向圭多的办公室，但那里空无一人。像平时一样，门房拉上了百叶窗，防止阳光的照射使绿色真皮座椅褪色，房间里很幽暗，充斥着悲伤而荒凉的气息。我无法接受圭多没和我打声招呼就离开了。或许，他向门房打听过了，知道我有客人。但这种情况也无法抚平我的忧伤：我想象着圭多和他的家人一起吃午餐的场景，我只从照片上见过那些人，他们与我很不同。衣帽架上挂着他的一件雨衣：我抚摸着它，紧紧把它抱在怀里，试图获得一丝慰藉。但雨衣冷冰冰的，没有留下一丝圭多身上特有的薰衣草香味，每次他来办公室，身上都带着这种香味。这么多年来，这种味道对我来说就像是清晨的气息，一天的工作由此开始。我把头深深埋进那件冰冷的雨衣里，就像靠在圭多的肩膀上。我不能再一个人待着了。自从我下决心告诉他我们俩不可能在一起，我总是尽量避开他深情的眼神，无视他的关心。我假装等着有一天他对我的态度会回到之前那样，像朋友一样友好。我等着他忘记他说过的一切，我在说服自己，他从没察觉到我的情感，他只是觉得我是一时激动。但在昨天，我和坎托尼那场艰难的谈话之后，我发现自己忘乎所以，这让我很害怕。我害怕在我的引导下，圭多真的把我忘了。我害怕回家，我想逃离等着我做的家务，我觉得自己不能再平心静气地面对家人了。我不想见到米凯莱，他期望每个人都包容他的坏心情；我也不想看到里卡多，他总是很不满，指责我们，控诉政府让他缺钱用，但他自己也不想办法弥补；我尤其不愿意看到米雷拉，我会忍不住和她提起坎托尼来找我的事。我不太清楚这次拜访意味着什么，我想对她说："做你想做的事吧，饶了我吧，我太累了。"

我坐在圭多的扶手椅上，给家里打了个电话说，我有工作得处理，不回去吃午餐了。米雷拉接了电话，她声音里有一丝不悦；或许她希望我可以说说和坎托尼之间的谈话，但我对此只字不提，我只说了句："晚上见。"突如其来的自由，让我的心情一下子明朗起来，我心想要怎么利用这段时光。我想出去走走，去小餐馆美美吃一顿，我终于摆脱了做饭和洗碗的义务。但一个人去餐馆吃饭，让我有些胆怯，事实上我只有一个愿望，这个愿望很强烈，我却不敢说出来。我走到大门口，告诉门房我要留在办公室里，处理一些紧急事务。听到门在他身后关上的声音，我松了口气。我回到圭多的办公桌旁，迅速拨通了他的号码。一个用人接了电话，他很寡言，我真害怕他不愿意帮我传话，但我听到了圭多仓促的脚步声。我说道："您好……您要马上回办公室。我在这里，只有我一个人。我想提醒您，您有个约会。"他迟疑了一会儿，很快反应过来，回答说："我明白了。好的。我吃完饭就过来。"

我坐在他的扶手椅上等着他。坎托尼说的那些话让我心烦，他的面孔又浮现在我眼前，他一边笑着，一边说他没有钱,他只拥有他的工作。还有,他有些犹豫地说我不理解米雷拉。他用自信的腔调说出"米雷拉"的名字,让我很气愤,就像这个名字是他起的,属于他。我抛开一切思绪,闭上了眼想休息一下。

听见开门声,我紧张地从椅子上站了起来。我正在找寻一个合乎情理的理由,来说明我那通电话的急迫性。我不想向他坦白:我只是想见到他,想和他待在一起。他快步走进办公室,步伐坚定,一开始他好像没发现我,因为外面的阳光晃了他的眼睛,房间里光线昏暗,我站在窗户下。"瓦莱里娅,发生什么事了?"他一边说,一边走近我。同时,他把钥匙放回口袋里,这个随意的动作触动了我。"我们之间是不可能的。"他吻我的手时,我低声说,"我必须离开办公室,远离这儿。太痛苦了,我无法排解自己。我需要休假,十五天或二十天,我现在就想休假。我决定去找我的一个阿姨,她住在维罗纳,我要离开一段时间,找回平静的心情。"

在此之前,我从没认真想过这件事,突然间,离开这里似乎成了我重获自由、自我解救的唯一途径。我的话好像让圭多很高兴。"什么时候?"他停顿了片刻问我。我回答说:"我不知道,我想马上就走,但我恐怕不能突然撇下家和孩子,我打算十五天后出发。"他快步走到办公桌前翻阅日历,然后回到我身边,重新牵起我的手,深情地望着我说:"两个星期后,我会去的里雅斯特,要在那儿逗留一天。回来时,我可以在威尼斯逗留一阵，三五天都行，维罗纳离威尼斯很近。"他轻声补充说："可以在威尼斯待上五天。"

他说出这些话，我再也无法平静，这都是我的错。我不应该走到这步，不应该给他打电话，不应该让他来办公室找我，和我单独在一起。我跌坐在椅子上，思索着他说的话，威尼斯离维罗纳很近，他本可以说帕多瓦，或者维琴察。我觉得他已经看穿了我的心思，他懂得让我倍感煎熬的愿望，我觉得自己再也逃不掉了。他的话把我吓坏了，我皱着眉头说："不，不行。"他恳求我不要那么快回答他，乞求我不要那样做。他说我有时间好好考虑，他会尊重我的意愿，不会强迫我。他还说我应该相信他，相信他对我的投入。他温柔地抱着我，嘴唇掠过我的鬓角，轻声说我们不应该放弃爱情、放弃幸福，我们有权利。"我们完全有权利。"他不断轻声说。我觉得他的话影射了他生活中某些不为我所知的部分。我心想："别管米雷拉，也别管里卡多了，噢，够了，真是受不了了。"门房回来了，他在昏暗的办公室里撞见了我俩，但那时我正沉浸在自己的思绪里，并没在意他吃惊的目光。我觉得自己已经坐上开往维罗纳的火车了。

回到家，米雷拉看见我心事重重的样子，把我拉到了一旁问："是因为我吗，妈妈？"我点了点头。她激动地说："是桑德罗坚持要和你谈谈。我知道这对你意味着什么。"我们聊了一会儿，但实际上我觉得那已经无关紧要。她证实了坎托尼对我说的话，我发现他们俩用了同样的表达。"我会和你父亲谈谈，"我告诉她，"但今天我没有力气和他谈了，让他来决定吧。或许你离开是对的。我们习惯了循规蹈矩的生活，或许就像你说的，这些规矩不对、很落后，但我们无法改变。"我又一次惊讶地看到她冷静的反应，她没有请求原谅，也没有为她盲目的爱情辩解。和米凯莱订婚后，每当我们做了不该做的事，我总会装作很不情愿，装作那都是米凯莱引起的，我并不赞同。我们结婚那晚也是如此，还有结婚之后，每当夜里米凯莱靠近我时，都是如此。如果我去威尼斯，或许到了那儿，我还是会假装自己不知道去那儿的原因，不知道那些会自然而然发生的事。这就是米雷拉和我的不同，我觉得，米雷拉有意识地接受了自己的处境，她不会再觉得那都是罪过。我很想问她，她内心是否平静，是否坦然。但我没问出口，因为米凯莱回来了，我不得不开始准备晚餐。他寸步不离地跟着我，告诉我明天我应该和克拉拉说些什么，他怕我忘记了。我说我也迫切想知道剧本的情况。如果办公室准许的话，我会去维罗纳，在玛蒂尔德阿姨那儿待上几天。我觉得他应该马上明白这意味着什么，我希望他阻止我。但他说这样做对我有好处。我补充道，我还打算从维罗纳出发，去威尼斯一趟。他点了点头："这是个好主意，你一直特别想去威尼斯。"我明白，刚才我无论说什么，都会是同样的结果。即便我向他坦白经理也会去威尼斯，他也会觉得没什么。我想起那个夜晚，他对我说，他从窗口那里看到经理送我回家，我从车上下来时他的感受。但现在他什么都看不见了，他的眼里再也没有我了。横在我们中间的除了孩子，还有玛丽娜、坎托尼、堆积如山的餐盘、他在办公室里度过的时光、我在办公室里度过的时光，还有我盛在碗里的汤——昨晚我盛汤的时候，热气模糊了我的双眼。我想着，我已经很久没旅行过了，我只有一个硬板纸手提箱，我得带上米凯莱的大皮箱。

四月十八日

今天我去克拉拉家吃了午餐，只有我们俩，就像我们还很年轻时一样，我觉得自己仿佛是在度假。她在罗马帕里奥利区一栋新楼里买了间公寓，站在屋顶露台上，视野很开阔，看到的风景令人赏心悦目：草地、松树、白色的房屋。露台上开满了鲜花，我们在室外待了一会儿。我们俩舒服地坐在躺椅上，那是克拉拉用来晒太阳的椅子，度过了一段很惬意的时光。她说，想要永葆青春，就得晒成古铜色，那些女演员都会晒太阳。刚才，我进到她的浴室，注意到了她用的化妆品，实在是太多了。我也很想买一些来用，但我不知道买哪种好，也不好意思问她。的确，自从克拉拉和丈夫分开后，她的生活发生了很大变化，米凯莱说得对。这间屋子的装修品位不是很像她，我觉得，克拉拉并不是个特别聪明的女人：她喜欢卖弄风情，总是在谈论男人。我问她是不是又恋爱了。她用怀疑的目光看着我说："没有，并没有。"她急忙回答。但我不相信，克拉拉总是说，没有爱情她活不下去。或许她现在不信任我了，不想对我说实话，然而我从来不像今天这样，渴望听她谈谈感情问题。"爱情太费时间了，"克拉拉说，"实际上，爱情不存在，需要每天、每时每刻去创造它，要时刻去经营这种创造，太难了……"她说，脸上挂着一个玩世不恭、有些不自然的笑容。她说，她很忙，总是没有时间。我想到米凯莱叮嘱我的话，我就问她为什么这么忙，让她跟我聊聊。"写电影剧本，"她闪烁其词地说，"我还要接待很多人，我有太多事要做。我也想多见见米凯莱。他总想改变人生，辞掉银行的工作，投身到电影事业之中。瓦莱里娅，你也应该劝劝他。或许那个星期天，我不该去你家吃午餐，两个互不相干的世界，就不应该有交集，每个人都应该安于自己的世界。但我们也是事后才发现：我的世界和你们生活的世界太不同了，我不知道是更好还是更坏，但总之非常不同。对于米凯莱这样一辈子都在银行度过的人，制片方没有信心。他们会觉得他就是个门外汉，实际上也是如此，他并不是个例外。起初，米凯莱让我很吃惊，之前听你的描述，我曾想象他是另一副样子。我真的希望那个剧本可以卖出去，我做了力所能及的事，但到目前为止还没有任何结果。"她说她和米凯莱谈过很长时间，如果他能够把他的想法，还有他说的东西转化成文字，他一定能成功。"他想和我一起工作，但这不可能,我需要自由。此外我对他没有什么好处,只可能害了他,我告诉过他。有一次我们一直聊到天亮。"我对此毫无印象,或许米凯莱回家时我正在睡觉。第二天早晨,他什么都没对我说。我环顾四周:宽敞的客厅里摆放着书架和漂亮舒适的沙发,克拉拉衣着优雅。米凯莱当然喜欢置身在这些美好的事物中,这在我们家不可能体验到。"米凯莱似乎坚持要走这条道路,"克拉拉继续说,"我告诉过他,放弃吧,这条路不通,不可能成功。"她说得很直接,这让我心里很不自在,因为此时一位女用人正在旁边收拾饭桌。午餐很清淡,但很美味;我已经很久没吃过那么用心烹饪的食物了。忙碌的生活,让我只能煮意大利面,吃鸡蛋和沙拉,星期天做顿烤肉。克拉拉抽着美国牌香烟,她从一个看起来很高档的盒子里拿出巧克力递给我,很显然这是她收到的礼物。我很生她的气,因为她想让米凯莱重新回归她所说的平庸、毫无希望的生活中去。我问了她一个问题,那是米凯莱希望我问的,但我假装是我自己提出的:"你不能试着让他和你一起写个电影剧本,哪怕一次也行?""绝对不行,"她回绝了,"这是为他好,你明白吗?他不能再抱有希望了,他要像以前那样,沿着自己的生活轨迹活下去。"她变得很不耐烦,不停地说她没有时间,她的生活是一场持续不断的斗争。因为对女人来说,要闯出一条自己的路太难了。她说,在这个过程中,她不得不变得有些无情。她说的话让我觉得有些事情她没有告诉我。我又一次怀疑米凯莱爱

Quaderno Proibito 255

上了她，但一想到他求我来找克拉拉，他卑躬屈膝，不断求克拉拉帮他一把，瞬间让我打消了这个疑虑。"工作的女人"克拉拉继续说，"尤其是我们这个年纪的女人，内心总在挣扎。人们教她成为传统女性，而她自己却选择成为独立女性，她内心在不停地斗争。想要解决、克服这种矛盾，就得付出代价，尤其是在男人方面。或许你不能理解我所说的。你和我的性格不同，事实上，你已经拥有了结婚时希望拥有的一切，你很幸运。"我问她是不是真的这样认为。"噢，当然了，"她感叹说，继续说，"在你面前，我一直觉得自己很软弱，因为你一直都没有屈服过。你过着自己选择的生活，我很欣赏你。你总是遵从自己的内心，总是很自洽，很平静。我还记得，你以前织毛衣、做甜点赚钱。我知道现在你背负着很多东西：家庭、工作，我不知道你是怎么做到的，我不可能像你这么强大。或许，我们独自一人时，不会变得强大，正是别人需要我们，我们才会被迫变得强大。无论如何，得有你的心力和体力，才能坚持下去。"我说我同意她的说法，这的确需要体力和心力，我也提到我的很多弱点。克拉拉却打断了我："不，不，你觉得这些都是弱点，但你错了。这一点你没法说服我，你一直都很强大。"她笑了起来，声音很清脆，听起来像小姑娘。我真想把一切都告诉她，告诉她关于圭多，还有威尼斯的一切。告诉她我来找她，想借个行李箱，甚至还想找她借件睡衣和一双金色拖鞋，我只有一双笨重的红色毛绒拖鞋。我一直渴望可以向一个活生生的人倾诉，说出我的心里话，而不是向这个笔记本倾诉。但我永远不能这样做，我的恐惧超过了倾诉的欲望，我害怕毁了这二十年来我一天天创建起来的东西，那是我唯一拥有的财富。克拉拉热忱地对我说："实际上，人生活要有一个目标，比方说，你有孩子。有目标的人，不需要日常生活中的细小幸福；追寻那个目标，总是会推迟幸福到来的时间。即使那个目标无法实现，但努力的过程，也是人生的目的，也是幸福。实际上，正是因为这个原因，我才开始工作的，这比赚钱还重要。因为我已经厌倦等待，期待一个男人，或者另一个男人带来幸福。一天天地，这种对幸福的渴望损耗着女人，直至将她摧毁。你期盼着儿女长大，有可能已经忘却了这件事。你盼着他们走路，盼着他们上学，盼着他们接受第一次圣礼。现在你盼着他们毕业，盼着他们结婚，不是吗？同时，时间已经过去了。""时间已经过去了，"我重复着她的话，"时间已经过去了。"我的音调和表情一定很奇怪，克拉拉问我怎么了。我本想告诉她，两个孩子已经长大了，我没有什么可期盼的了。然而，我只是站起身来向她告别，笑着对她说："没什么。我在想，的确如此，时间已经过去了。"

四月二十四日

我已经许多天没写日记了。我发现写日记的时间越长,我就越心灰意冷,越脆弱。或许,我需要呼吸新鲜空气,散散心。熬夜对我没好处,我睡得太少了,睡眠不足,第二天早晨我会很难受。我想把笔记本带到办公室去,但在办公室的话,空暇时间会很短,我只能快速写下自己的感受,而不会进入那些让我伤神的细节中去。但如果办公室的同事发现我在写日记,我就会失去他们的尊重,我确信他们会笑话我。真是奇怪:明明内心世界是每个人最重要的部分,但我们必须带着一种超乎寻常确信,装作完全没意识到它的存在。另外,如果我把笔记本从家里带走,回到家,我会觉得家里再也找不到一样属于我的东西了。克拉拉说,只有在别人需要你时,你才会变得强大,或许她说得有道理。但现在,我怎么能相信米雷拉仍然需要我，她将自己封闭起来，甚至把爱我都当成了软肋。相反，有时我觉得里卡多仍然需要我。昨天我俩在厨房里，我在收拾东西，他在旁边陪着我。我觉得他想和我谈谈，这段时间以来，他一直都很沮丧，经常都会陷入低谷。我为他感到难过，因为他是个男人。没人会对一个二十岁的女孩有所期待，但男孩不同，在同样的年纪，他就得开始考虑生计的问题了。"你怎么了？"我问他，我希望他的心情是由某个具体的事件引起的。他总是回答"没什么"。然而昨天晚上他说"我很害怕"。我没有问他怕什么，或许他自己也不清楚，他认为无论如何我都应该明白。如果我的双手当时没浸泡在洗碗水中，我一定会摸摸他的额头，像他小时候发烧那样。但我马上意识到，现在如果他病了，他会叫玛丽娜来，但那姑娘一定不知道该怎么照顾他。他的占有欲很强，在家学习时，总是打电话给玛丽娜，问她在哪儿，是不是真的和某个女性朋友在一起。要么他总是去找她，她应该是个好女孩，很温顺，虽然不是很聪明。她来我们家时总是不怎么说话。里卡多对她的态度很不好，有时会粗暴地跟她说话。我真不明白，他明明那么爱她，却要在她面前装出一副武断，甚至蛮横的样子。玛丽娜从不反抗，这也算件好事，因为在婚姻中，总要有个人发号施令，有个人服从。总之，看到里卡多的行为，我时常想，那些做决定的人是不是都是对的。他对一切都很怀疑，总觉得有人在背后说他。有时他指责妹妹把他的书拿走了，但其实是他借给了朋友。还说他妹妹拿了他的烟，但后来又在衣服口袋里找到了。我觉得他捕风捉影，认为有人想伤害他，生活充满陷阱，他想通过自己的力量和机敏躲过去。然而他从不怀疑我，正是因为这一点，我无法帮助他。只有让他害怕的事和人，才能让他安心。

或许，我唯一还能帮到的人是米凯莱，但他必须意识到，我已经不再是他二十三年前娶的那个女孩了。我们已经渐行渐远，以至于都看不见彼此，我们都独自向前走。我想着他对克拉拉说的那些话，他从没对我说过。尤其是他和米雷拉交谈时，一看到我进来，便会很快转移话题。比如，一见到我进来，米凯莱就马上总结说："这就是生活。"他会在我经过时拉住我的手，好像想向我证明他们说的是些无关紧要的事。但米雷拉的表情，证明事情并不是那样。

我心想，我是不是可以和米凯莱谈谈，对他说说我真实的想法，说说我自己的事情，而不再像结婚时，我们俩的事，那些我们没有说出来，还假装存在的东西。总之我经常想，这些年来，米凯莱和我是什么样的关系。我觉得，我有必要好好想想有什么东西可以记下来，但这太耗费心力了，我放弃了。但这个问题一直困扰着我，尤其是我发现，即使另一个男人一直占据着我的心，我仍然可以真诚地说："我爱我丈夫。"说出这句话，我没有感到一点不自在，我也经常对圭多说这句话。这句话让我很有安全感，我甚至觉得，这让我心安理得听圭多谈论威尼斯；他第一次吻我时，让我没有拒绝；这两天他开始用"你"而不是用"您"来称呼我，我也觉得很正常。我总是委婉地回应他，不想冒犯他，但也不想进一步加深我们之间的关系。昨天晚上，我对米雷拉说："我一直很爱你父亲，现在仍然爱他。"我不觉得自己在说谎。但现在我不由得在想，对米凯莱的"爱"到底意味着什么？总之，当我说出"我爱我丈夫"这句话时，又隐含了些什么样的情感。

真是痛苦，我最好不要写下去了，我害怕疲惫会让我不能客观地看待问题。有时候我觉得，这么多年来我已经不爱米凯莱了。我重复那句话，只是出于一种习惯。我没有意识到，我们之间的爱已经不存在了，取而代之的是其他情感，或许也是一些坚实的情感，但完全不同于爱情。我想起我和米凯莱还没结婚时，我焦急等着他的样子。那时我多么渴望可以和他独处、交谈，我们在一起时，时间总是过得很快。再想想现在，只要我们独处，如果没有收音机、电影，还有其他外部的消遣，我们会很无聊。有一段时间，我甚至渴望两个孩子早点结婚，这样一来，我和米凯莱便可以回到以前独处的日子，我相信一切仍然美好如初。或许，如果孩子都没有长大，我就不会察觉到这种改变。假如圭多从没对我说过那些话，假如我从没听坎托尼说过那些话，我肯定仍相信那就是爱情。如果米雷拉没向我承认，她害怕过和我一样的生活，我还是会觉得自己是个幸福的女人。或许我是个幸福的人，但说实话，我和米凯莱在一起时，我体会到的幸福是一种没有温度的幸福，和圭多与我交谈或握着我的手时，我所体会到的幸福截然不同。这些举动才是爱情，而我和米凯莱在一起，只能称之为亲情，或者默契，也可以说是习惯；我们偶尔的亲密接触，也不能称之为爱情，那是一种怜悯，更确切地说，是对人的欲望的同情。我好像突然明白了这一切。或许，米凯莱很久之前已经明白了，他比我聪明得多，尤其是在这些事上。我想到克拉拉说，爱情需要日复一日去创造。我不知道这在现实中意味着什么，但我想，我已经不知道如何创造了。

四月二十六日

今晚，我受到了深深的羞辱。或许是因为我做了一件我从来不敢做甚至想都不敢想的事。我和米凯莱坐在餐厅里，他在听收音机。那是一首轻盈、梦幻般的乐曲，拨动着我的心弦。我不知道是什么东西在推动着我，促使我想开口和他谈谈：那是一股比我强大的力量，我无法克制，或许是不想克制。我来到米凯莱身旁，调小了收音机的音量，房间里的光线很昏暗。他睁开眼睛看我，好像刚从梦中醒来。"米凯莱……"我叫着他的名字，坐在了沙发的扶手上，"为什么我们俩不像结婚时那样了？"我的问题让他有些惊讶，他回答说，我们还是和以前一样，从未改变。我拿起他的手亲吻了一下，深情地抚摸着他的胳膊，抱紧了他。"你明白我的意思，米凯莱。"我继续说着，避开了他的目光。我集中精力，认真而深情地望着他说："我想说……晚上,你不再让我在你的臂弯里入睡了。你还记得吗?"我的脸开始发烫:"你对我说'来这儿休息一下吧。'你把我拉到你身边,紧紧抱住我,其实我们也没有真正休息。"他笑了起来,神情有些闪烁:"那不是我们这个年纪该做的事儿了,你在想什么!人们会渐渐忘记某些习惯,之后就不再想了。""问题就在这儿。"我说,"你真觉得,人们再也不想了吗?又或许我们不敢像以前那样真诚了?""那时候我们多大年纪?"他回答说,"你知道,现在我快五十岁了吗?我们不再……""不是这样的,"我打断他说,"如果你想说我们不再年轻,那么我告诉你,你错了。我觉得我们还年轻,若不是和我们的孩子比,我们仍然非常年轻。""我们又怎能不和他们比呢?"他说,嘴角闪过一丝不可捉摸的微笑,可以看出他迫切想看报纸,或许想结束这个话题。我沉浸在自己的话中,我本想用一种平常的语气和他交谈,我不想谈到自己,但我不得不谈到这些事,这让我感到羞耻,想哭。米凯莱像是为了说服我,他继续说:"人们再也不会想这些事儿,或者也可以说,如果他们想……"他显得有些犹豫,我想让他说下去,你想说就算人们想起来,心里想的也是另一个人,是不是?我想鼓起勇气说出这些话,就算付出一切代价也在所不惜,但有什么东西阻止了我,那是一种自发的、绝对的慎重。"看看报纸吧,"我说,"看看那些女明星,看看报纸上谈论的人。他们不断结婚、离婚,到四五十岁,还会再婚……"他说那些人想用他们特立独行吸引公众的注意力。

"再说，结婚说明不了什么，"他直白地说，"年龄总是个问题。我们俩难道没结婚吗？但是……结婚不意味着要表现得像二十岁的小年轻。""你要懂我的意思，"我继续说，"结婚不意味着一切都结束了，这不对。所有人都说现在这个年龄才是最重要的。人们说不应该浪费、糟蹋这段时间，这就像是第二次青春，焕然一新，妙不可言……米凯莱……再晚就真的结束了，就来不及了……有许多人到了五十岁，才第一次坠入爱河，即使是那些对自己取得的社会地位感到满意的人。另外人们还说，地位、金钱都算不了什么……"我害怕刚才说的这些话，会让他察觉到我做过的一切，便立刻话锋一转说："你看克拉拉。"他马上问："克拉拉恋爱了？她告诉你的？""我不知道，我说的不是现在；她经常说她恋爱了。"我顺势坐到了他腿上，轻抚着他的头发，想看着他的眼睛，他却躲躲闪闪。然后我弯下腰吻了他，他紧闭着双唇。这时我们听到里卡多的房间里传来响动。米凯莱忽地站了起来，理了理头发，用手背擦了擦嘴唇："孩子们可能会进来。"他带着怒气低声说。

他看着餐厅的入口处，等着有人出现。我也看向那儿，就好像在等着那个人出现，就好像在等待着某种惩罚，但没人进来。或许里卡多只是在房间里挪了挪椅子。我意识到，刚才我所做的事是多么荒唐，或许孩子真的会突然出现在我们面前听到我说的话，一想到这一点，我感到一种深深的羞耻。"对不起。"我小声说。米凯莱抚摸着我的肩膀。"别这样说，没事的,"他说,"我很清楚,这段时间你很不安。你真的应该向办公室请一个月假,去维罗纳逛逛。办公室里的人在压榨你,让你从早忙到晚。"听到他提起维罗纳,我哭了起来。米凯莱用他的手绢为我擦眼泪,他拿起报纸读了起来,我起身回卧室去了。

我脱去衣服,望着镜中的自己,我想在镜中看到一个衰老的自己,企图让自己因外表而感到羞辱。但恰恰相反,镜中的我仍很年轻,我忍不住又哭了起来:小麦色肌肤光滑细腻,肩部的线条明显,曲线玲珑,胸部丰满。我极力克制自己不哭出声来,米雷拉在隔壁睡觉,我怕她会听到我的啜泣声。或许这就是为什么这么多年来,我们不能像结婚时那样相处的原因。孩子们还小,什么都不懂时,我们也不是这样。现在孩子就在墙另一边,得等着他们出门,需要确认他们不会突然回来:孩子在这个家中无处不在。夜晚需要保持黑暗和安静,要忍着不说一个字,不发出一丝呻吟。到了早晨,就要忘记晚上发生过的一切,因为担心孩子会从我们眼中读出昨晚发生的事。家里有了孩子后,除了和他们玩耍、开玩笑以外,我们只能假装父母的身份。尽管我们只有三十岁,也得假装自己不再年轻。我们不断装模作样,不断期盼着孩子出门去,想象着他们什么都听不见,什么都不会想,后来我们之间的亲密就真的不存在了。门外传来孩子的声音,夫妻在锁着的房间中相拥,便成了一桩不体面的事,一种肮脏下流的行为。人们说,房间只是用来睡觉的,这样的行为比起那些未婚的人,甚至比起那些结了婚的人在出租屋、旅馆、单身汉的公寓里偷情更罪恶。如果孩子们噘着嘴,满脸厌恶地突然出现在我们跟前,单是想到他们厌恶的表情,就令我不寒而栗。一位母亲在自己的孩子面前,总是要表现得自己从不知道,也从没享受过那些事带来的欢愉。正是这样的口是心非让我们憔悴,这是孩子的错,他们就是罪魁祸首。只要孩子在场,就算丈夫觉得你看上去很诱人,也不能充满欲望地看着你,如果你的一举一动、一颦一笑吸引了他,他也不能抱紧你、亲吻你。如此一来,渐渐地,他就再也不会注意你了。不管米凯莱还是孩子,都觉得我不再年轻了。尽管几天前的一个晚上,里卡多说,他一个朋友疯狂爱上了一个四十岁的女人,那是个非常美丽的女人。"如果成功了,"他说,"他就太幸运了。"

正是如此,现在我突然明白了,是什么让我们害怕孩子察觉到我们的私密,是什么让我们不能沉迷于其中。这是因为我们感觉到夫妻被一种黑暗、寂静的关系联系在一起。在聊完鸡毛蒜皮的琐事,聊完钱、鸡蛋、洗完满是油垢的盘子之后,他们不再追寻一种幸福、令人愉悦的性欲,而只是像满足口渴、饥饿此类的本能,在黑暗中闭上双眼,很快就结束了。真是太可怕了。我甚至对这本笔记本、对自己感到羞耻。我不敢再写下去了,就像那天晚上我不敢面对镜中的自己。我走近镜子,与镜中映出来的纯洁形象合而为一,喃喃地说:"圭多。"

四月二十七日

我感觉，在办公室里，已经有人开始怀疑我和圭多的关系。或许是门房给其他人讲了，他撞见我和圭多在晦暗的房间里单独待在一起，身体挨得很近。又或许所有人都注意到我表现出了一种不寻常的自如，他们在想这种心安理得是从何而来。这些年来我一直很准时，但现在我经常迟到，我知道自己不会因此受到责备，也不会丢掉工作。在我看来，赖床不再是一种罪过，而是圭多给予我的快乐，我很享受这种特权。米凯莱说，他看到这段时间我的神色没那么疲惫了。他当着米雷拉的面说出了这句话，这让我很高兴。米雷拉从没问过我累不累，我觉得她是个利己主义者，精于算计，虽然我还没弄清楚她有什么目的。她的态度让我很反感，我们俩的位置好像颠倒了过来，就像她是母亲，而我是女儿。

我和母亲谈过米雷拉的事，她说，到了一定年龄，假如父母想要活得清静点儿，就得装得不那么聪明。她说，孩子总是在炫耀自己生活的时代，就像这是个人功劳似的。殊不知，父母根本不在乎这个新时代，他们和自己的时代做清算还忙不过来呢。我和她说起了坎托尼，她没有表现出一丝惊讶和愤慨；她说这是我的错，因为我把米雷拉送去公立学校读书，还让她上了大学。她出去玩儿时，我从没尽力陪过她。我辩解说，我也想这样做，但我既要工作，又要照顾家庭，脱不了身。她继续说，只要人们想要做一件事，总能做到，即使是那些看起来不可能的事。她的毫不留情让我很难过。然而，当我母亲说出这样的话时，我总是试图说服她，让她明白，如今有些关系已经发生了变化。但她摇了摇头说，父母和孩子、女人和男人之间的关系从未改变。

有时我甚至觉得，她对我带有敌意。比如几天前她打电话给米凯莱，说她很快会给他送些他很喜欢的饺子，那是她亲手包的。米凯莱很高兴，兴高采烈地说我们母亲那个时代的女人真是太伟大了。我觉得受到了冒犯，便对他说，尽管我母亲会做饺子，她却赚不到一分钱来帮助她丈夫。米凯莱回答说，正是因为这些家庭主妇的美德，使她们很了不起。我忍不住去了米雷拉的房间，向她讲了这件由饺子引发的争论。我像对我母亲说的那样，试着向她解释，我没有时间做更多的事。米雷拉打断了我，说："你在乎那些饺子干什么呢？"

虽然我不用太在意，但在米凯莱面前，我为自己不会做饺子而感到愧疚，但对自己坐圭多的车出去这件事，我却一点儿也不愧疚。我唯一觉得内疚的地方在于，我和圭多在一起时，占用了原本属于家庭的时间，这与我写日记时感到内疚一样。那些有钱人家的女人，有专门的人做饭，或许她们永远不会内疚。昨天，米凯莱把所有的肉都剩在了盘子里，他说实在是太硬了，里卡多也没有吃。他们俩问我在哪儿买的肉，就好像在指责我不会买菜一样。看着那些剩在盘子里的肉，我很难过。我感觉，米凯莱和里卡多吃不饱，这都是圭多的错。我想象着，他家的冰箱装满了美味的食物，内心产生了一种罪恶感。米雷拉说，金钱腐蚀了一切，或许她说得没错。坐着圭多的车子出去时，我渐渐明白了她的意思。自从我们在办公室之外的地方见面，我觉得我们之间的关系发生了变化。以前，他的财富对我来说只是个抽象的数字，我无法想象它在现实中的体现，因此他的财富不会吸引我，也不会伤害我。但现在不同了，尤其是今晚，我体会到了有钱意味着什么。我们很早便离开了办公室，去了一处偏僻的地方，我们坐在车里。圭多飞快驶向了蒙特马里奥山，我们来到了一个露天的场所，通常晚上这里人很多，但我们到的时候还空无一人。院子里到处都种满了鲜花，舞池是蓝色的，像一汪静水。我穿着一件旧外套，觉得很不好意思。我想象着自己穿着一条宽大蓬松的白色薄纱裙，圭多穿着晚礼服，我们共进晚餐，然后一起跳华尔兹。我喝了两杯苦艾酒，感到很振奋，也很愉快，我又说又笑。我觉得好像明白了米雷拉爱上坎托尼的原因：她是为了生活在这样富裕、无忧无虑的世界里，而不是坎托尼说的那些原因。我们旁边是几张铺着白色桌布的大桌子，我看见上面放着甜点、时令水果、一盘盘美味的果冻。圭多牵着我的手，和我说着话，但我不能像在办公室那样把注意力放在他身上。我有一种强烈的饥饿感，一种前所未有的饥饿感，我享受着那些精美的食物滑过唇间的味道。我真希望里卡多也能尝尝，和我一起享受这些美味，还有米凯莱，而不是对着盘中的剩肉惋惜。我看着正对我说着话的圭多，他漫不经心地玩着打火机，我对他产生了一种夹杂着怨恨的激情。我产生了一种邪恶的想法，我想看到他为我大把花钱。我想象着，他数着大面额钞票的样子，同时我也很害怕，怕他看穿我的心思。这让我很想离开那个地方回自己家去。我觉得，这段时间我一直渴望去威尼斯，实际上也是一种饥饿罢了。

我们慢悠悠回到了城市；城市在我们四周展开，街上所有的灯都亮着。我心想，我已经好多年没去过蒙特马里奥了。我上一次去是到医院探望我母亲的一位老女佣，我是坐有轨电车去的，真是又远又累。圭多一只手握着方向盘，一只手搂着我的肩膀，让我滋生了一种愉悦，有一种想哭的冲动。我觉得，他想满足自己邪恶的饥饿，就像刚才我面对食物感到的饥饿一样。我试着往旁边挪了挪，或许因为我觉得，我们感受到的饥饿本质不同,这将我们推向了彼此,也将我们分离。"不。"当圭多把我拉近他、试着吻我时,我低声说。他的双唇试图征服我的嘴唇,撬开我紧闭的牙齿。如果我当时屈服的话,一定会用力回吻他,甚至会撕咬他。但我克制住了自己的欲望,我在发抖。"求求你,圭多,不要这样。"我不断请求他。他没有坚持,他吻了吻我的手,迅速驶向我家,因为已经很晚了。

四月二十九日

如果我突然死了,就来不及销毁这个笔记本。家里有人去世时,家人总会整理遗物,米凯莱和两个孩子会找到这个笔记本,这种可能让我很害怕。昨天晚上,我们所有人都围坐在餐桌旁,因为那是我的命名日。我看着米雷拉,心想如果是她发现了这本笔记本,她会看也不看就把它销毁掉。

我母亲没来,因为她晚上从不出门,她让人送来了饺子。今天我打电话向她表示感谢,还忍不住告诉她:很遗憾,米凯莱并没太在意她做的饺子。米凯莱在晚饭后得去找克拉拉,想要知道剧本最终的消息,吃饭时他心不在焉,心情很糟糕。玛丽娜几乎什么都没吃,在我的一再劝说下,她只摇了摇头。她当然是在为里卡多烦恼:里卡多就要离开了,这让她心烦意乱。或许是为她着想,里卡多没有再提出发的事。昨晚,他甚至说:"谁知道我能不能去阿根廷……"玛丽娜呆呆地盯着他,眼神里充满了哀求。"我们得等很长一段时间才能结婚。"里卡多补充说。我觉得他们想说些什么,并获得我的赞允。我假装不明白,说到没有其他更快的解决方式。玛丽娜什么都没说。里卡多最后说:"走一步看一步吧,上天自有安排。"

晚些时候,米凯莱出去了,我们围坐在收音机旁。我一边织毛衣,一边回想刚才里卡多说的话。我抬起头看他,他坐在玛丽娜旁边,两个人都消瘦而单薄。里卡多失去了爱情刚开始带给他的安全感,面临重要的抉择,他很犹豫,也很害怕,就像玛丽娜第一次进这个家那天一样。我真想对他说:"把她送走吧。"我看向了玛丽娜弱不禁风的肩膀,这时心想:"里卡多还是离不开我。"我再次低下头,把目光集中在手头的活上,继续织起来。

四月三十日

昨晚我写完日记,已经快到凌晨一点了:米雷拉睡了有一会儿了,里卡多陪玛丽娜回家,他回来肯定也睡着了。我藏好笔记本,整理了下餐厅,走到窗前,米凯莱还没回来,我很担忧。

夜晚凉爽,夜色温柔。我没有去看米凯莱的身影有没有出现在街角的阴影里,而是抬头看着天空,夜空中繁星闪烁。"在威尼斯待五天。"我回想着这句话,想立刻给玛蒂尔德阿姨写封信,告诉她我将去拜访她。我想象着自己站在她家的窗前,她的房子位于维罗纳古城区,街道很窄。我想把笔记本也带上,我打算把它放进行李箱,和内衣放在一起。我合上行李箱,坐上火车,想再也不回来了。

我在窗前站了很久,回到房间时冷得有些发抖。夜深了,米凯莱还没回来。我躺在床上睡着了，后来我被门把手扭动的声音惊醒时，天已破晓。

米凯莱蹑手蹑脚地脱下衣服；我半眯着眼睛，观察他，假装仍在熟睡。我窥探着他小心翼翼的样子，心脏怦怦直跳，我从没见过他这些举动。他上床躺了下来，我的身体仿佛也感受到了他的疲惫。"米凯莱……"我轻轻唤了他一声。清冷的光线从窗户照进来，我看到椅子上放着他带回来的一个白色大信封。他的深色外套搭在椅背上，衣服肩膀耷拉着，仿佛精疲力尽。"没有希望了，"他说，"一位法国导演本来有信心拍这个剧本，但制片人说这个剧本太冒险了，他们不愿意参与。他们害怕会打仗。""一点希望都没有了吗？"我问。他停顿了一下，低声说："一点希望都没有了。"我心想，生活真是不公平，一个男人的人生、他的未来总是取决于外部因素，被那些比他更强大的人所左右。"我母亲也说，"我说，"如果没有战争，贝托洛蒂就不可能做出他在一九一七年所做的一切。我们的生活会好起来的。"他重复着我的话："嗯，我们的生活会好起来的。"我靠近他，倦意又一次袭来，我把头枕在他的肩膀上。"你听我说，妈咪，"他说，"我不想把这件事告诉两个孩子。""当然，"我向他保证，"我们一个字都不会提。米凯莱，这和他们有什么关系呢？这是我们自己的事。"

五月四日

这个星期我们有两天假：星期二和星期四。星期三早上，米凯莱打电话去银行，说他身体不太舒服，他关了灯，在床上一直躺到午饭时间。我赞同他的做法，我对他说，他的薪水那么少，他工作太多了。但通常在和他说这些话时，得到的效果时常相反。自从剧本没有卖出去的希望，他变得很易怒。每次电话铃响，他都会很激动，或许还在期待着好消息，希望对方会反悔。但每次电话打来都是找两个孩子的，这让他很恼火。他抱怨说，这样一来，电话总是占线。然而我很开心，这说明两个孩子有很多朋友。我清楚地记得，他们还小时，他们的同学打电话过来，听见电话那头一个怯生生的声音叫出他们的名字，我总是很惊异，因为除了我以外，还有其他人认识他们。他们红着脸来到电话旁，用利落、不客气的方式聊着天，总是让我很感动。

这些天里,两个孩子让米凯莱难以容忍。像他们小时候一样,我不得不叮嘱他们,走路要轻一点,不要高声说话。听到他们从走廊经过的声音,米凯莱就会突然发怒:"发生什么事了?他们在干吗?想怎么样?"他必须得请几天假休息一下。我建议他这样做,但他干脆地回答说他非常好。他坐在窗前向外眺望,尽管窗外的风景并不是那么吸引人:屋顶、阳台、晾晒的衣物。到了黄昏时分,燕子凄切地叫着,房屋和阳台显得更加悲凉和灰暗。我觉得米凯莱不应该在窗前待那么长时间,每当那种时候,我总想拿出本子写日记。

然而,有时我会坐在他旁边。现在我们明白了许多事:倘若我们敢于承认自己的感受,也许我们可以真正生活在一起。如果夫妻两个人长时间有所保留,最终造成了隔阂。我想,这种情况很糟糕,还是要维护两人关系。我们俩单独待在窗边,作为职员拥有的短暂假期,正在缓慢流逝。我觉得,实际上我可以和他谈谈圭多,告诉他圭多觉得我还是个年轻、有魅力的女人,这让我感到安慰。事实上,我和米凯莱像好兄妹般生活在一起,还要被迫保持恋人之间的忠诚,这很荒谬。我看着米凯莱,觉得惋惜,因为我不愿意再和他一起去威尼斯。如果我和他一起去,一切都会很容易、简单明了,我就不会在矛盾中挣扎。但倘若我和他一起去,我不会得到我渴望的那种幸福。我们会坐在圣马可广场的咖啡馆里,静静听着音乐，漫不经心地看着路人来来往往，就像在八月份空无一人的罗马，我们时不时会做的那样：我们坐在小广场的咖啡馆里，广场上有一支小型乐队，时常演奏拉特克里夫的《梦想》。或许，我们会在威尼斯找到一家美味的餐厅，充满热情地吃一顿。但我不喜欢和米凯莱一起去餐厅：吃完饭后，他会仔细核对两遍小票上的金额，把钱放在账单上，我总会觉得那顿饭不值得。

昨天快到晚上时，我向米凯莱提议说："我们出去走走好吗？"我们来到了街上，却不知道要去哪儿：他不想去咖啡馆，也不想去看电影。我们在街上走着，他总是选择偏僻的小路，他不喜欢走在星期天的人群中。我想对他耐心点，也心甘情愿这样做，因为我能理解他的内心：一个年近五十岁的男人，一直都无法摆脱艰难、黯淡的生活。我常常认为，如果我更努力工作会更幸福，因为一个女人无论做什么事，她的生活永远都离不开孩子。另外，一个贫穷的女人，总是没有太多时间思考。随着岁月的流逝，我发现母亲之前谈论女人的人生时说的一些话，总是让我很恼怒，但我现在发现，她说得有道理。她说，女人绝不能拥有闲暇，绝不能无所事事，否则，她会立刻开始幻想爱情。

事实上，在圭多面前我总是很要强。但当我一个人，尤其是当我和米凯莱、两个孩子在一起时，对圭多的思念，就变成了摆脱不了的魔咒，我不打算逃避。我们之间最亲密的约会，就是夜深人静我打开笔记本的时候。当我们在一起时,我总是感到遗憾,因为我不能像在心里接纳他那样,在现实中也接纳他。或许,这是因为对我来说,他是个全新的人,我还不能给予他那些权利。那是我们长期一起工作,我本应该给予他的信任。我记得他第一次对我说,离开办公室他不知道怎么生活,不知道该做什么。从那时起,我觉得他希望从我这儿获得一种安全感,那是金钱给不了他的。我觉得我们之间的关系在发生变化。或许,我不应该同意和他偷偷摸摸一起出去,躲在角落里,每一个进入咖啡馆的陌生人都让我们担惊受怕。尽管在咖啡馆见面已成了我们的习惯。我觉得这一切都不如我们只谈论工作、不如我们一起工作多年的这间办公室美好。星期六,我们都把这里当作庇护所。然而我觉得,也正是和在办公室里不一样的感受,吸引着我们。我们希望脱离原来的生活,以一种完全不同的方式相遇。

我必须承认,在遇到圭多之前,我心中早有一种渴望。这些夜里,米凯莱睡得很浅,写日记时我胆颤心惊,稍有动静都会吓我一跳。有时在入睡前,我喜欢想象自己就像那些年轻、美丽、优雅的女人。我想象着自己经常外出旅行,从一家旅馆辗转到另一家旅馆,还会前往各大疗养胜地,就是人们说的"那些在外闯荡的女人"。我想象着自己成为那样的女人,哪怕只有一天也好,一晚也好。我会遇到某个男人,他不知道我从哪里来,也不知道我的名字,对我一无所知。慢慢地,我对这种游戏感到着迷，我觉得，自己内心有太多我不愿承认的欲望。我喜欢幻想着有用不完的钱，穿不完的衣服，还有皮草、珠宝，我会去那些遥远的、无法想象的国家旅行。我尤其幻想着，有一个不同于米凯莱的男人爱着我，他会用一种不同的方式爱我，用一种全新的方式来爱我。我想着，第二天早上我会离开他，回到这里，回到家中，没有人发现我离开过：回家对于我来说是一种巨大的安慰。

现在，有时我会想象这些事，但那个陌生男人变成了圭多。我想象自己很优雅、快乐、风趣，就像克拉拉那样，变成一个全新的自己。或许，圭多也希望我成为那样的人。我得小心翼翼，不能让他知道太多关于我的事。他不知道，为了生活，我每月都很需要那笔六万里拉的薪水，我总是红着脸从会计手中接过这笔钱。上周五，我们在蒙特马里奥，我很紧张，也是因为我的手提包里揣着装工资的信封。圭多想吻我，我觉得因为那些钱，我不能拒绝他。此外，我对自己寒酸的穿着感到羞愧。几天前的一个早上，在办公室门口，圭多看见我从电车上下来，他从自己的车上下来，迅速走进了大门，假装没看到我。我觉得，把我推向他的除了他的爱，还有他身为有钱男人的实力，他过着比我更优渥的物质生活。一想到这些，我就觉得自己真的背叛了米凯莱，尽管每当我们提到威尼斯，我总是信誓旦旦地说"不，我不会去"来让自己宽心。每天早晨，圭多走进办公室时都是精神抖擞的，身上散发着薰衣草的香气，他穿着丝质衬衣，新西服的翻领平整光滑，这让我想到了米凯莱的衣裳。我不知道怎么形容自己的感受，但我觉得，通过我，圭多夺走了米凯莱衣冠楚楚的机会，同时也夺走了米凯莱穿上优雅的衣服、获得成功的机会。总之，在办公室里，我看到了工作中的圭多，他和我、和米凯莱一样在工作，但他比我们更出色，因此赚得比我们多。除此之外，他只是一个有钱的男人。几天前的一个晚上，在车里，我注意到圭多的目光停留在我打着补丁的袜子上。我觉得，通过这只袜子，他应该会发现我所有的软弱。我们谈论着里卡多，我记得很清楚，他说如果里卡多不能去阿根廷，他会帮他找份好差事。"你不要担心。"他一边对我说，一边把我拉近他身旁。我时常想，如果嫁给了圭多，我还是想和他一起工作，就像现在这样帮助他，做他最信任的合作伙伴。但有时我很累，我怀疑自己是否真的有力量这样做，或者我会待在家里，像他妻子那样买买貂皮大衣。我不知道，我心里很乱，不知道该如何判断。我累了，我已经写了两个小时了。但我觉得，或许正是因为圭多在工作上取得了成功，而米凯莱却遭遇了挫败，这让我更渴望离开这所房子，和圭多一起去威尼斯，去享受自在、幸福的生活。

五月五日

我想说实话,坦白说,在圭多第一次邀请我去威尼斯时,我就决定答应他了。我从没坦率承认过这一点,即使在日记本里我也没有承认过。否则我就得承认:这二十年来,我努力忘却自我的行为都是徒劳的。自从我把这本黑色、光亮、像水蛭一样的笔记本藏在黑色大衣里带回家开始,我就开始正视自我,一切都从那时开始了。实际上,我和圭多关系的转变,也是从我允许自己对丈夫有所隐瞒的那天开始的,尽管只是一个笔记本而已。为了写日记,我想独处。一个有家庭、却想把自己封闭在孤独中的人,在她身上总是有罪恶的种子。实际上,有了这些日记,似乎一切都不同了:包括我对圭多的感情。我将自己既不能克服、也无法接受的软弱,归咎于圭多的财富。我想欺骗自己,是一股外在的力量,逼我背离了自己的责任和本分，我不敢承认我爱他。我真切地体会到，我内心最强烈的情感其实是懦弱。

我决定和圭多去威尼斯，但回来后不再和他见面。我不能过偷偷摸摸、充满谎言的生活。他会明白的，会帮我另找一份差事；只要新工作的薪水更高，家里没人会提出异议。但现在我想出发去威尼斯。我已经给玛蒂尔德阿姨写了信：一旦收到她的回信，我会立刻乘坐当天的火车出发。在维罗纳，我会买一件新睡衣。在我这个年纪，不可能一切就这样结束：白天苦闷，夜晚孤独。好像不久之前，里卡多还想让我躺在他身边，哄他入睡。我抚摸着他的头发和脸庞，他的脸摸起来很粗糙，他还会说："我想和妈妈结婚。"可现在的家里空无一人，寂静无声，只听到米凯莱或两个孩子出门的声音。

或许，米凯莱在家里待的这三天，打消了我最后的疑虑。他很烦躁，一点也不安宁。他正在读报纸，近段时间他买了很多报纸，他似乎渴望在报纸上看到人们畏惧战争的文章。他近乎心满意足地向我们展示了这些文章，说制片人不投资是有道理的。今天，他和里卡多聊天时说："我希望你们这代人比我们幸运。看看我，每当我快要实现内心深处的愿望时，只能眼睁睁看着，一切因一场新的战争而坍塌。"我看着他，想知道他是否真的相信自己所说的，我希望他说的是真的。我回忆起我父亲对他职业生涯的看法，或者我母亲时常说的贝尔托洛蒂让我们家落魄的事。我心想，每代人把自己的个人失败，归咎于他们遭遇的战争，这是不是一种幸运。我想到米凯莱沉闷的生活将一成不变地继续下去，就像我父亲那样，整日坐在扶手椅上，呆呆地等待着。一想到这里，我便感到着急。

相比以往，这周六我早早来到了办公室，圭多还没来。他迟到了半小时，我真担心他不会来了。我像个孩子般焦急地走向他，他一面道歉，一面说他在家里度过了艰难的一天，我没有问为什么。"噢，瓦莱里娅，我们得离开这儿。"他说话的样子就像他需要呼吸新鲜的空气。我们进到他的办公室，像往常一样，面对面坐在办公桌前。我重复说："是的，我们得离开这儿。十天后我就可以离开罗马，我在等我阿姨的信。"我感觉自己终于从摇摆不定的心理中解脱出来了。我想立刻出发，从办公室直接去车站，这样我就不会再失去勇气。我坦白了我的想法，他说："噢，真希望我们可以快点出发。我不想再回来了，永远不回来、回到那个家。"他想离开这儿，似乎是为了逃避家里让他不开心的事，而不是为了和我一起，寻找让他感到幸福的事，但我的想法也一样。他说我们会入住威尼斯最贵的酒店，我很开心，甚至觉得很荣幸。总之，或许是这个决定做得太突然，我们不知道该说些什么了。我们需要一起工作，让彼此回到现实，但我发觉当我们俩独处时，我们已经再没工作过了。我有些不知所措，就唤了声："圭多。"他走近我，吻了我。直到我们分开以前，我们什么工作都没做，只是不停地接吻，看着彼此再次接吻。

回到家，我觉得自己衣衫不整，脸上仍泛着红晕，我担心米凯莱会看出来。这时他进来了，手里拿着米雷拉留给我们的字条，上面写着她不回家吃晚饭。我用痛苦的口吻恳求说："米凯莱，你要采取行动，必须阻止……"他惊讶地看着我，我觉得自己有些失控，"你得做点什么，米凯莱，再晚就来不及了……"我和他说了米雷拉让人无法忍受的态度，但我没有告诉他坎托尼拜访我的事，因为我怕他会责怪我。我之前从没用过如此坚决的语气。我从米凯莱手中接过纸条，读了一遍又一遍："亲爱的妈妈，原谅我今晚我不回家吃晚餐，晚安。"我心中燃起一股怒火："米凯莱，你要明白，没有比这更过分的了。我不回家，晚安。这个家对她已经不重要了。我管不了这么多了，我累了。我决定出发去维罗纳，这么多年我一天都没休息过。你得采取行动，终究你才是一家之主，你要让所有人听你的话，我办不到。"米凯莱关切地回答我："好的，你放心去吧，妈咪，好好休息一下。没什么新状况：米雷拉已经晚回家很多次了。"我告诉他，我觉得今晚会有不同寻常的事发生。我绝望地看着他，身体几乎在发抖，恳求他："帮帮我，米凯莱，不知道为什么，这段时间我一直很害怕。"他说，这是由于我们和孩子有代沟："两个孩子年龄还小，他们的青春才开始，而我们……"他犹豫了片刻。我接着他的话，苦涩地说："我们的青春已经结束了，你想说这个吗？"他摇了摇头，笑着说，如果青春结束了，那也是一种解脱。

五月六日

今天一早我便去了教堂，在那儿待了很长时间，今天的弥撒有唱诗班。我感觉很好，心情很平和。我记得战争时期，人们很沮丧，不知道该期盼点什么，他们只是长时间地坐在教堂里祈祷、唱圣歌，期待着世界发生变化。昨天晚上，米凯莱和米雷拉谈了话，今早他对我说："我相信她。另外，在某些情况下，我们什么都做不了，只能相信和等待。"我从教堂慢慢往家走，天已经很热了。我觉得米雷拉不可能没说谎，或许，坎托尼看似在推心置腹，其实也对我说了谎。"他们可真出色，"我心想，"真是棒极了。"但当时我不愿意去思考，现在我不想写下去了。到了晚上，我像往年那样在厨房的小阳台上种上了天竺葵。米凯莱没有在家听收音机。只有我一个人，我感觉很好，我想记住这个沐浴在春天里、宁静的星期天。

五月八日

今天吃完午餐后,里卡多把我叫到了他的房间。他小心翼翼地关上身后的门,还把门反锁了,虽然家里只有我们俩,这个动作引起了我的怀疑。"怎么了?"我开门见山地问他。"我想和你谈谈,"他说,"几天前我就想和你谈了,但这个家里,很难找到单独谈谈的机会。"他说:"坐下吧。"我又问:"怎么了?"他摁着我坐在沙发上,并找了张椅子坐到我面前。我越来越不安。"听着,里卡多,"我抢先说,"我真的很累。如果你要告诉我的事会让我难过的话,麻烦去和你父亲说吧,因为……"他打断了我:"妈妈,你不能去维罗纳。"我吃了一惊,本能地害怕起来,担心他知道了我的事,我感觉自己脸色都变了。"为什么?"我问他。"因为这段时间,我需要你的帮助。"我松了口气,问他是不是觉得我没有休假的权利。他回答说,他很抱歉打乱了我的计划,但这对他来说是一件非常重要的事。于是,我想事先捍卫自己的立场,我对他说,无论他对我说什么都没有用,我还是一样会去。"你已经是个男人了,必须学会解决自己的问题。如果你想和我谈谈,我愿意听你说,但你得抓紧,我还要回去上班。发生什么了?"他停顿了一下说:"我决定马上结婚。"

我一下子站了起来,我问他说这些蠢话是不是为了把我留在家,他有没有意识到这个想法是多么荒谬。我看了看小桌子上合起来的书,我对他说他更应该学习。"你有没有考虑过'结婚'意味着什么?"我问他,"婚姻恐怕和你想象的不一样。你告诉我,结婚后你们怎么生活?"他看着我的眼睛,神情严肃地承认说:"我不知道。"

我想笑,他说出了那么愚蠢的话,但眼神仍然很严肃,这让我很不安。"然后呢?"我问他,"你连你们怎么生活都不知道,你还想结婚?结婚首先意味着要养活好几个人。"他沉默了。"你到底想干什么?"我继续问。"我不知道。"他回答说,"我想,目前我不会去阿根廷,我会在这儿暂时找一份工作,先度过开头的日子。我知道,一两年后,布宜诺斯艾利斯那边还是会雇我。"他脸色苍白。我继续说:"找份工作没那么简单。我们暂且相信,你会马上找到一份差事。你想想看,你每月或许只有四万里拉的薪水。你们怎么过活,你想过吗?""我想过。"他看着我回答说。他低下头,继续说:"唯一的办法是

Quaderno Proibito 289

我们住在家里和你们一起生活，我会把挣的钱都给你，一分也不留，我们什么都不要求。我们只需要这个房间，保持原样就行，只需要买一张大点的床。"

我摇了摇头，我想，如果这是他想要的，他不可能如愿。我提醒他我一贯坚持的原则："每个人都必须要有自己的家、自己的生活。"我在房间里走来走去，非常烦躁。我告诉他，等条件成熟了再结婚，我不能接受他的妻子住在家里，以后也不能。我问他为什么不去玛丽娜家里住？他说玛丽娜的继母永远不会同意，除此以外，玛丽娜的父亲挣的钱非常少，刚够维持生活。"我们就没有问题吗？"我严厉地反问他，"你父亲呢？我的辛苦呢？你们总想着我能创造奇迹，却没意识到，这不是奇迹，而是我的努力，是多少个小时的辛劳。现在，你非但没想着让我不再工作，让我休息休息，而是想着让我为增添的人口继续工作。你真是忘恩负义，真是没头脑。"与此同时，我几乎是带着喜悦和愤恨想象着自己会离开：我看到自己坐上了火车，身旁是行李箱，我看到威尼斯的潟湖、房屋，还有星期天那种晴朗而让人放松的天空。我向门口走去，里卡多追上我，把手放在门把手上，阻止我出去："不，妈妈，别走，我求求你，听我说，我决定不惜一切代价，尽快结婚，越快越好，最好就在十五天之后。"

我猛地转过身去。"你疯了吗？"我问他，"里卡多，你疯了吗？"他盯着我，没有回答，脸上没有一点血色。我走近他，抓住他的衣领。"你简直是疯了。"我重复说,我已经明白发生了什么。"你做什么了?"我厌恶至极,不情愿地问他:"你做什么了?"

里卡多无力地把头耷拉在我的肩膀上,忍不住哭了起来。"你做什么了?你做什么了?"我不断问着他,也哭了起来。我抬起头望向天空,不清楚自己是想祈求帮助,还是寻求解脱。我看见衣柜上方有一辆红色的小三轮车,上面布满了灰尘,那是里卡多小时候玩过的。

"我们得马上结婚,"他说,"要赶在她继母发现之前。这样一来永远都不会有人发现。玛丽娜自己也是七个月就出生的,我们一天都不能多等了。一切都会好起来的,你想一想,我会出去工作,玛丽娜会留在家里,帮你料理家务。你不要排斥我们,妈妈,这是为了玛丽娜,你明白吗?""呵!"我厉声说,"你这样要求我,就是为了她?我就得帮她,让她来家里?就是那个玛丽娜——指责你妹妹的女人。那个从不擦口红、只会说'是'或'不是'的女人。你曾经说她还是个小女孩,但她却知道怎么强迫你马上娶她,可真是个天真的小姑娘!"里卡多捂着脸痛苦地说:"我知道,你有理由这么想。但玛丽娜真像我对你说的那样,还是个小姑娘,她也不清楚她在做什么……""那就更糟糕了,她必须知道,"我继续说,"如今,还有哪个女人有权像小女孩一样生活?此外,有些女人一辈子都没权利体会当个小女孩的感觉。""我向你保证。"他继续说,"都是我的错,只有我该对此负责。你知道,这发生在什么时候吗?就在玛丽娜第一次来家里的几天后。我当时很开心,看见她在家里,在你身旁,此前我和邦凡蒂谈过,他向我保证一切都会很顺利,十月份我将出发去阿根廷。那段时间,一切都那么简单,我觉得自己充满了力量。然而突然降临的幸运让我害怕一切会再次坍塌。我害怕玛丽娜受不了这一两年没有我的日子,我怕她会忘了我。我总为此指责她,她不断向我保证,向我发誓,我的猜忌让她痛苦,我监视着她,她的话不能再说服我。我本能地想约束她,想向自己证明我能够把她留下来,证明在我的命运里,在我的生活里,我是她的主人……""借口,"我说,"都是借口……人们都清楚有些事情是怎么发生的。为了帮自己辩解,剩下的都是事后编造的。"他摇了摇头说:"不,我向你保证,或许你不能明白,你不知道,这个时候,我这个年龄意味着什么。我很孤独,兜里没有一分钱,如果连这个女孩我也会失去……我害怕失去她,害怕失去一切。"

里卡多很瘦,胡子没刮,头发凌乱。他看起来就和上周六一样,当时他坐在玛丽娜身旁,玛丽娜也很瘦,脸色苍白。我知道,等待着他们的将是艰辛的生活,就像我的生活一样。我担心,他们不具备米凯莱和我当时结婚的力量。"那现在呢?你不害怕吗?"我问他。他的声音很低沉,像在自言自语:"好一点了。最初的几天我很害怕。你知道吗,前些夜里,我在这间屋子里,一点儿都睡不着。我甚至想马上就走,丢下她,像胆小鬼一般逃走。现在你看,我好多了。我觉得,未来不再充满不确定性,一切都已经决定了。我再也不用思考未来的生活会是什么样,现在我知道了。""是的,现在你只得这样生活下去。"我轻声说。他没有明白我的意思,他走过来拥抱我,用满是泪水的脸颊贴了贴我的脸颊。

我走到电话旁,拨通了办公室的电话,我说我有些要紧的家务事要处理。我回到自己的房间,关上门倒在床上。我想,无论如何我要坚持下去,这件事不仅仅关乎我,更是关乎玛丽娜的父母。"他们应该来和我谈谈,这件事发生后,他们应该来想想法子。玛丽娜应该和她爸爸谈谈。他必须到这儿来,不应该单单只由我们承担所有责任。"但当我想着这些事时,我的眼前出现了米凯莱坐在坎托尼候客室里的画面,他把一顶棕色帽子放在膝盖上,他身旁都是排队等待的人。然后我看到他和坎托尼交谈,坎托尼律师是那样的年轻、自信。米凯莱坐在他对面,恳求着他。我感到很累,在快睡着时,我仍在想:"我不想要玛丽娜。这个地方,这个家真的很难容下她。"我陷入了沉沉的睡梦之中,梦里的画面很混乱。我躺在柔软的床上,房间面朝大运河。我没看见圭多,但我知道他在那里,他不久就会来找我,我期待着听见走廊里回响起他的脚步声。然而,我听见离我越来越近的,却是玛丽娜果断而近乎傲慢的脚步声。我猛然惊醒过来,看见米雷拉走了进来:"妈妈,你在睡觉吗?"她问我。天已经黑了,我起身坐在床边,呆呆望着她,刚才发生的一切又瞬间回到我的脑海中。"玛丽娜怀孕了。"我说。她吃了一惊,双手捂住脸,惊异地说:"你怎么知道的?""里卡多告诉我的。他说,他们想尽快结婚,最好就在十五天以内。他们想来这儿生活,来家里住。米雷拉,我们该怎么办?我累了,实在受不了了。"她走近我,我把头靠在她身上,脸贴着她冰凉的丝绸衬衣。"你们这些孩子,从不知道疼惜自己的父母。"我低声说。

米雷拉抚摸着我的额头和头发,我不知道,她竟可以那么温柔体贴。"妈妈,你别操心,"她说,"事情不像你现在想的这么严重。我知道这很突然,是个意外,之后一切都会重回平静,或许会得到完满的解决。我以前一直觉得,里卡多一辈子永远做不成一件正事。或许这是件好事儿,有些人必须得在外力的迫使下,才能承担起自己的责任,总之,才能主动想法子生活。这或许是件好事。妈妈,你别担心。我会和里卡多谈谈,我们得帮帮他们,我也会和玛丽娜谈谈。你知道我不喜欢玛丽娜,但或许这一次她在不知不觉中办了件好事儿。你好好休息吧,你看起来很累。在家里,我没时间帮你,我也办不到。但这几天,我希望你雇个人来帮你做家务,就像你一直期望的那样,我会用我的工资来支付这笔费用。"我把头靠在她的胸膛上,我听见她的心脏强而有力地跳动着,有点儿快。我母亲总说米雷拉很像我:如果我和她所处的时代相同,我也有可能成为像她这样的女孩，坚定自信。但我害怕可能正是这种坚定自信会让她落入圈套之中。"不，你什么都不用操心，"我对她说，"我来做打算，我的劳累只是暂时的，瞧，现在我可以马上打起精神。过一会儿你父亲就要回来了，我想先吃饭……吃完饭再告诉他一切。你别操心这些事，米雷拉。"我继续说："你有你的工作、你的学业，有你的路要走……"然后我缓缓说："你走吧。"我感到，我不得不第二次切断连接我们的纽带，那是在她出生以前，将我们连接在一起的纽带。我继续说："我担心这里有太多丑陋的事、太多谎言。或许我不会再和你说这件事，但你要记住今晚我对你说的话：拯救你自己，你能做到的。你走吧，抓紧时间。"米雷拉紧紧抱住我，我们没有看对方。"这个孩子什么时候出生？"她最后问。我从她怀里挣脱开来，感觉很惊异，就好像她说了一件我从未预料的事。"什么时候出生？"她又问了一遍。我陷入深深的沉思。"我不知道，"我嘀咕了一句，"我还没想过这个孩子会出生。"

Quaderno Proibito 295

五月十日

今晚，我和米凯莱说了这件事，我担心他的反应会很激烈，我建议里卡多进房间里等着。里卡多拥抱了我，说："拜托了，妈妈，让爸爸明白，这都是为了玛丽娜。"但米凯莱的反应和我的预料相反，他听到这个消息后大笑起来，大声说："那个蠢货！"他的笑声让我很不自在，就好像表达了一种让人厌烦的满足感。我关上了门，防止里卡多听见。"现在我们怎么办？"当我回到他身边时，米凯莱问我。他脸上浮现出愉快的表情，兴致勃勃地问："妈咪，现在怎么办呢？"他再次问我，一屁股坐在了沙发椅上，就好像是为了舒舒服服看一场戏。我倒希望他发火，他笑的方式有一种令我反感的东西。我告诉他，里卡多和玛丽娜想十五天后马上结婚。他笑着摇了摇头："真是个蠢货！"我问他，他觉得里卡多是不是必须娶玛丽娜。他严肃地回答说:"当然了。他现在还有其他选择吗?"我开始用冰冷、带着怒气的语气来谈论玛丽娜,我甚至开始怀疑里卡多是她认识的第一个男人。但米凯莱没有听我在说什么,继续说:"他当然应该娶玛丽娜。"他马上补充说:"他再也不能去阿根廷了。"我低下头,叹了口气。他说:"里卡多还年轻,他还不知道,无论如何,人总会为爱情付出代价。要不然就得变得强大,放弃很多事情。"

他的话让我想起了今天早晨发生的事。圭多问我:"瓦莱里娅,你怎么了?"他发现我对办公室的事有些心不在焉。我对他说了里卡多的事,我感到很羞耻。他无法明白,发生这件事情会对我们造成什么样的影响,因为我们太穷了。无论如何,我儿子要结婚了,他将迎来自己的孩子,但我高兴不起来,这让我很憋屈。我觉得,通过我的讲述,我仿佛让圭多进到了我家里,邀请他坐在那张老旧凹陷的沙发上,看到家里发生的事。我觉得,如果我真的想要一个假期,可以做回自己,只做我自己——瓦莱里娅,我也必须逃离他。我想着"瓦莱里娅",此时我眼前浮现了一个十八岁左右的女孩儿,她个子很高,很漂亮,穿着一条长长的纱裙,戴着一顶柔软的佛洛伦萨草帽。那是我从未成为的女孩,因为我十八岁那年,也就是一九二五年,当时女孩子时兴穿的是低腰短裙,并且剪短发。这些日子里,我时常想到自己,想象自己拥有年轻、烂漫的外表。尽管我女儿已经很大了,我还有个儿子……是的,总之,

Quaderno Proibito 297

尽管不久后我就要当奶奶了。我会做那个女孩，就像那些祖母在照片里呈现出祖母的身份，就好像我在戏里扮演一个真实而富有诗意的角色。圭多抚摸着我的手，对我说："耐心点，还有几天我们就要离开了。"我希望他在我身上也能看到那个女孩的影子，而不是一个年近半百、担惊受怕的女人。我觉得，我们离开不是为了反抗我们遭受的不公，不是为了弥补那些屈辱的日子，而是受到爱的驱使，一种无法抑制的冲动。

米凯莱说，人们总是会为爱情付出代价，我回想着这些事情。我扪心自问，我是否爱过、懂不懂得如何去爱。与此同时，米凯莱继续说："现在，里卡多要为那个女孩和他们的孩子劳碌一辈子了。他会开始明白许多之前无法理解的事。他总是说，如果他是我，他宁可让家人吃不上饭，也不去银行当个小职员。"我回答说，我不觉得里卡多的生活和我们的生活之间有什么可比性，我们不是因为必须结婚而结婚。尽管米凯莱反驳了我，我仍坚持说，把我和玛丽娜进行比较，只会让我很生气。因为她既不守妇道，也不尊重爱情。米凯莱耸了耸肩，他说如今那些偏见都不重要了。我生气地大喊起来："总之，我们遵循过的原则都很重要。"米凯莱顿了顿，问："妈咪，我们真的遵循了吗，还是不得不假装在遵循？"说完他起身走近我，继续说："你确信吗，比如说，如果我们俩当时可以长时间独处，或者我们俩有机会独自出去，没有别人的陪伴。你真的肯定我们不会像他们那样？"他抓着我的肩膀，手心温热有力,他的声音低沉、热切。"你还记得吗?"他说,"一旦我们俩有机会独处,我们就会迫不及待地接吻,抱紧对方……如果我们享受过他们现在的自由,你觉得我们能忍得住吗?说实话我不行,你也不行。承认吧,你会像玛丽娜那样,不是吗?"有那么一刻,我们俩几乎就要坦诚相见了,与其说是他的话语,不如说是他的语气在诱导我承认。但我不能承认:或许是因为他把我和玛丽娜放在一起进行比较,或许是因为,如果我承认了,我就什么都没有了:不再有过去,也不再有我心中对米凯莱仅存的一点感情。"我不会的,"我干脆地答道,"结婚之前,我从没这样做过。"他抓着我的肩膀,看着我。我觉得自己这时候充满恶意,不仅是对他,也对两个孩子,因为他们没有像我一样遵守原则,尤其是对玛丽娜,她是这一切的罪魁祸首,同时也对想带我去威尼斯的圭多,对所有人,对我自己。在长久的对视后,米凯莱默默地拥抱了我,在我额头上吻了一下。他从我身边走开,点了支烟,换了一种语气说:"不管怎么样,我不是这个意思。我想说的是……啊,对了,你还记得,我拒绝掏钱给里卡多买自行车那天吗?你知道当时我们没有钱,但孩子从不相信。或许我们应该为此感到高兴,他们赋予了我们一种我们不具备的能力。里卡多当时问:'为什么你们要把我带到这个世界上来?'当时我觉得,这句话像是一种责怪。现在他也会明白:为什么孩子会来到这个世上。"

我看着米凯莱在房间里走来走去。在我看来,他内心有些让人无法理解的东西，就像我们订婚后，他时常为我写诗，但我不是很能理解那些诗的意思。但正是由于那些诗让人难以理解，使它们透露出一些邪恶的东西，而这正是让我着迷的地方。那时我时不时会怀疑，和米凯莱步入婚姻是个错误的选择。那种想法让我慌张，我不敢细细斟酌。今天我仍觉得，我们本可以过着和现在完全不同的生活，我不想知道自己为什么会有这样的想法。我急忙表示，那个时候我是想要孩子的。

为了中断这场谈话，我去房间里叫了里卡多。他局促不安地走出来，走路的姿势扭扭捏捏。一见到他父亲，他便情绪激动地扑进他的怀中。米凯莱示意他坐在桌子的另一边，里卡多在米凯莱身旁坐了下来，眼神里充满了期望，他们交谈起来。我出去了，让他们俩单独谈了一会儿。当我回到他们身边时，他们正在讨论有没有可能让里卡多去银行上班。"爸爸，你真的觉得有希望吗？"他备受鼓舞地问。米凯莱回答说，是的，他希望可以。"我在银行工作了许多年，依现在我的地位，还是有一些发言权的，"他说，"如果我要求的话，他们肯定能满足我。"里卡多连忙说："谢谢，谢谢。"他补充说，最好明确告诉他们，他在那儿待不了多久。米凯莱反对说，如果他说了这句话，他们就不会雇他了。"我明白，"里卡多点点头，露出狡猾的笑容，"现在我们什么都别说。等孩子出生了，等他经得住长途旅行，我们马上就动身。我相信，到了布宜诺斯艾利斯，我得到的薪水会比他们承诺给我的更高。不然我们一家三口没法生活。当然啦,他们看到我有妻儿,会帮我的。事实上,现在你看,事情会越来越简单。玛丽娜不想我离开她一个人去阿根廷,她不想孤零零地待在这儿和孩子相依为命,她的想法是对的。这段日子里,战争随时可能爆发,分开是不明智的。玛丽娜见过阿根廷的风景,说她特别喜欢,我还给她看过阿根廷的山脉。""毕业的事怎么办?"我提出异议。"首先我会拿到毕业证,这是自然,否则我去不了阿根廷。我会把一切做好的。你说,只要我愿意,我随时可以离开银行,对吧?"我望向米凯莱,他平静地说:"当然,只要你愿意。"

五月十二日

我已经上床了,但又起身写日记。我无法入睡,我想和米凯莱聊聊,但他觉得,再谈论我们这几天一直讨论的话题毫无意义。银行的人承诺会优先录取里卡多,他已经安排了和玛丽娜父亲在星期一见面。"我已经做了所有我应该做的。"他说。说完他便转身睡觉去了,他的背影让我觉得他很遥远,就像白天里他时常表现的态度,一副拒人于千里之外的样子。他的决心让我妒忌,也让我钦佩。他需要工作赚钱,需要读报了解时事政治,这使他享有独处、捍卫自我的特权。而我的任务就是任凭自己的时间和空间受到侵犯。的确如此,当我在这个本子上写日记时,我觉得自己犯了很大的错误,仿佛这是一种亵渎行为:我觉得自己在和魔鬼对话。打开笔记本时,我的双手在颤抖,我很害怕。我看着画着横线的空白页,准备着迎接我未来日子里发生的种种，尽管这些事还没发生，我却已经开始感到慌张。我知道，对于那些详细记录下的事，我做出的反应会让我更加深入了解自己。或许，有些人在了解自己后能完善自我；但我恰恰相反，我越是了解自我，越是迷失。另外，我不知道，什么样的情感才能经受得住这种持续不断、无情的剖析。我也不知道，什么样的人像照镜子一般看到自己的种种行为后，还能对自己感到满意。我觉得，生活中需要选择一种处事方式，并在与自我以及与他人相处的过程中，进一步确认自己的行为方式，忘记那些与之相反的举动，忘记那些违背原则的事情。我母亲总是说，记性差的人很幸运。

今天一整天，我都备受煎熬。回家吃午饭时，我收到了玛蒂尔德阿姨的回信；她只想知道我什么时候到维罗纳，她好来车站接我。下午，我将这件事告诉了圭多。我们坐在车里，这是第一次星期六我们没在办公室里见面。他说，天气已经很热了。我告诉他，明天我会给玛蒂尔德阿姨写信，告诉她我不得不推迟我的休假。圭多沉默了，他盯着我的双眼，眼神里满是悲伤。"不，拜托了，别推迟，"他说，"我们不应该为任何事推迟这场旅行。"我的心里很苦涩，在告诉圭多这个决定时，我已经下定了决心。今天在餐桌上，我说出了这个决定，我多希望有人提出反对意见、鼓励我去休假，但没人在乎这个对我来说非常重要的决定。里卡多之前去了户口登记处，吃饭时，他正在谈论那里公布的结婚声明。"等这场悲哀的婚礼结束后，我们马上出发。"我向圭多保证,"二十天后,最多一个月。"我打算现在就告诉玛蒂尔德阿姨我到达的日子和时间,我会写信告诉她:不用再等我另外确认了,已经确定下来了。圭多仍在坚持,他说六月份威尼斯人太多了。他很沮丧,开着车慢慢穿过郊区荒凉的马路。天空阴沉沉的,空气中弥漫着悲伤的气息。"我们停在这儿吧。"他提议说,并掏出香烟说道:"你不想再去市中心的街道了,我们就像两个流亡者,只能在郊外活动。"我问他,昨晚见面后,我的决定是不是正确的。他沉默了一会儿,透过挡风玻璃盯着前方亮着的路灯。他低声说:"是的,或许没错。"他紧紧握住了我的手。昨晚,我们坐在一家饭店的酒吧里,他的小舅子和两个朋友走了进来。这人我很熟悉,因为他经常来办公室。然而当时他几乎没认出我来,看到我和圭多坐在那里,他脸上露出了惊讶的神情,但他立刻回过神来,十分热情地和我们打招呼,坐到了吧台前。我们俩不知道该怎么办,就开始大声交谈,希望他能够意识到我们是在谈论公事,另外,我们也别无其他可说。我们俩出去时,他假装不看我们,但圭多拍了拍他的肩膀和他道别,以示我们的清白。一走出饭店,我马上说,我们不能再冒险进行类似的会面了。或许,我希望圭多觉得我的担心是多余的。然而他却严肃地说:"你说得有道理。"他还说,他小舅子是个见过世面的人,不会说出去的。

今天,他仍说我说得有道理:夜色很美,这辆小汽车像是我们忠实可靠的同谋，但同时也囚禁着我们，我们无法出去，就像两个囚犯。街道两旁的灯光，像流星般吸引着我们，指引着那座迷人但又容不下我们的城市。一个保安骑着自行车经过，他放慢车速，透过后视镜观察我们。圭多发动引擎说："不能这样下去了，我们不是学生，不能总在车里见面，也不能总在偏僻的咖啡馆，或快餐店里见面。再说，这样做其实更危险。我想和你去任何地方：去看戏，看电影，去餐厅，手牵手走在路上。"我让他考虑清楚。虽然我想到了坎托尼、米雷拉、克拉拉，但我告诉他，我认识的人很少去那些场所。如果我想谨慎一点，那也是为了他。他叹了口气说："我真希望你知道我的自由程度，我没有任何责任了，什么责任也没有了。"我总觉得他想告诉我一些我不想知道的事。"还有孩子，"他继续说，"孩子有什么权利来干涉我们的私人生活？"他坚持要把出发的日子确定下来，他说："我需要一个肯定的答复，就连对你，我也没有把握……"听到他这样说我，就像里卡多在谈论玛丽娜，我感到巨大的羞辱。他说六月份去维琴察更谨慎些："在那儿，我们不会遇到任何人。你知道维琴察吗？那座城市特别美。"我微笑着点了点头，心想到了维琴察，我们也会像坐牢般，不能透过窗户望着大运河，就像现在一样，无法荡漾在灯火通明的城市。

我刚一到家，里卡多便迎了上来。"妈妈，玛丽娜来了。"他胆怯地说。我吃了一惊：我正想着怎么能尽快动身和圭多去威尼斯。我觉得，他们像是读懂了我的心思，想让我落入他们的圈套。我气愤地走进餐厅，头上仍戴着帽子，手里拿着手套和手提包。玛丽娜马上站了起来，低着头，她的态度让我很生气。她穿着一条百褶裙，隐隐现出纤细的腰身。我心想，她已经欺骗了里卡多，现在轮到愚弄我了。"所以说，"我问她，"孩子什么时候出生？"我无礼的提问让她害怕，她望向里卡多。里卡多勉强笑了笑，回答说："妈妈，十二月份，圣诞节的时候。"我们坐下来开始交谈，当我们谈到结婚日期时，他们俩迅速交换了几个眼神，眼神中有一种深深的愧疚感，掩盖了他们的幸福。我懂得这种愧疚，我完全了解他们犯下的过错，也了解他们的未来。我脑子很清醒，不像上次和坎托尼谈话那样不自在。然而我还是有一种厌烦的感觉：或许是因为我头上仍戴着帽子，我严肃的语气让我不得不笔直地坐在沙发上，我觉得，好像我才是到访的客人，而他们是这个家的主人。我还记得，米雷拉和里卡多刚开始邀请朋友来家里时，为了慎重起见，我把自己关在房间里。我觉得自己像老年人一样被晾在了一边，我听着房子里充斥着他们大声嬉闹的声音，而那些地方原本是我一个人的领地、我的王国。今晚我看着玛丽娜，心想，不久之后，她也会像我一样，成为科萨蒂夫人。我摘下帽子，慢慢把别针别在上面。他们正谈论着他们的房间，我问玛丽娜有没有嫁妆，比如床单之类的，她摇了摇头。我们沉默了一会儿，我说，没关系，我和我母亲的嫁妆里还有些能用。另外,他们得做好准备,要做出许多牺牲。"你很漂亮,"我继续说,"你本可以轻轻松松地嫁个有钱人,即使他所受的教育、出身和里卡多不同。至于里卡多,我母亲原本给他相了一门好亲事。你知道,老人家是怎么样的。"我轻笑了一下:"他们认为,幸福就是要有金钱和物质保障。从某些方面来说,也有道理。我母亲和那女孩的奶奶谈这门亲事谈了好多年。那是个年轻的姑娘,很有教养,是我们一个堂姐——达尔莫伯爵夫人唯一的女儿。这位伯爵夫人拥有威尼托最好的田地。里卡多本可以去管理田庄,他的一生本可以衣食无忧。我母亲梦想着有朝一日,他可以把那栋挂着我们家族图腾的别墅再买回来。可如今,想想看,那栋别墅属于一个发了财的木匠。但我更愿意接受现实,我也嫁给了爱情,尽管当时的情况不太相同。你是信徒吗?"她使劲点了点头。"很好,"我继续说,"感谢上帝,让你遇到了里卡多。如果遇到其他人,可能不会考虑你的处境,就出发去阿根廷了。但自然,我们不会同意他这样做,我们会让他担负起自己的责任,他也马上放弃了离开的机会,你也看到了,对吧?他心甘情愿做出牺牲。你们会住在这儿,我们不富裕,你很清楚,但我们会有福同享有难同当,我会把你当女儿来看待。"玛丽娜低着头,哭了起来。我对她说,她不需要再想过去的事,我把她拥入怀中。她的身体瘦弱柔软,我的内心涌出一股温柔,同时又夹杂着疑虑。她默默啜泣着,身体像只小鸟一样,微微颤抖。"玛丽娜,别哭了,"我对她说,"现在你应该高兴。哭对身体不好。"我觉得,她如此脆弱的身体里竟孕育着一个小生命,这简直太不可思议了。不仅是因为她身形单薄、体质瘦弱,更因为我不愿承认,孩子也是她的。这种念头激起了我的厌恶和抗拒:孩子是里卡多的,属于里卡多,也属于我。

五月十六日

我无法一直掩饰玛丽娜带给我的厌烦。现在她每晚都来，我已经习惯了摆出五个人的餐具。吃完饭后，米雷拉出去了，但米凯莱和我再也无法拥有片刻宁静。我做家务，留玛丽娜和里卡多聊天。他们聊天的内容没什么意思，玛丽娜没什么文化，也没有自己的想法。我从钩针上抬起头，发现她正看着我，或许她正在想为什么里卡多对我赞不绝口。前不久，里卡多还会拥抱着我说："妈妈，你真是个了不起的女人。"他总是征求我的意见，让我帮他做一些小事，就像是为了给我机会，让我展示自己是多么无所不能。我觉得他对我的态度让玛丽娜忌妒。如果真是这样，那就意味着她心胸狭窄，否则她应该明白，任何情感，无论多么深刻，都无法取代母爱。

米凯莱今晚把收音机和沙发搬进了房间，还带进去几本书、几份报纸,以及餐厅里的落地灯。他满意地舒了口气,说:"这里待着真舒服。"我环顾四周,发现除了厨房,家里已经没有属于我的任何角落了。我生气地问:"米凯莱,那我呢?"他已经坐下了,正准备享受这个宁静的夜晚。他惊讶地看着我,眼里充满了温情,他说,他很少看到我坐下来。然而他不认为我是没时间坐,他宁可相信是我自己不想坐。他马上站了起来,把位子让给了我。我从不敢抢他的位子,尽管他是位绅士、客气的男人,他或许会觉得,我滥用了我的权利。他一边坐回去,一边说,很快我们就会习惯玛丽娜,她是个好女孩,他很喜欢她。他说的是实话。米凯莱喜欢她,因为她很漂亮。他也同里卡多一样,面带微笑看着她在身旁走来走去,因为她像小动物般温顺,而男人误把这种温顺当作温柔。甚至她和里卡多之间发生的事,也没有让米凯莱生疑。他认为,这是对女性的考验,是一种充满爱意的顺从,这满足了他的虚荣,因为他也是个男人。但我知道,从某种不同的角度来说,他欣赏克拉拉那样的女人,尽管他从没提起过,也从不抱怨,她不给他打电话。我坐在他旁边说:"米凯莱,如果你把自己关在房间里度过每个夜晚,那我只能一个人待着了,我可受不了。"我很想告诉他,现在我理解了当时他从非洲寄来的那些信,以及他回来后我只忙着照顾孩子,他所感受到的孤独感。我觉得,为了这个家,我们已经把自己给毁了,而现在轮到这个家来帮助我们了。但我不敢把这些想法告诉米凯莱,只有在打开笔记本时,我才会想起这些事。米凯莱温柔地抚摸着我的肩膀,说再过几个月,我就不会孤独了,马上就要有孙子了。

今晚,我们在饭桌上谈起了这件事。米凯莱抱怨面条没滋味。我到家已经很晚了,因为和圭多聊了很久,他坚持让我按原计划动身。他说我们只需要离开几天,他想在里卡多婚礼前出发。我很累,自从玛丽娜开始在家里吃晚饭,我不得不耗费更多精力,这让我感到很辛苦。我不再是个小姑娘了,我有权利休息。米雷拉对我表示赞同,她问玛丽娜,他们结婚之后她有什么工作方面的打算。里卡多马上打断了妹妹,他说,再过几个月,玛丽娜就得照顾孩子了。大家都沉默了。米雷拉看着我,表情专注而认真,她说:"妈妈可以留在家照顾孩子。"

我本想拒绝,但我觉得我不能。我心想,如果我辞职,就再也见不到圭多了,孩子会在夜里哭闹,这样一来我就再也抽不出时间、也找不到安宁来写日记了。但这是我的秘密,我不能把这些话说出来,拒绝他们要我照顾孩子的请求。里卡多说这个主意很棒,这样一来,玛丽娜和他可以先去阿根廷,把一切安顿妥当,适应那里的生活后,再回来接孩子。孩子和我待在一起,他们很放心。"孩子和你待在一起,会更安全。"他一边说,一边对玛丽娜笑了笑。玛丽娜也满意地笑了起来,他继续说,在那之前,玛丽娜可以接替我在办公室的工作。"你觉得有这么容易吗?"我用讽刺的语气问,"玛丽娜会做什么?说说看:速记、打字、记账,还是用法语写信函?"玛丽娜摇了摇头。我压制住内心的怒火,继续说:"你们对这些年里我要克服的困难一无所知,你们没有意识到自己在做什么。在寄宿学校里,修女教我读书写字。我们学习几乎就是为了消遣,就像那些高级寄宿学校里的女学生一样,她们都很有钱,不用想着工作。我弹钢琴,画水彩画。一切都搞错了,就像米雷拉说的那样。"米雷拉默默望着我。"我什么都得从头学。我得打理屋子,还要像你们父亲那样,去外面工作。这样你们才能上高中,上大学,穿得起衣服和袜子。要取代我的位置不是那么容易的事儿。"里卡多走过来拥抱了我,米雷拉也走了过来,她的表情很严肃,内心仿佛在思考着什么。他们说我已经付出得够多了,应该辞职,他们已经长大了。"还有玛丽娜,她会尽可能去工作。"里卡多严肃地说。他们说我们要雇一个女钟点工,负责做饭,做些累活。而我则照顾孩子,带孩子去公园晒晒太阳。"别去上班了,"里卡多继续说,"别再熬夜缝补熨烫衣服了。"

玛丽娜出神地望着我,或许她正在想,做个女人、妻子、母亲有多难,她很惊慌。而在我看来,她那样看着我,仿佛在寻找可以伤害我的地方、一个把柄。我马上想到了这本笔记本,我决定明天一早就把它收好,锁进圭多的保险箱里。但我害怕带着它上街,我觉得我会被车撞倒。我想象着自己的身体在一张灰布下一动不动地躺着,我看到玛丽娜俯身捡起了遗落在沥青路上的手提包,她打开包,拿出了我的笔记本。我不能把它带出去,这不安全。再说,玛丽娜很快就会一个人待在这所房子里,她将成为里卡多的妻子、我的儿媳妇、科萨蒂夫人。她可以打开所有抽屉、行李箱,在家里翻箱倒柜。她会找到这本笔记本,展示给里卡多看,让他看看我晚上熬夜都在做些什么,以及她为什么不能取代我的位子和经理一起工作。或许,她已经开始搜寻了,但她什么都不会找到,我比她更聪明,她不能破坏里卡多对我的印象。等我死了,他会记得我曾经无私地接纳了玛丽娜,让她来家里住,保护她,照顾她。尽管她出现在我面前时很贫穷,尽管我不喜欢她阴暗混乱的家庭,尽管我对她没有嫁妆、还怀孕两个月感到不满。但她好像没考虑过这些,她一点也不沮丧,也不怕我担心,他们婚后,她对其他人,也会像对我儿子那样。今晚他们出门时,里卡多把她推到我跟前,让她拥抱我,并示意她:"告诉妈妈我们的决定。"她一面摇头一面往后缩。里卡多宣布说:"如果生的是女儿,我们要给她取名为瓦莱里娅。"

五月十九日

要找机会写日记越来越难了。晚上，米凯莱会听音乐，夜深了也不睡觉。他买了两张唱片：《女武神之骑》和《齐格弗里德之死》，他时常放这两首曲子，现在它们简直成了我的噩梦。昨晚我进房间时，他已经上床了，他身旁的唱片机空转着，发出让人痛苦的嘶嘶声。他仰卧着，头枕在枕头上，处于完全放松的状态，却流露出深深的疲惫。他脸上凝重的表情让我害怕。我走近他，抱住了他。我觉得，一种孤独感如影随形，这是我到了这个年龄才逐渐感受到的。对于我突如其来的温柔，米凯莱并没有惊讶。那些长时间生活在一起的人，他们学会了不发一语，便可以心灵相通，或许这就是他们的关系不可取代的原因。"上床睡觉吧，把灯关了。"他低声说。我躺在床上，紧紧抱着他：他的体格健康而强壮，心脏有力地跳动着，我松了一口气。刚才进房间时，我看到米凯莱的脸，想起了我父亲的面容。每次我去找母亲时，他从不和我们说话，只是坐在那儿，坐在沙发上读着报纸。慢慢地，报纸从他手里滑落下来，他睡着了，我冷漠地观察着他，感觉他已经死了很长时间，我禁不住打了个寒颤。或许，自从他决定关掉律师事务所、把它转让给多年来给他当助理的那个人的那天起，他就已经老了。那天，我们举行了一场盛大的晚宴，所有人都很高兴，我父亲终于可以休息、可以开始生活了。但其实从那一刻开始，他慢慢地在死去。

在我看来，女人享有特权，因为她们永远无法停下手中的活儿，家庭和孩子不允许她们休息，不让她们退休，这使得女人直到生命最后一刻，都在做她们很关切的事。有时，我会观察我的父母，看着他们为一些鸡毛蒜皮的小事争吵。我心想，他们怎能忘记自己时刻都处于死亡的威胁之中呢。或许只是因为他们每天都赢得了一场胜利，也就是说，依然活着。又或许，对于我们来说，死亡是一种未知的状态，而他们无法想象，也不会感到害怕。如果是这样，或许我们不应该试图深入了解生活，否则，在努力理解生活、想要过好生活的同时，我们却发现，我们没有真正生活过。

米凯莱不再放音乐，家里也不再回荡着那些咄咄逼人、夸张的旋律。我想拿出本子写日记，但已经很晚了，我怕米雷拉突然进来，每辆在门口停下的车子都会惊动我。我决定等她回来后再写，我开始缝补衣服，缝补时睡着了。醒来时，米雷拉严肃地问我："妈妈，到这个点了，你在做什么呢？"她一定认为我硬撑着不去休息，就像那些老人一样固执。我今晚不想故伎重演，我只有四十三岁，我不想让女儿觉得我老了。

今天，玛丽娜的父亲来了。我之前一直在推迟他来拜访我们的时刻，因为我想像往常一样赴星期六的办公室之约。这段时间里，圭多总是担心我找借口不见他，不和他谈论旅行的事，也不定下动身的时间。今早，当他得知我下午不能和他在一起时，他第一次用近乎粗鲁的态度对待了我。"你必须做出选择，"他对我说，"你至少得捍卫一下自己的权利。难道我连这点力量都无法带给你吗？你好像很高兴看着自己被碾碎、被压榨。"该下班了，我们听见那些年轻的女同事快步走向门口的声音，她们愉快地和门房道别。每周，她们迎接星期天，就像是在迎接一场幸福、无止境的假期旅行。圭多继续说："自从我习惯每周六见到你，我不能再像多年来那样一个人待在这里了。那时我觉得，我或许正等着什么事情会发生，一个奇迹，能将我的孤独撕碎。我还记得，那个周六我是多么惊讶，我用钥匙打开门，发现已经有人比我先到这里了。那个人和我一样，把办公室当作藏身之所。但现在，如果你不在这里，我便再也无法找到安宁。最后我只能回家，把自己关进书房，既不能工作，也不能思考，因为孩子在外面放着舞曲。"他牵起我的手,说:"今天你过来吧,求你了。哪怕只有半小时也好,我们得谈谈出行计划。"我非常绝望,觉得在那一刻我从未像爱他那样爱过任何人。"如果我可以的话,只要我能……"我说,语气似乎在对他表示感激。

玛丽娜的父亲是个笑眯眯的小个子男人,看起来很活跃。婚礼定在六月十三日,他很高兴。玛丽娜是圣安东尼的信徒,她总是说,是圣安东尼不让里卡多走,不让她一个人留下。玛丽娜的父亲似乎对他们仓促结婚的原因一无所知,我自己也希望米凯莱对他隐瞒实情,只是告诉他,里卡多随时有可能动身去阿根廷,他结婚后更容易得到护照和签证。然而,今天我有些生气,他竟然真的相信我们告诉他的一切。我心想,他是不是在假装相信我们,避免女儿的所作所为让他蒙受耻辱?

但他似乎很满意,里卡多带他参观了自己的房间,尽管对于一对新婚夫妇来说,这个房间完全不合适,他却感叹道:"好极了,好极了。"家里的气氛轻松愉快,但我内心深处却拒绝融入其中。我仍记得几天前里卡多啜泣的样子,还有米凯莱说"蠢货"时的语调。我想忘记,但我做不到。这个点其他人都已经睡了,睡梦会抹去他们过去的这天,新一天会到来,他们不再背负之前几日的重担,而我却将让人喘不过气的重负保存在笔记本中。它就像清晰的账本,每笔债务都无法一笔勾销。夜幕降临,玛丽娜的父亲同我们告别。尽管里卡多想留他吃晚饭，但他坚持要走，他很高兴地向我们告别："再会，再会。"他拥抱了他女儿，频频转身，对我们由衷地点头道别，直至身影从客厅里消失。里卡多关上门，总结说，一切都很顺利，一切都很好，他亲了亲玛丽娜的脸颊。我看着他们俩：玛丽娜沉浸在快乐中，她似乎胖了一些。"她父亲不可能没察觉到她怀孕了。"我心里想。我又望向她父亲的背影，他步伐矫健，身影越来越远，他再次转向我们，愉快地对我们点头致意。我怀疑，这对父女是商量好的，我觉得对于这些没有过去、不遵守传统的人来说，他们永远也无法让人信任。今天，为了玛丽娜，我不得不放弃与圭多见面，那是唯一属于我、让我开心的事。为了她，我们不得不推迟去威尼斯的旅行。我觉得她是故意的，她想阻止我变得年轻、幸福。所以，为了故意和她作对，我不想放弃那趟旅行。然而很多时候，我觉得放弃是唯一让我比她强大、战胜她的方式，不仅是今天，而是永远。我迫使她欣赏一种毫无出路的生活，就像我的生活。

五月二十二日

里卡多告诉我，玛丽娜有个朋友是一家袜子店的老板，举行婚礼后，她想雇玛丽娜在店里当收银员。玛丽娜很高兴，这份工作只需要长时间坐着，因此生孩子的时候，她只需要耽搁一小段时间。得知这个消息后，我母亲像触电般扔下手中的活儿。她问我："你同意你儿媳去当收银员？"我回答说这不是个繁重的工作。母亲用苦涩的语气说："你不懂，现在你真是什么都不懂。你是我们家里第一个被迫工作的女人，但至少你是在办公室里工作，不需要服务大众。可收银员……"她一边说，一边摇头。她问我哪家商店，在哪条街，我说了市中心一条繁华街道的名字。她顿了顿，继续说她很高兴，现在她再也不和那些老朋友见面了，几乎用不着出门了。我告诉她，她应该知道这个世界已经变了。"我不想知道。"她严厉地说。

我母亲在小客厅里一待就是一整天，那儿收藏了许多回忆，几乎是她一生的缩影：画着老家威尼托乡下风景的水彩画，一张褪色的别墅照片，婚礼上用过的点心盒，几件不值钱、卖不出去的银器，墙上巨大的祖先画像。我看着母亲，她笔直地坐着，穿着黑色的衣服，白色的头发盘了起来。我不知道怎么能像她一样，或许是因为我没有穿紧身内衣，我不会说："我不想知道。"或许，画像中那些祖先从不写日记，至少没把日记本留给我们。等我母亲去世后，我不知道要把这些画像挂在哪里，对于我们的房间来说，这些画像太大了，会碰到天花板。另外我们没有客厅，但这些肌肤柔软、穿着绸缎衣裳的贵族女性不能挤在衣柜和屉柜里。我会把这些画像卖掉，里卡多有个古董商朋友。我正想着这些事儿，母亲还在提醒我，要时常用紫红色颜料给画框上色翻新。我嘴上说着让她放心，心里怀有罪恶感。"这不是我的错，"我想，"家里没有地方了。"战争爆发后，连找个栖身之处都成问题。或许因为人们随时都可能死去，在生命跟前，一切都变得无关紧要。所有人都是平等的，都饱受死亡的威胁：过去无法再保护我们，我们对未来也毫无把握。我想着这一切，内心非常混乱，我不能同我母亲说，也不能同我女儿说，因为她们没人会明白。她们属于两个不同的世界：我母亲的世界在这个时代结束，我女儿的世界从这个时代开始。在我的身体里，这两个世界碰撞着，让我颤抖。或许正是因为如此，我经常觉得自己缺乏一致性。或许我只代表了那种过渡和冲突。

我还记得,我向母亲宣布开始工作的那一天:她久久盯着我,沉默不语,然后低下了头。因为她的眼神,我总觉得自己出去工作是个错误,这想法压得我喘不过气来。米雷拉不赞同我的想法,我很清楚,或许她甚至很鄙视我的这个观念,想用自己的方式反抗我。她不明白,正是我给了她自由,我的生活在令人安心的老传统和新需求之间苦苦挣扎。这个使命交给了我。我是一座桥梁,米雷拉从中获益,就像现在的年轻人一样,他们正享受着这一切。这是多么残忍,他们没有意识到,自己在利用一切,他们也不会承认。现在我这座桥梁垮塌了,也不会有人发现。

然而,今晚我似乎看清了一切。我开始写日记时,以为自己到了可以总结人生的时候。但我的每次经历,包括长久以来,在笔记本里自我质疑的每个瞬间都告诉我,人的一生都是在苦苦挣扎,在想得出结论却无法得到中度过。至少对于我来说,事情就是这样。同时我觉得,一切既是好的,也是坏的;是正确的,也是错误的;甚至既是短暂的,也是永久的。年轻人不明白这个道理,因此他们有的和里卡多想法一样,有的和米雷拉类似。

五月二十四日

昨晚,我一进家门,便看到里卡多和玛丽娜围在一个小行李箱旁边,行李箱里装着我的笔记本。我吓得脸色苍白:"你们在干什么?"我厉声说。里卡多抱歉地说:"爸爸说,我的洗礼证明应该在里面,但我打不开。钥匙在哪儿?"我告诉他们,我不允许他们到处翻箱倒柜,强行打开上锁的行李箱。这个行李箱是我的,我是这个家的女主人。里卡多看起来很不开心,我一边提着手提箱走开,一边听到他用玩笑的语气对玛丽娜说:"听到你婆婆说的话了吗?"他们笑了起来,那种笑声和他们称呼我的方式惹恼了我。我走进厨房,迅速打开了行李箱:我拿起笔记本,就像是拿了块烫手山芋,想立刻放起来。我走来走去,四处都光亮整洁,藏不了任何东西,我听见有脚步声向我逼近,不禁浑身颤抖。我很绝望,便像第一天那样把笔记本扔进了抹布袋子里。晚些时候，我正在准备晚餐，我听见里卡多对米凯莱说："妈妈真的需要休息，她太累了，看起来精疲力尽。等我办完婚礼，她应该去玛蒂尔德阿姨家至少待上两个月。她不能再过这样的生活了，家里有玛丽娜和帮佣照料。"米凯莱立刻表示赞同。那一刻，我感受到了与圭多一起出发的自由气息，这份自由是他们逼我得到的；我听他们在安排我的生活，就好像我没有自己的想法似的，我不禁产生了怀疑。我很清楚，玛丽娜想取代我的位置。或许，她觉得工作太辛苦了，更愿意我出去工作，而她和用人留在家里。她会发号施令安排一切，很快这个家就会完全属于她。我走进饭厅，手里端着汤碗，脸上带着平静的微笑。"你们别为我操心，"我说，"我很好，现在我还不想去，我不会走的。"然后我转向里卡多，面无表情地说："如果你想找洗礼证明，行李箱的钥匙在这儿。"我看着玛丽娜，想让她明白这一次她还是什么都不会找到。我感到一股冰冷的怨恨侵蚀着我、折磨着我。直到今天为止，从来没人关心过我，这些不同寻常的关心让我怀疑。"我害怕自己变得恶毒。"后来我想。我去了米雷拉的房间干活，她会像往常一样学习到深夜，因为她决定参加好几门考试。"你可真幸运！"昨天，里卡多对她说，"现在我有其他事得做，没办法准备论文。到了九月，等我进了银行就更没时间了。"我时不时抬起头看看米雷拉。她神情专注，全身心投入到所做的事情中，她总是这样，甚至小时候耍性子时也是如此。我知道我会打扰她，但我已经找不到能容得下我的地方了：米凯莱在我们的房间里放音乐，唱片机的声音盖过了里卡多和玛丽娜在饭厅玩纸牌的笑声。"没有地方了，"我自言自语，几乎是不由自主地说，"有时候，我也想关上门，一个人待一会儿。"

米雷拉揉着眼睛转向我，她看书看累了。"妈妈，你听我说……"她说。现在每当孩子开口和我说话，我就会感到害怕。她继续说："再过两三个月，我就要搬走了。这个房间很舒适，可以说是家里最棒的房间。你终于可以享受一点儿安宁了，这里让人很放松。"她环顾四周，眼里充满了温情。

房间里一阵沉默，我端详着她那无辜的眼神。"你要结婚了吗？"我笑着问她。她摇了摇头，解释说："巴里莱西在米兰开了家事务所，把它委托给了桑德罗经营，我要和他一起去米兰。"她继续说，没有躲避我的眼神："总之我会去米兰，会住在公寓里。现在我还是会继续做我的工作，但明年我就毕业了，一切都会不同。那时我们就真的能够一起工作了，你明白吗？"我没有回答。我们同不同意并不重要，再过几个月，我们就没有权利把她留在身边了。我问她："你决定了吗？"她盯着我，眼神炙热有力，说："是的。"

前段时间，我在米雷拉的书桌上看到了一张坎托尼的照片，我当时假装没看到。我仍记得他的声音、谈论米雷拉的方式，以及他准确的用词，还有流露出的坚定。我问她，坎托尼的离婚手续到哪一步了，他们至少应该尝试着去获取意大利政府对离婚手续的认可。她回答说，没什么新进展。她的回答很简短，似乎在尽快结束伤害自己、也让别人受伤的过程。我在想，米雷拉冷冰冰地捍卫自己的人生，同我选择软弱、让自己的生活被吞噬相比，她的方式是否更好。里卡多不敢再指责他妹妹，他说，如今有很多女孩像她一样，渐渐忘记了自己是女人。他一边说，一边看着玛丽娜：她微笑着，正期待着一个新生命的降临，看起来很自豪。但我知道，她不像我之前想要孩子那般期待这个孩子的到来：里卡多告诉我，她曾经威胁着要服毒自杀。我仍记得里卡多惊慌失措的样子，那晚他向我坦白，他本想逃走，想抛下玛丽娜。当他们得知我愿意照顾孩子，他们很高兴，他们迫切地想一同离开，想重获自由。他们说，之后会回来接这个孩子，但没说是什么时候。我觉得，只有我一个人期待这个孩子的到来，只对我来说，这个孩子并不讨厌，并不是个麻烦。我像曾经期待自己的孩子一样，期待着他的到来，之前我怀孕的时候，我急切地想见到他们，想知道他们是什么样的，长着什么样的眼睛，会成为什么样的人。生下孩子的那一刻，是我唯一很确信知道自己在做什么的时刻，就像米雷拉在做任何事时，都会流露出来的自我意识。正是这种意识，让她从女性的负罪感中解脱出来，但这种感觉却一直压抑着我，让我喘不过气来。米雷拉就是利用那种自我意识维护她的权利。那就像里卡多利用他的脆弱得到别人的怜悯一样。"你走吧,"我对她说,"很快,里卡多也要走了,只剩我一个人。"总之,尽管我很难过,但也预先体会到了独处带来的快乐,这是我期盼已久的回报。所有人都过上了属于自己的生活,我自然也要去拥抱属于我的人生。我想着圭多,觉得自己仍很年轻。"我很快就要自由了。"我想着。米雷拉却说:"不,妈妈,你很清楚,里卡多永远不会离开。"我不解地看着她。我担心她甚至想剥夺我在他们离开后安慰自己的权利,一阵突如其来的凉意渗入我的骨髓。她继续说:"你也知道,妈妈,他会找个借口,比如没有时间工作、学习、照顾家庭。实际上,我也知道,这的确很难。他们会再生个孩子……他会留在这里,你等着瞧吧。你需要里卡多,我从小就很嫉妒他:如果他犯错,你总会原谅他,像是他的错误唤起了你的同情。而对我,你却毫不留情,或许因为我是女孩。"我摇了摇头,但内心却承认了这一点。兴许的确如此;但最主要的原因在于,每当她犯错时都表现得毫不内疚。卡多却和我一样,总觉得是自己做错了,尤其是对于那些他没勇气做的事。

"行了,"我说,不想再深入聊这个话题,"或许你说得对。无论如何,如果你走了,我就可以和宝宝待在这个房间里了。"她反驳说我需要独处,需要安静。"孩子打扰不到我,"我回答说,"里卡多和玛丽娜还年轻,他们得工作,晚上需要休息。我已经习惯熬夜了,你知道的……"

就像现在一样,已经快凌晨四点了。我不能再这样下去了，缺觉让我变得虚弱，让我的情绪越来越坏。尽管我总是全身心为家人付出，但我觉得自己什么也没有做。因此，我焦急地等待着这个时间，可以写写日记，让那条湍急的河流，自由地流淌在我身体里，让我疼痛，就像曾经有太多乳汁让我涨痛那样。当然，正是因为这个原因，我才买下这个本子。我仍清楚地记得那一天：尽管已是深秋，但天空很澄澈，阳光如春天般温和。我感到很孤独，我觉得在那样的日子里不应该独自一人，因此我把本子夹在腋下带回了家。如果我当时知道圭多爱我的话，我就不会买这个本子；但又或许，如果我没买这个笔记本，我就不会注意到圭多，就像我不会注意到自己一样。我已经是所有人的"妈咪"了，几个月后，玛丽娜会叫我"婆婆"，再过段时间，会有人叫我"奶奶"。那天是个星期天，我记得当时烟草店的老板不想把本子卖给我，他说"这是禁止的"。然而，那时我无法抑制地想拥有它，希望在这个笔记本里可以毫无愧疚、毫无保留地倾诉，说出我还想做瓦莱里娅的秘密。但从那时起，我开始感到不安。在那天以前，我的记忆力一直很差，这或许是一种自我保护的本能，让我忘记生活只是一场漫长而困难的旅行。在这场旅程中，日日陪伴我们的，只有我们永远也无法实现的希望。

我需要温暖，我快冻僵了。天快亮了，第一缕曙光从窗户透进来。一想到要开始新一天的生活，心里就感到一阵厌恶。然而，这一小时阴郁的孤独让我产生了匆忙的感觉。日子如白

Quaderno Proibito 327

驹过隙,我仍想及时抓住幸福。在这本笔记本中,我为其他人付出的一生,通过每页纸的重量、密密麻麻的文字,实实在在地呈现在了我的面前。圭多说的对,他说我享受被碾碎、被束缚的感觉;或者,如果我选择放弃,我敢肯定那绝不是因为道德的原因。说实话,我不觉得作为妻子和母亲的职责束缚了我,也不觉得快要成为奶奶的我陷入恋爱是一件可笑的事。我只是怕毁掉耐心积累起来的资本,那些让我做出牺牲的人肯定会毫不留情、充满恶意,一点一点抹去我的功劳。幸运的是,现在我明白了这个道理。我需要保护自己,我不想放弃爱情,变成一个斤斤计较、刻薄无情的老女人。天已经亮了,路上的行人迎接着清晨,阳光轻柔地洒在对面邻居家的玻璃上。我马上要去上班了,我会高兴地推开门,圭多会说:"瓦莱里娅……"我会告诉他,我决定等里卡多的婚礼结束,就马上和他动身。我们会去维琴察,回来后我们仍要见面,我可以在外面待两个月。而玛丽娜会留在家里,我在这里已经度过二十四年,现在该轮到她了。

五月二十七日

昨天下午，我一打开办公室的门，便感到一丝清凉。办公室空荡荡的，处于半明半暗之中。圭多没穿外套，他把衬衣袖子卷了上去，身上散发着丝绸熨烫过的香味。我从没见过他如此迷人、年轻的模样。一股带着忧虑的甜蜜涌入我的心里，我觉得，这是我第一次陷入爱河。我像往常一样坐在他对面；我也穿着丝质的衣服，我抬起手整理了一下打结的头发。从他脸上的表情，我想象着自己的样子一定很美。我说，我不能久留。他回答说，没关系，自从我们决定要一起出发去旅行，他看起来总是很幸福，时间似乎有了一种不同的测量方式，充满了想象。他笑着对我说："我爱你。"我定定地看着他，轻声说："我也爱你。"这是我第一次对他说这句话，他非常欣喜，越过办公桌和文件，向我伸出了宽厚的手掌。我也伸出了我的手，我们就这样待了很长时间。我无法将目光从他脸上移开，我心里的爱意让我感到疼痛。"你知道吗？圭多，我们永远也无法离开。"我说。他一动不动待在那儿，绝望的眼神中充满了疑问。他说了很多话，但我一句都不记得，或许是因为我一直在摇头来排遣内心的苦涩。"就算到了那儿，也像是坐牢一样，"我说，"就像在这里一样，就像在你车里，或者在咖啡馆我们观察四周时一样。我们推不倒前面的围栏，因为这堵围栏不在外面，而在我们心里。我不能任自己生活在谎言里，我骗不了人，也过不了那种多重的生活。我做不到，我只是个小资产阶级，我缺乏勇气，不习惯自由，更习惯带着遗憾生活。因为我们除了遗憾以外，没有其他可分享的了。你有你的生活，我有我的。你自己也说过：我们太老了，适应不了彼此了。这种适应只是暂时的，并且是以我们这个年龄无法拥有的希望为前提。"

圭多走到我身边，将我拥入怀中，他的衬衣散发出清新的味道，他手臂上的肌肤贴着我，让我心荡神迷。"天呐，我的天啊。"我在心中呼唤着。"你想我们永远离开这儿吗？你希望再也不回来了吗？"他一边轻声说着，一边抱紧了我。我靠着他的肩膀，摇了摇头。"不，"我回答说，"一切都太迟了。这对于我们身边的人来说，太不公平了，他们宁可我们找到一条权宜之计。"他急着反驳说自己不需要承担这样的义务，他是自由的。但我阻止了他，我说他以后会后悔说出这样的话。

"我明白，"我承认，"我们有权利。其实只要我们相爱过就够了。""然后呢？"他焦急地问。"我也不知道该怎么办，我无法解释我的想法，但我觉得，想要享受一项权利，就不能在享受它时有罪恶感。对于我来说，爱情如果得不到家庭的承认，那就是个错误。然而米雷拉总是说，将爱视为一种罪过是错误的。我觉得，她说得有道理，但我和你一样，为了减轻你的罪恶感，你想把错误推到身边的人身上，或许他们犯下了错误。但米雷拉也说，当爱得不到证实，当爱只是一种激情、一种本能，那它就不是爱……"我继续说，"或者，就像我们一样，或许我们之间的爱情，只是为了弥补我们生活中的失败。"如果圭多和我年轻时就认识，或许一切都会不一样。尤其是如果我们仍然还年轻，或许我就不会那么在意门房的目光。"难道工作无法证明吗？"他说，"我们在一起工作了八年……"他望着我，希望这句话能让我们的关系有一线生机。我也多么希望这样啊，那一刻我们紧紧相拥亲吻。然后我说："不。很难说出我的想法。你看，我开始工作是因为我需要赚钱。你告诉我说，你没日没夜工作了三十年，因为你决定要成为一个富有的人。我觉得，为了钱不能算一个证明。为了变得有钱，我们一起工作，在我看来这不能算一个目的。"我甚至觉得，正是金钱将我们分开，我内心滋长出一些让人不堪的渴望：拥有他所拥有的，拥有让他无忧无虑、却让我没有把握没有安全感的东西。前几天圭多没有开车，他想陪我乘电车回家。对于他来说，这是个挑战，他不知道车票的价格，售票员疑惑地看着他。我笑了，当然，我是站在售票员的角度。有时，我们会在街上走一会儿；圭多很不习惯，他过马路时总担心会被汽车撞倒。一天晚上我牵着他的手引导他，我一边开着他的玩笑一边心想："这些有钱人，他们会害怕……"看到他被一种我无法理解的恐惧所支配，我似乎很享受，他摆脱了的那些恐惧对我来说却很熟悉。我不喜欢看到他从口袋里掏出一把大钞，就为了找一张一百里拉的票子付咖啡钱，我觉得如果他给我钱，或许我会接受。我和他拥有的共同点，只有罪过和金钱。"你得相信，我们之间是不可能的。"我最后说。

我说，是时候了，该走了，我关了办公桌上的灯，关上了门。圭多默默地看着我，我毫不费力地完成了这些动作，就好像从那一刻起，没有什么东西可以让我感到痛苦或快乐。我们并肩走在街上，但来来往往的行人冲开了我们。我们挽着胳膊一直走到了伦格特维尔街。我平静地说，星期一我不能去上班，我得忙着准备里卡多的婚礼。我需要请个长假，米凯莱和两个孩子已经决定让我辞职留在家里看孩子了。我补充说："没有人比奶奶更会照顾孩子。"我是故意说了奶奶这个词。我确信，让人感到痛苦的一切在说出口后都会变得自然而然。但什么都没有改变，我们仍是两个年轻人，手挽着手走在春日温柔的夜晚里。分开时，我真想叫住他，我觉得，这是我最后一次感受青春的机会了，这种感受将离我越来越远。

我很确信他心里也有同样的感觉,我看着他耷拉着肩膀越走越远。

昨晚,我无法写日记,和圭多精疲力尽的交谈后,我思绪很混乱,就好像胸口遭到了重重一击。我早早进到房间,米凯莱已经躺下了,他正在读书。我紧紧贴着正在阅读的他,跟平时的夜晚一样,我假装自己睡着了。我想,或许米凯莱有时也会假寐。我们总是假装自己已经睡着了,但一边却因烦恼夜不能寐,我们的枕边人却丝毫没有察觉,一对模范夫妻的故事由此形成。事实上,我慢慢地真的睡着了。

今天是星期天,米雷拉去丽都吃午餐了。我做完弥撒回家时,发现坎托尼的车正从门口开过。米雷拉从车里探出头,愉快地和我点头打招呼,坎托尼俯身在方向盘上,也同我点了点头。他们微笑着,是那么快乐,那么青春洋溢,我也自然而然地热情地回应了他们的问候。后来我意识到,我不应该这么做,但其实我很开心这样做了。门房问我,他们什么时候结婚,我回答说:"秋天,他们会在米兰结婚。"

今天,我想一个人待着。像刚开始写日记时那样,我买了三张足球比赛的票,说是同事送给我的。米凯莱很乐意陪孩子们去看比赛,他正风趣地和玛丽娜开着玩笑。

看着他们出了门,我才从抹布袋子里拿出笔记本,觉得浑身充满了力量,内心很坚定。在餐桌上,我又一次当着玛丽娜的面提起了达尔莫伯爵夫人的女儿,说里卡多本会和她结婚,这或许不会是我最后一次提起这件事。我做了顿丰盛的午餐，甚至还包了饺子，米凯莱评价说，这些饺子比我母亲做的更好吃。里卡多问玛丽娜会不会做饺子，她摇了摇头，我说这其实很简单，我会教给她的。但我一拿起笔记本，心里便失去了平静。字里行间，圭多的形象无处不在：他说过的话，我描写他的文字，在我心中荡起了回音，让我始料不及，仿佛在呼唤着我，让我心乱如麻。他第一次提出让我和他一起去威尼斯时，我就应该答应，实际上我别无他求，这是我最想做的。我的拒绝只是缺乏勇气的表现，米雷拉把这称之为虚伪。面对这些文字时，我感到害怕：我所有炙热的情感全都腐烂了，变成了毒药。我越想成为手持正义的法官，就越觉得自己活成了一个罪人。我必须销毁这个笔记本，毁掉藏在生活的每一小时里，藏在笔记本每一页中的魔鬼。晚上我们围坐在桌边，看起来真诚又坦率，没有任何隐瞒，但我知道，我们当中没有一个人对其他人坦诚相待。我们因羞耻或恶意隐藏了自己，所有人都把自己伪装起来。每天晚上，玛丽娜都会长久地望着我，我担心她看着我的同时，也会看到我心里的这本笔记本。她会拆穿我为了写日记而耍的花招，会揭露我把笔记本藏起来的手段。总有一天，她肯定会找到它，并在里面找到可以控制我的理由，就像我用她和里卡多做的事来控制她一样。她坐在我对面，无情、耐心地等待着，就像那些不那么聪明的人。

但她不会找到这个笔记本，她什么也不会找到。我故意一个人留在家里，就是为了销毁它。我会烧了它，等玛丽娜回到家，只会觉得空气中隐隐冒着热气，她会把手放在壁炉上，就像那是个不经意的动作，她就会明白一切。她会明白的，我确信，为什么所有女人都藏着一本黑色的笔记本、一本秘密日记，所有女人都得毁了它。我心想，在什么地方我才可以更坦诚，是在日记的字里行间，还是在我的一举一动中？这一切都会刻下我的形象，如同一幅美丽的肖像画。我不知道，没人会知道。我觉得自己正在枯竭，手臂是一根干枯的树枝。我正在慢慢变老，但或许我只是变坏了。我害怕玛丽娜会为了当场捉住我，怂恿其他人提早回来。我得尽快烧了这个笔记本，立刻烧掉，我不会再读一遍，不会害怕自己心软，不会对它道别。这将是最后一页，在剩下的书页里，我不会再写任何内容。我未来的日子也会像这些空白页一样洁白、光滑、冰冷。最终，在一块巨大而光滑的白色石头上，我会重新成为瓦莱里娅。"她是个受人尊敬的人。"里卡多会呜咽着对玛丽娜说，就像米凯莱对我说的一样。她无法否认，她什么都不会知道了。这几个月里，我所感受和经历的所有事，几分钟后都将烟消云散，不留一丝踪迹。我的周围，只会剩下一股淡淡的焦味。